講談社文庫

身分帳

佐木隆三

講談社

目次

身分帳

【昭和五三・三・二二　法務省矯正局長通達】

収容者身分帳簿《みぶんちょうぼ》は、被収容者の名誉、人権に関する事項及び施設の適正な管理運営上必要な事項等が記載されており、その性質上全体として外部に対して秘として取り扱うべきものであるが、秘密性は被収容者の出所後、更には当該身分帳簿の保存期限経過後といえども変わるところはない。したがって、出所により終結し、釈放後施設において保存すべき身分帳簿の取扱いは、在所中の者の身分帳簿と同様慎重を期すべきである。

1

山川一《やまかわはじめ》の刑期は、昭和六十一年二月十九日で満了した。八年半も収容された旭川《あさひかわ》刑務所から、翌二十日の出所だった。

二月二十日（木曜日）は、未明から雪が降りはじめた。北端の病舎で目覚めて窓の外を見たが、吹雪く気配はなさそうだ。前日は薄曇りで、午前六時の気温はマイナス二十一・六度だった。

雪のせいで少し気温が上がったらしく、余り痛いとは感じない。マイナス二十度が、「寒い」と「痛い」の境目のような気がする。北海道のほぼ中央だから気候は内陸型で寒暑の差が大きく、観測史上の最高は三十五・九度、最低はマイナス四十一・〇度という。

旭川刑務所は定員三百七十一人で、ＬＢ級に分類された受刑者が収容されている。Ｌ級は、執行刑期が八年以上の者。B級は、受刑歴があって反社会集団への所属性が強く、反抗的で協調性に欠けて犯罪傾向が進んだ者である。無期刑の者が三分の一を占め、L級とB級の特性を併せた処遇困難者が多いとされる。

七時のチャイムが鳴り、起床して洗面と掃除である。二十分後の点検のとき、病舎担当の看守に言った。

「夜十二時に刑期満了で、もう俺は自由の身なんだよ。少しでも早く出してくれ」

「わかった、わかった。房のカギは開けておく。ただし、廊下をウロウロするなよ」

初老の看守とはウマが合うので、これまで衝突したことはない。

「どうせ駅までマイクロバスの送りがある。慌《あわ》てても仕方ないから、せいぜい名残りを惜しんでおけ」

「冗談じゃない、俺の身にもなってみろ」

いつもの調子で突っかかったが、自分でも頬がゆるんでいるのがわかる。旭川駅まで十五キロ余り、タクシーなら何千円もかかるはずだ。長い病舎暮らしで本来の懲役作業をしておらず、請願の袋貼りをした程度だから、作業賞与金はゼロに等しい。刑務所側が送ってくれるのなら大助かりだ。

七時二十分、看病夫が朝食を運んで来て、黄色のプラスチック食器に麦飯、味噌汁を注いで沢庵を添えた。病舎で休養処遇だから五等食である。

「満期、おめでとう」

三十六歳の看病夫に頭を下げられ、鼻腔《びこう》の奥から衝き上げるものがあった。

「きょうは、食べなきゃダメだよ」

「そうだよな」

一昨日から茶と水ばかりで、〝不食〟で処理された。東京まで長旅だから体力をつけねばならないが、どうしても喉を通らないのだ。〝拒食〟が続くと、ハンストとみなされて懲罰の対象になりかねない。しかし、今となっては〝不食〟である。

「満期というのは不思議だよ。わかっていながら、出所前は食えない」

「山川さんほどのベテランでも？」

「自慢じゃないが、いつも満期で出る。指折り数えて待っているから、食えないのかなぁ」

「もう少しで、食べたい物が食べられるもの」

言い残して、看病夫は出て行った。トラック運転手をしていた八年前、浮気した妻を刺し殺して借家を全焼させ、自分も死のうとして果たせず無期刑になった。

「とにかく満期だ、ムリに食うことはない」

休養処遇者の食事は、未決囚と同じ最低ランクで、一日に二千五百カロリーである。湯気の立つ味噌汁の椀に大根が浮かんでいる。十三年前に逮捕されてから、ずっと大根ばかり食わされた気がする。

四十八年四月、東京の葛飾区でキャバレーの店長をしていたとき、喧嘩で人を死なせて亀有警察署に逮捕された。東京地検から傷害致死で起訴され、公判中に殺人罪に訴因変更された。その年十二月、東京地裁判決は求刑どおりの懲役十年で、控訴・上告したが棄却されて、四十九年十月に刑が確定したのである。

四十九年十一月、確定移監で宮城刑務所へ送られ、満期日は五十八年四月十六日だった。しかし、工場で同囚と喧嘩した傷害罪で、仙台地裁で懲役三月を追加された。五十二年九月、旭川刑務所へ不良移送されて、更に二回の追加刑があった。同囚への暴行で懲役十月。看守と衝突した暴行・傷害・公務執行妨害で、懲役一年二月。

こうして満期日が、延びてしまった。刑期は単純な足し算ではないから、未だ山川も計算の仕方がわからない。

午前十時ごろ、パジャマから囚衣に着替えていると、保安課から二人で迎えに来た。

「満期風を吹かさず、素直にするんだぞ」

「はい、はい」

四十四歳は分別ざかり……と自分に言い聞かせて房を出た。病舎に三人収容されていたが、残るのは山川より年上の二人だ。

「体の調子はどうだ？」

レントゲン室と薬局が向かい合う医務所の廊下を左へ折れるとき、年配の係官が問うた。

「大丈夫です」

「もともと丈夫なんだ」

若い係官が言ったが、聞こえないふりをした。受刑者には作業の義務があり、①生産②自営③職業訓練に分けられる。①は木工・印刷・紙細工などで全受刑者の四分の三が従事して、②は監獄の運営に必要な運搬・炊事・理髪夫などであり、③でボイラー・溶接などの訓練を受けられる者は限られている。山川としては病舎にくすぶっているより出役したかったが、騒ぎを起こすという理由で隔離されたのだ。

「生きて出れるとは……」

口の中で呟《つぶや》きながら、いくつかの扉を抜けて管理棟へ入った。保安事務所とも呼ばれ、一階に警備隊と保安課の部屋が並び、二階に分類課、教育課などがある。

「ここで待ってなさい」

保安係に促されて、理髪室の隣の待機室に入った。廊下の向かいの警備隊で怒鳴《どな》り声がしているのは、反則を犯した懲役が取調べを受けているのだろう。だが待機室は、別名〝満期着替え室〟である。

温和しく待っていると、大柄な保安課長が書類を手にして現れた。

「御苦労さん。山川君の場合は、いろんなことがあったからね」

「お世話になりました」

「社会に出たら、二度とこういうところに来ないよう頑張ってもらいたい」

「はい」

決まり文句を聞きながら、素直に頷《うなず》いた。自分でも来たくて来た訳ではない。

「自信はあるかね？」

「はい」

「こう言っては何だが、君は頭のよい人だから、プラス面に生かしてほしい」

保安課長が、表紙に『山川一　身分帳』とある綴りをめくった。

「ここへ移監されたのは、昭和五十二年九月だね」

「よく覚えています」

九月二十一日午後七時に特急「みちのく」で仙台を発ち、連絡船で渡って函館から「北海」に乗り継ぎ、旭川到着が二十二日午前十一時四十分だった。

「月日の流れは早い。今から思えば、長いようで短い受刑生活だろう」

「そうですね」

相槌を打ちながら、移監直後のことを思った。

日本赤軍がダッカで日航機をハイジャックしたのは、五十二年九月二十八日だった。乗客と乗員百五十六人を人質に身代金六百万ドルを要求して、獄中の九人の釈放を求めた。その釈放要求リストに、旭川で受刑中の無期懲役囚が含まれていた。無期刑で千葉刑務所に服役していたが、医療面の改善を要求して看守を刃物で人質に取る事件を起こして、処遇困難者として移監された囚人である。

仙台から移されたばかりの山川は、新入者として独房に入れられ、分類調査を受けていた。ラジオニュースが全面的にストップして歌番組になったから、「何か起こった」と受刑者が色めき立った。ニュースが停止され新聞の閲読が中止されても、百三十人居る看守の誰かが漏らせば、所内を自由に往来する雑役によって情報は拡がる。

ダッカ事件は、日本赤軍の五人が実行したという。山川が東京拘置所で、待遇改善の要求で一緒に行動した男も加わっていた。拘置所で「連合赤軍に入れ」と誘われたが、「俺は右寄りだから」と断った。五十年八月のクアラルンプール事件で〝奪還〟された彼はリビアへ行ったというが、二年後にダッカ事件を起こしたのだ。

旭川に居た強盗殺人罪の懲役囚は、超法規的解釈で出て行った。「東拘で誘いに応じていたら自分も……」と山川は後悔したが、今や満期釈放の身である。

「ところで、事件についてどう思っている？」

「事件といいますと？」

「服役することになった殺人事件だよ。被害者に対して、申し訳ないと思っているだろうね」

「あんなチンピラのために服役させられたことを、後悔しています」

「要するに、反省しているわけだ」

「自分は今でも、判決を不当だと思っています。向こうが深夜に日本刀を持って押しかけたんです」

体が熱くなり、声も甲高くなってしまった。保護観察を受ける仮釈放と違って、〝反省〟を確認されることはないのである。

「しかし結果的に、殺害しているよ」

「相手はれっきとしたヤクザで、襲われた私は殺されかけたんです。無我夢中で刀を奪い、気がついたら相手が倒れていたから、救急車を呼んで自首しました」

「君も組員で、対立する組とのトラブルだろう？」

「自分は一匹狼で、組織と交際はしていたが組員じゃなかった。福岡から一緒に来た女房と、共働きで真面目にやっていたんですよ」

「キャバレー勤めだったね？」

「当時は店長だったから、引き抜き問題でゴタゴタしとったんです。ウチは売れっ子ホステスが多く……」

「それはわかった。いずれにせよ、二十四歳の若者が死んだことを反省してほしい」

「常識的には、傷害致死なんです。ところが被告人質問のとき、検事に〝十一ヵ所も刺して相手が死ぬと思わなかったか？〝と聞かれて、〝思ったかもしれない〟と答えたものだから、揚足取《あげあし》りで殺人に訴因変更されました」

「その点は、裁判所も認めたろう」

「しかし、未必の故意で殺人罪とは、こじつけも甚だしいですよ。懲役十年は今でも納得いかん」

「とはいえ最高裁で確定したことだ」

「そうですね。課長と議論してもはじまらんことです」

窓の外に目をやると、粉雪が激しく舞っている。もう少しで囚衣を脱ぎ、西の正門から外へ出ることができる。

「とにかく、二度と来ないことだ」

「はい、頑張ります」

ここで頭を下げたが、保安課長は『身分帳』をめくり続ける。

受刑回数＝十犯、服役施設＝六入、拘置所・刑務所＝全国二十三ヵ所だから、何冊かに分けられた綴りの一部である。全部を積み上げると一メートルを超すと聞いた。

「本籍地は、群馬県前橋市だね？」

「はい」

「現在、知り合いは？」

「どうですかねぇ」

怒気を抑えて、窓の外の雪を見た。


【本人の出生と家庭事情に関する生育歴経過記録】


本人は、福岡県福岡市以下不明で、私生児として出生したものである。出生届が家庭事情からなされず放置され、本籍地が不明のまま生育した。

本人が父母に関する事情を述べたところによれば、母親の田村千代は、福岡市内において博多芸者をしていた。このとき海軍大佐であった山川某と結ばれ、本人を私生児として出産するが、父親による認知、入籍、出生の届けがなされなかった。

ものごころを覚えた昭和二十年末、母親と離別した。終戦直後の社会混乱の中で、母親が本人を孤児院に預けて、音信を絶ったのである。本人は母親と生別して、天涯孤独の身の上になった。

竜華孤児院は、福岡市の萬行寺住職が経営していた（昭和二十二年初め、福岡県立の精薄施設に移管されている）。この近くに進駐軍の筑紫キャンプ兵舎があり、アメリカ軍の将校宅に里子として引き取られ、約二年間をすごしている。当時、ジミー・田村と呼ばれたことを、本人は記憶している。

二十三年十二月ころ、アメリカ軍将校の家族とともに、神戸市に移った。当時イースト・キャンプ兵舎があり、二十四年三月ころまで生活した。

この将校家族がアメリカ本国へ一時帰国することになり、本人を連れて行きたかったが、本籍地が不明であったため、正式な養子縁組手続ができなかった。

その後、神戸市内のキリスト教関係の養護施設に入れられた。「神戸少年の町」といい、フラナガン神父が個人経営していた。しかし、施設に落ち着かず、無断で飛び出してキャンプ兵舎に戻ったりした。

このため神戸市内でも山の中にある「天王谷学園」というキリスト教関係の養護施設に入れられ、平野小学校へ一年生として入学した。

施設の近くの農家に何度か里子として引き取られたが、富農家、普通農家いずれにも落ち着かず、養子縁組は成立しなかった。

小学校六年生ころから放浪癖が生じ、学校をずる休みして施設を無断で飛び出し、大阪、名古屋、東京などの盛り場を転々としている。

このころから虞《ぐ》犯による非行化が目立ちはじめ、粗暴的な少年として警察の補導を再三にわたって受けた。また、暴力団の組事務所に出入りするようになり、神戸少年鑑別所に収容された。

二十八年六月、神戸家庭裁判所の少年審判において保護処分を決定され、京都宇治初等少年院に収容された。このとき十二歳であった。

宇治初等少年院の日課は、午前中は義務教育による中学程度の学科授業を受け、午後から農耕作業に従事した。しかし、反則事犯が多々あったことから、仮退院まで二年間にわたっている。

三十年五月、仮退院して保護観察中につき京都市内の保護司宅に帰住したが、再三にわたり無断で飛び出した。

同年十月、虞犯による非行少年として仮退院を取り消され、警察に補導された。これにより横浜少年鑑別所に収容され、横浜家庭裁判所の少年審判により初等少年院送致となった。

同年十二月、前橋市の赤城初等少年院に収容された。午前中は学科授業、午後からは木工、竹細工、洋裁などの指定作業をした。

三十一年六月十一日付で、前橋家庭裁判所の審判にて新戸籍が就籍決定した。母親が名付けた田村明義から山川一に変更され、生年月日は昭和十六年五月二日、本籍地は前橋市女屋町千九百十四番地の一とされたのである。

「身元引受人が上野駅に出迎えてくれるんだって？」

保安課長が、急に顔を上げて問う。

「本籍地に関係のある人かね」

「分類課から報告されとるじゃろうもん」

思わず九州弁になった。本籍地とされるのは少年院を出た子を引き受ける寺の所在地だが、一度も行ったことはない。

「身元引受人は、東京の弁護士先生やけ」

「おお、そうだってねぇ」

弁護士を持ち出したからかどうか、保安課長は『身分帳』を閉じた。

「今日の『おおとり』に乗るんだろう、あれは便利がいいよ。函館まで雪景色を楽しみ、連絡船でシャワーでも浴びて寝台車に乗り、目が醒めたころは上野だ」

一週間前から分類にかけられ、特急「おおとり」について聞かされた。旭川発が午後一時二十分で、本州方面への出所者が利用するという。

「通しキップを買えば、青森からの寝台車が何号車かわかる。迎えの人に知らせると、上野駅に着くころホームで待ってくれる」

「乗る前に電報を打つんですか？」

「いやいや、分類課長が電話で先方に連絡する。そういう約束になっているそうだ」

「お世話になります」

声を弾ませて頭を下げたら、保安課長は「ちょっと待っていなさい」と部屋を出た。それにしても駅まで送って、わざわざ東京へ電話してくれる。また一つ不安が解消したところで、壁の貼り紙を見た。

《満期釈放者で「衣類のない人」には帰住衣を支給します。「旅費のない人」には帰住旅費を支給します。「帰住先のない人」には保護カードを出すので、保護観察所へ行き相談してください。出所後六ヵ月間は更生保護法に基づき指導援助が受けられます。出所について困った問題がある人は、分類課の係職員に相談してください。》

刑期満了で出る者は、どこへ帰って何をしようと勝手だが、ほとんどの者は帰住先がなく身元引受人の当てもない。作業賞与金は懲罰で差し引かれて、無一文に等しい。そもそも反則で懲罰が多いから、仮釈放にならないのだ。ステテコ一つで立ち回りを演じて刑務所へ送られた者は、季節に合った衣類をもらい、保護カードを頼りに地元の保護会に入る。道内に十ヵ所ほどの保護会の所在地は、一覧表を渡されている。頼って行けば二十日間は三食付きで仕事を探すことになるが、保護司に干渉されるのがイヤで最初から浮浪者の仲間入りする者も居る。

「やあ、待たせたね」

二階から降りて来た小肥りの分類課長が、大きな段ボール箱をテーブルに置いた。保安課長も引き返したが、立ったまま右手を軽く挙げた。

「所長の決裁を受けた。見送りについては、分類課に任せるからね」

「はい」

「じゃあ、頑張りなさい」

保安課長が行くと、分類課長は敬礼して見送った。この課長の部下は三人で、保安課長より格下だ。

「さて、着替えるかね」

分類課長が、身元引受人から届いた箱を開けた。宅配便で届いた時点で山川も確かめており、背広上下、ワイシャツ、ネクタイ、マフラー、裏毛皮のコート、手袋、靴下、登山靴、ショルダーバッグ、透明ケース入りのノートが出てきた。

「去年の暮れに寸法の問い合わせがあったそうだね。なかなか行き届いた先生だ」

「若い頃はスポーツマンだったそうです」

「着替えていいよ」

「では、脱ぎます」

霜降り灰色の上着は、前が五つボタンである。ズボンも同色で、ベルトのかわりに紐がついている。紺色のチョッキ、黒色の靴下、灰色の袴下《こした》、メリヤスシャツ、白パンツの順に脱いで、丸裸になった。

いつのまにか分類課の係官が来ており、書類を前にして山川を凝視している。一週間前から警備隊が病舎に来て、不正に物を持ち出すのを警戒して房内を徹底的に捜検した。最後は分類課の責任で身体を見分するのだ。

【身体の特徴】

身長——百六十二センチ。

体重——六十二キロ。

血液型——O型。

　中肉中背でやや色浅黒く、精悍で闘士型である。少年時に赤城初等少年院の院生から、左胸から左腕肩にかけて桜吹雪の筋彫り刺青を入れられたが、未完成のまま現在に至っている。

　昭和三十五年七月ころ、京都市内の喧嘩抗争事件において左胸と左背中を日本刀で刺傷され、四十四針を縫う大手術を受け、手術跡は現在も残って冬の寒いときは痛むという。

　その他、手首や足、頭部などには自傷や喧嘩の傷跡が多数あり、傷だらけの体である。

　裸体のまま貸与品の囚衣を畳んでいると、分類課長が急《せ》かした。

「どうせ洗濯に回すんだ。いいから、早く着なさい」

　しかし、二度と囚衣を着ることがないように、丁寧に畳んで返したかった。管理棟は特に暖房が効いて寒くはない。整理整頓は、少年時代から身についた習慣である。

「では着ます」

真新しい肌着は厚地で、袖を通すとき良い匂いがした。地元の弁護士に挨拶して帰ると手紙に書いたから、ワイシャツを入れてくれたのだろう。ネクタイの結び方を忘れたかと思ったが、自然に指先が動いた。

「背広もぴったりで、誂《あつら》えたみたいだよ」

「ちょっと、地味じゃないですか？」

「もう山川君は、キャバレーの店長じゃない。ヤーさんスタイルは似合わないよ」

「先生の言うとおりです」

いつになく素直に〝先生〟が出た。職員を先生と呼ぶ仕来りは、矯正機関だから理屈に合っているのだろうが使わないできた。

「どう見ても普通の勤め人だ。組関係とは縁を切るんだろう？」

「とっくに切れています。誰も面会に来ないし、差し入れもない。もう足を洗ったんです」

「そうだね。都はるみのように〝普通のおじさん〟に戻ることだよ」

「そうですね、先生」

話しながらマフラーを巻き、コートまで着てしまった。鏡を見たい気もするが、塀の外へ出てからでいい。

「おいおい、靴を履いていないぞ」

「道理でヘンだと思った」

声をたてて笑いながら茶色の登山靴を履き、しっかり紐を結ぶとぴったり足に馴染んだ。

「ショルダーバッグに小物を入れなさい……と、配慮の行き届いた先生だよ」

「はい、そうですね」

ノートなどをバッグに詰めている間に、部屋を出て階段を昇った係員が、領置番号の札が付いた腕時計を持って引き返した。

それを受け取って、分類課長が目の前に突き出した。

「せっかくのラドーだが、錆びてしまっている。高かったんだろう？」

「当時で三十万円しました」

「そりゃ残念だったね。預かり期間中に分解掃除に出すほど、刑務所は親切じゃない」

「やむを得ません」

「持っていくか？」

「廃棄処分にしてください」

未練がない訳ではないが、東京拘置所、宮城・旭川刑務所領置品倉庫で十三年間も眠っていたのだ。訴訟記録や日誌類などは宅下げにして、駅からチッキで送るつもりだ。

「バスが出るまで、ちょっと時間がある。さっき裁判所へ行ったばかりなんでね」

「そうですか？」

「バスはすぐ戻って、また裁判所へ行く。そんなに待たせないよ」

「はい、わかりました」

ここから南へ十キロ余り先に、広大な自衛隊駐屯地に向かい合って裁判所と検察庁が並んでいる。出払ったのは、勾留中の被告人が裁判を受けに行ったからだ。共犯関係の被告人を隔離するために、分けて何回も往復する。

「領置金だ。中を改めなさい」

渡された封筒に、二万六千四百十四円と表記されており、覗いただけで数えなかった。若いころから、釣り銭を改める習慣はない。

「国鉄の割引証だよ」

この「被救護者旅客運賃割引証」で運賃は半額だが、特急・寝台料金には適用されない。

「肝心の保護カードだ。大事に扱いなさい」

渡された書類には、刑務所の大きな朱印が押してある。

《保護カード――更生緊急保護法》
釈放の事由＝満期釈放
罪名＝①殺人（懲一〇年）、②傷害（懲三月）、③暴行（懲一〇月）、④暴行・傷害・公務執行妨害（懲一年二月）。

身柄拘束期間＝昭和四十九年十月十二日から昭和六十一年二月十九日まで。

釈放時の所持金＝二六、四一四円。

更生保護意見＝引受人の許に短期間しか居住が見込めず、他に本人を援護してくれる親族もなく、釈放時の所持金も社会生活するうえで不十分である。このような釈放後の生計の見込み近親者の状況等から、更生保護の必要があると認める。


「山川君、汗をかいているじゃないの」

「脱ぎますかね？」

護送車が出るまで、どれくらい待たされるか分からない。コートを脱ごうとしたらドアが開き、警備隊員が顔を出した。

「オーケーですよ」

「じゃあ行こう」

その瞬間が来た途端に視野がかすんで、高熱を発したときのような状態になった。

待機室を出て、保安課の前の釈放調室で係官に氏名と本籍を問われた。拇印を押して署名すると手続きが終わり、門衛が天眼鏡で指紋を照合して、バスに乗り込んだら表門の鉄扉が開いた。

マイクロバスの護送車は、真っ直ぐ伸びた三線道路を走った。刑務所の所在地が東鷹栖三線二〇号で、碁盤の目のような道を市の中心部へ向かうにつれ、道路の号数が若くなる。前の座席に居る未決囚三人は、看守にはさまれて私語を禁じられている。

雪はますます激しくなって、視界はすべて真っ白である。道の両側は水田で、五月の初めに苗代を作るハウスの鉄骨が辛うじて見える。「歩道」の標識を立てた柱があるのは、車が逸《そ》れない目印なのだ。旭川へ来て新たな裁判を受けて、この道を何度通ったか知れない。それぞれの季節、車窓の景色を見るのが唯一の楽しみだった。

ダイヤモンドダストと呼ばれる空中に舞う氷片の輝きも見た。二月の極寒の日に太陽光線を反射させて美しいが、あまりの寒さに護送車を冷凍車のように感じる。だが今日は、雪だから暖かい。

一八号、一六号と進んでも、対向車は一台もない。窓の外を見ていると、右隣に座った防寒着の警備隊員が話かけた。

「社会では何をするつもりだ？」

「今のところ白紙やけんど、引受人と相談して決めるつもりよ」

「身元引受人は、どんな仕事をしている？」

「弁護士の先生だよ」

「そりゃ良かった」

若い警備隊員には、意外だったらしい。

統計上の帰住先は、父母＝二七パーセント、配偶者＝二六パーセント、兄弟・姉妹＝九パーセント、更生保護会＝二一パーセント等である。

「もう、刑務所には戻るなよ」

「わかっちょる」

すべての出所者の中で、再犯で刑務所に舞い戻る再入率は、仮釈放＝三四パーセント、満期出所＝六二パーセントという。

「心配しなくても、来やしないよ」

灰色の外套を着てバスに乗った分類課長が、振り向いて警備隊員に言った。

「ヤクザ稼業から足を洗うから、来る理由がないんだ」

そこで山川は、二人の顔を交互に見た。

「少なくとも、旭川には来んね。どんなに頼まれても嫌やな」

「頼まない、頼まない。山川ばかりはお断りだ。旭川にだけは来ないでくれ。……来るな、来るな、来るな」

バスの揺れに合わせて分類課長が唱え、三人で声をひそめて笑った。前部座席の未決囚には、後ろの席が天国に思えるだろう。

「だけど将来は、遊びに来たい気がする。色々と思い出の多いところやけん」

「来るな、来るな。旭川だけは遊びでも来るな」

「そりゃなかでしょう」

山川は笑ったが、分類課長は真顔だった。なにしろ〝反則太郎〟なのである。


【当所収容後の規律違反等一覧表】
①官本落書き＝文書閲読禁止七日、賞与金削減三百円
　貸与されていた官本に落書きした。
②収容者暴行＝文書閲読禁止六十日、賞与金削減一万円
　同じ病舎の受刑者に糞尿をかけた。
③争論＝文書閲読禁止七日
　受刑者と居房の窓越しに争論した。
④静謐を乱す＝文書閲読禁止十日
　拘置場で通声した者を怒鳴った。
⑤物品授与・器物損壊・自傷行為・争論＝文書閲読禁止五十日、作業賞与金削減三千円
　受刑者から不正に菓子を貰い、職員に暴言して保護房に入れられ視察カメラを汚し、金属手錠で壁を叩き左手首に自傷、受刑者と居房の窓越しに争論した。

⑥争論＝叱責
拘置中の被告人と争論した。
⑦布団等汚損・落書き＝文書閲読禁止三十日
居房を糞便で汚して壁に落書きした。
⑧争論・静謐を乱す・暴言＝文書閲読禁止四十日
拘置中の被告人と争論し、居房で通声を聞いて怒鳴り、担当職員に「覚えていろ」と暴言した。
⑨通声・暴言＝文書閲読禁止二十五日
拘置中の被告人と窓越しに通声して、注意した職員に「黙っていろ」と暴言した。
⑩争論・抗命・暴行・公務執行妨害・傷害＝文書閲読禁止八十日
受刑者と争論して制止した職員に抗命、担当職員に糞尿を浴びせる暴行を加え、制圧した職員に抵抗して擦過傷を負わせた。

これらの懲罰を執行され、②と⑩については事件送致になり、旭川地検が起訴して刑が追加されたのである。

懲罰は監獄法に明文規定がなく、各施設の「収容者遵守事項」にもとづいて執行される。文書閲読禁止は、新聞雑誌や本を読むことを禁じられるだけでなく、ラジオが聞けなくなり運動も許されない。工場に出役しても休憩や昼食時に隔離され、他の受刑者との会話を禁じられる。読むだけでなく言葉を発することも禁止されるから、大変な苦痛なのだ。

山川は分類課長に言った。

「でも先生、生きていれば何が起こるかわからない。ちょっとした過失でも、前科者の場合は犯罪にされるけん、短期の刑を食うことはあるかも知れんよ」

「短期はあるか？」

「先生たちは公務員だから、交通事故ぐらいお目こぼしになるけど、前科者は違うもんねぇ」

「そうとは限らない。われわれに過失があれば、公務員であるが故にマスコミから袋叩きにされ、厳しく責任を問われるんだ」

「社会ではあるかもしれんけど、刑務所の中では公務員のやりたい放題やろ。黒が白で通る世界やけん」

「おいおい、ここは既に社会だ。過去を云々するのはやめようじゃないか」

「そうだね、先生」

一五号、一三号道路を過ぎて一一号にさしかかると、人家も増えてきて傘をさして歩く姿も見られる。赤いコートの女が買物籠を下げているが、年齢はちょっと見分けがつかない。

対向車も見られて、素晴らしい外車が来たと思ったら国産である。若いころから車の運転は好きだが、いつか自分の車を持つ日が訪れるだろうか。

ふと、警備隊員が言った。

「山川は、四十四歳だったな」

柔道で鍛えていることは、耳の潰《つぶ》れ具合で分かる。別名〝新選組〟の警備隊は、柔道や剣道の猛者ばかりだ。この隊員とはトラブルを起こしていないから、見送り役に選ばれたのだろう。

「俺のおふくろと同年で、四十にして惑わずだよ。カッとする性格は、改めたほうがいい」

「おふくろさんは、カッとしないか？」

「…………」

「嫌味じゃなか、聞いてみただけよ」

これまで特別公務員暴行陵虐罪で何度も看守を告訴したから、相手方の住所・氏名は記録に明記されている。

商店やバーなどが並ぶ末広町で左折して、国道四〇号線に出て南へ走った。この国道は稚内と結ばれ、さすが大動脈で車が多くなった。トラックも乗用車も、車種の豊富さに目を見張るばかりだ。

右側には陸上自衛隊の駐屯地が広がり、飛行場まであるという。

左側に検察庁と裁判所が並んでいる。検察庁で降ろされた男は追起訴でもされるのか、酔っぱらったような足取りだった。後の二人は裁判所で降りた。

スタルヒン球場の前にさしかかったとき、警備隊員に聞いてみた。

「真冬に出所する者は、みんな駅まで送ってもらう？」

「そうでもないようだね。路線バスだって走っておるからさ」

「やくざ者に限って、駅まで護送されるのかな」

「…………」

警備隊員は答えず、分類課長は何も言わなかった。

市街地に入って旭町で左折して、石狩川にかかる橋を渡った。大きな建物が目立つようになり、信号待ちも多くなって旭川駅に近づいた。

マイクロバスは、駐車禁止の標識のある所に入って停車した。救急車等と同じ扱いらしく、分類課長は真っ直ぐ駅舎に向かった。

「まずキップを買おう」

「そうですね」

駅の大時計は、十一時半を指している。荷物をチッキで送るためにキップが必要だから、ショルダーバッグから割引証と領置金を取り出すと、窓口で課長が注文した。

「東京まで『おおとり』を一枚」

「ありがとうございます」

職員は「被救護者旅客運賃割引証」を眺めて、無表情に応対した。

「自由席で座れるね？」

「充分です」

「そのまま連絡船に乗るので、青森から寝台車にしてちょうだい」

てきぱき分類課長が指示するが、札幌で途中下車する予定なのだ。

「ちょっと待ってください。札幌で用事があるけん、時間をずらしてもらわんと困る」

「何だって？」

「札幌の弁護士さんに挨拶して行きたい。控訴審で身柄を移されたとき、ずいぶん世話になった先生ですよ」

「弱ったたな。その話は聞いていない」

「いちいち断る必要はないやろ。満期で出たんだから、こっちの自由だ」

「それはわかっているが、問題は東京の弁護士さんだよ。朝一番に電話して、『おおとり』から乗り継ぐと伝えておいたからね」

「冗談じゃない。これから旭川の弁護士さんにも、挨拶に行かんといかん。このまま黙って帰っては、先生に義理が立たぬ」

「だけど東京の弁護士さんは、明日の朝には上野駅で待っておられる」

「その弁護士先生が、旭川の先生を紹介してくれた。それで挨拶用にネクタイを締めちょるけん、今からタクシーで一条通りの事務所へ行く。それから『おおとり』に乗って札幌に寄り、控訴審の先生に挨拶する予定だよ」

「旭川の先生は知っておられる？」

「行けば俺のことはわかる。ずいぶん世話になった先生やけんね」

「そりゃ、無茶だよ。事前に連絡も入れないで、とても弁護士には会えない。どんなに忙しい職業か知っているはずだ」

「じゃあ今から、電話してみるよ。住所も電話番号も、ちゃんと控えちょる」

「キップはどうするの？」

「…………」

当惑して後ろを見ると、老夫婦が順番待ちでイライラしている様子だ。

「弁護士の先生方には、東京へ帰って礼状を出せば済むと思うけどね」

「仕方ない、そうします」

やむなく折れたら職員がキーを押して、キップがつながって出た。

「全部で二万一千三百五十円です」

内訳を見ると、運賃は旭川―東京七千四百円、特急料金七千九百五十円、寝台料金六千円である。弁護士からの送金をふくめて領置金が二万六千四百十四円だから、五千円札と小銭しか残らない。

「次はチッキだな」

「お手数をかけます」

こうなっては課長に従うしかない。警備隊員と運転手が段ボールを運んでくれており、宛先は身元引受人宅で運賃は着払いにして、荷物の手続きも済んだ。

「だいぶ時間がある。デパートでも覗いてみるか？」

「もう大丈夫です。一人で時間をつぶします」

「そんなこと言っても二時間近くある。一人じゃ退屈するにきまっている」

「いいえ、ヒマつぶしには慣れている。ずっと独房に居たんだもの」

「列車が入るまで付き合うよ。僕らにとって仕事なんだ」

「いいですよ、一人で待てるから。本当に大丈夫です」

「遠慮するなよ、僕らは仕事なんだ」

繰り返し言われて、ようやく意味がわかった。刑務所側としては、〝お礼参り〟を警戒している。絶えず看守と衝突してきた男が、無事に列車に乗るのを見届けたいのだ。

「それじゃ、付き合ってもらいますか」

「時計が無いんだったね」

分類課長が、駅舎と繋がっているデパートのほうへ歩き出した。

「買ったらどうだ？」

「そんなカネはなかですよ」

「別に舶来品じゃない。国産のデジタルが二千円以下で買えるよ」

「まさか、そんな値段じゃムリだ」

「ウソなものか。……なあ？」

「課長の言われるとおりだ」

警備隊員が、自分の腕時計を見せた。

「いくらだと思う？　アラームだって付いているぞ」

「高そうに見えるけどねぇ」

「実は八千円で、今時は高級品の部類だ」

「信じられんなぁ」

最近の時計が便利になり、しかも正確であることは知っているが、こんなに安いとは思わなかった。

「二千円以下なら、買えるかも知れん」

「売り場へ行ってみるべぇ」

分類課長が上機嫌で案内して、結局、千九百八十円のデジタル時計を買ってしまった。

午後一時二十分発の特急「おおとり」は、網走始発である。定刻どおりに入るとアナウンスがあり、列の先頭で改札口から一番線ホームに出て、自由席の停まる位置に立った。

「早く来てよかった。確実に坐れるよ」

「そうですね。先生のお陰です」

旭川の弁護士には、駅舎の公衆電話から連絡した。昼休みで事務所に居て、午後からまた裁判所へ行くという話だった。「真っ直ぐ帰って安心させなさい」と、若い弁護士も念を押した。東京で待つ身元引受人の弁護士を気づかう口振りなので、納得がいった。

いよいよ列車が入るとき、分類課長が握手を求めた。

「気をつけろよ。短気を起こすんじゃないよ」

警備隊員と運転手も手を差し出した。三人とも同じ外套を着ているから、刑務所の人間であることは他の乗客にもわかるだろう。

しかし、今は手錠が掛かっていない。山川は強く手を握り返した。

「すっかり面倒をかけました」

「東京の先生には、乗ったことを連絡しておくからな」

「よろしくお願いします」

「途中下車しちゃダメだぞ。東京の先生が上野で待っておられるんだ」

「真っ直ぐ帰るですよ。東京から来た人間やけん」

「そうだ、そうだ。東京さ帰ぇる」

分類課長がおどけているうちに、七両編成のディーゼルカーが入った。函館本線─千歳線、室蘭本線経由で、函館が終着駅だ。

「それじゃ、失礼します」

最後尾の自由車に乗ると、座席は十分空いていた。窓際に坐ったが、ずっと一人で居られそうだ。

列車が動き出すと、ホームに並んだ三人が手を振った。立ち上がって頭を下げ続けて、顔を上げたら窓の外には雪しか見えない。降りはますます激しくなり、走行する列車が雪を蹴立てるせいもある。

「ざまをみろ」

意味もなく呟いて座席に腰を降ろし、しばらく肩で呼吸した。血圧が異常に高いとき後頭部を重く感じ、放置しておくと意識が遠のいて倒れる。その兆《きざ》しがあるようで、急いで目を閉じた。

スチーム暖房がよく効いて、途中でコートを脱いだ。表は布地で裏が毛皮の登山用コートは、東京に着いたら弁護士に返さなければならない。替わりのコートは用意してあるという。手紙にそう書いてあった……。

あと二十五日で、いよいよ出所！

君にとっては、人間性も人格も否定されたであろう十三年の獄舎生活が終わろうとしている。

今、君の姿を想像している。これから先のことを考え、期待と不安の一日一日を送っている、君の姿を。

このところ、君をどのように受け入れるかの計画が、僕の頭の中でかなりの部分を占めている。社会への復帰の第一歩を、円滑に健康に明るく踏み出せるように、と。

一番大事なことは、君がこれまで失っていた人間に対する信頼感と愛情（少し感傷的かな）を回復することで、その期待に僕自身がどれだけ応え得るかだ。これは僕にとっての不安だが、一面には金網越しでしか知らぬ人と会える楽しさ、期待もある。

僕が君を立ち直らせるという、おおそれた自負心はないが、たとえ一時期でも、また少しでも、君の将来の生活のプラスになればと思っている。

今日、旅費と出所に際しての衣服、必要品一式を宅急便で送った。

君の体型は、ほとんど僕と同じ。僕は身長百六十五センチ（昔の五尺五寸）、胸囲も九十七・八センチ、体重六十五キロ（少しオーバー気味なので回りから痩せろと言われている）、ウエスト八十八（これもオーバー）。ただ、股下は君より少し長く、ズボンを計ったら七十二センチあった。学生時代、ランニング（長距離）をやっていたせいだろう。

肌着やスエーター等は、安物とはいえ新調だが、洋服だけは僕が手を通した物で、ズボンはすそ上げして貰ってある。

オーバー代わりの裏毛のコートは、僕が極寒地や山地に行く時に愛用しているもので、旭川が極寒地と思って入れた。東京に来たら別なものを提供するから、これだけは返して下さい。後はバッグその他、すべて君の所有です。

三日ばかり前に旭川刑務所長宛に、君の帰住地は僕の家だから、出所前に東京の施設に移監するよう要請の手紙を出しておいた。東京での出所なら、僕自身が出迎えに行けるし、高血圧の君が一人で北海道から東京へ旅行する不安も解消する。

前の手紙でも書いたように、長らく病舎生活していた君にとって、出所後しばらく療養生活が必要だと思って、引き受けてくれる病院を当たっておいた。

手続きとしては、出所後はわが家に居住することにして（部屋は別に借りるとしても）、住民登録を済ませた上で医療保護か生活保護を受ける。

この点は、区役所の係員とも打ち合わせている。すぐ手続きは済む由だから、生活問題は気にしないでもよい。

体が回復し、気候もよくなったら、生活の道を立てることだ。

この弁護士が連合赤軍事件を担当したので、獄中で知り合った被告人らが紹介してくれた。元外交官で敗戦をモスクワで迎え、戦後にスパイ事件に巻き込まれ被告人として苦しみ、無罪確定後に弁護士資格を取ったと聞かされている。

なぜ一般刑事事件の者に親切なのか、山川には分からない。刑が確定した時点で身元引受人になることを承知して、服役中は定期的に手紙をくれた。

「もう俺は、極道じゃない」

トンネルにさしかかったので、窓ガラスに映る自分のネクタイ姿を見た。ネクタイを締めただけでこんなに印象が変るものなのか。

「ビールでも飲むか……」

駅で時間待ちのあいだに立ち食いのウドンを食べ、警備隊員に勧められてビールなど買った。アルコールは十三年ぶりだから、道中眠れて体が楽なはずだ。

「いや、止めておこう」

飲む気になれず、手を引っ込めた。

旭川刑務所には暴力団の幹部が多く、たいてい満期出所になる。組織に戻らないことを誓えば仮釈放の恩典に浴せるが、「官に屈伏した」と物笑いのタネになるからだ。長い拘禁生活と旭川の寒さで衰弱しているのに、連日の出所祝いで酒びたりになり、女を抱いているうちに三ヵ月ほどで死ぬ話は、飽きるほど聞かされた。

「今度ばかりは堅気だ」

改めて自分に言い聞かせたものの、実際これから何が出来るのだろう？　それを思うと不安が拡がり、ビールに手を伸ばしかけて、また引っ込めた。

「中年よ大志を抱け、だ」

もう刑務所には戻りたくない。十二歳で初等少年院に入れられてから、続けて二年以上の社会生活を経験していない。


【非行経歴と少年院入所歴】

本人は、昭和二十八年から非行少年として少年院に収容され、初等・中等・特別少年院を、全国八ヵ所タライ回しにされている。
①二十八年六月〜三十年五月（十二〜十四歳）
虞犯による非行少年として、京都の宇治初等少年院に収容された。
②三十年十二月〜三十一年八月（十四〜十五歳）
前橋の赤城初等少年院に収容されたころから粗暴化による反則事犯が特に目立ち、ボス的なリーダーとして職員に対して反抗的になり、処遇困難者として東京に不良移送された。
③三十一年八月〜十月（十五歳）
多摩中等少年院に収容されたが、職員に反抗的で千葉に移送された。
④三十一年十月〜三十二年二月（十五歳）

八街中等少年院に収容されたが、反則事犯が多く職員に反抗的で神奈川に移送された。

⑤三十二年二月〜九月（十五〜十六歳）
小田原特別少年院に収容されたが、反則事犯が多く職員に反抗的で久里浜に移送された。

⑥三十二年十月〜十一月（十六歳）
久里浜特別少年院に収容されたが、反則事犯が多く職員に反抗的で岩手に移送された。

⑦三十二年十一月〜十二月（十六歳）
盛岡特別少年院の院長は、赤城初等少年院長当時に本人を知っていたので、恩情により特別仮退院が許可されて、京都市内の保護司宅に帰住した。

⑧三十三年三月〜四月（十六歳）
仮退院が取り消され、虞犯による非行少年として奈良特別少年院に引致収容された。本人は収容を不満に思い、首謀者として収容者たちを煽動して集団暴動・逃走事件を起こして、少年院から異例の逆事件送致されて、集団加重逃走・建造物損壊・器物損壊・暴行・傷害等五件の罪名で奈良地方裁判所で審理を受け、懲役六月以上二年の不定期刑を言い渡された。

【犯罪経歴と累犯前科】

本人の受刑回数と服役施設入所回数は、十犯六入を数え、施設入所歴は、全国二十三ヵ所の拘置所および刑務所である。

その受刑中において、再三にわたる看守暴行傷害事件、同囚喧嘩傷害事件などの暴力的粗暴事件を起こして、どの刑務所でも処遇困難者として厄介払いしたため、全国の刑務所を転々と不良移監されてきた。

《初犯》奈良特別少年刑務所、城野医療刑務所＝三十三年三月〜三十五年二月（十六〜十八歳）

判決は不定期刑で、未決六十日を算入された。しかし、看守に対する暴行・傷害事件を再三にわたって起こし、特異性格として九州の城野医療刑務所に不良移監されたりして満期出所した。

特別保護観察により、京都市内の保護司宅に帰住して、東映京都撮影所の進行係兼照明係になったが、暴力団の構成員になった。

《二犯》大阪刑務所＝三十五年九月〜三十九年四月（十九〜二十二歳）

京都市内における喧嘩で左胸などを刺され、京都日赤病院に入院して生死をさまようまでの重傷だった。回復後に、暴行・傷害・恐喝等の罪名で逮捕される際に反抗して逮捕状を破り捨て、公文書破棄罪を追起訴された。

京都地方裁判所は懲役三年を判決して、本人は控訴を申し立てたが大阪高等裁判所が棄却し、懲役三年が確定して、大阪刑務所において服役した。

このとき本人は満二十歳になり、所内の成人式に出席して、記念品を授与されている。三十九年四月に満期出所し、京都市内の暴力団組長宅に帰住して社会生活に適応できなかった。

《三犯》京都刑務所＝四十年一月〜四十一年四月（二十三〜二十四歳）

知人が経営するボーリング場の副支配人をしていたとき、債権取り立ての件で逮捕された。大津地方裁判所で、恐喝・暴行・窃盗などの罪名で懲役一年四月の判決を受けた。京都刑務所においては服役態度が悪く、満期出所している。

《四犯》福岡刑務所＝四十二年四月〜四十三年三月（二十五〜二十六歳）

福岡市内のキャバレーで芸能マネージャーを兼ねた照明係をしていたが、債権取り立ての件で逮捕され、福岡地方裁判所で暴行・恐喝などの罪名で、懲役一年の判決を受けた。福岡刑務所を満期出所し、前記キャバレーに副支配人として復職した。

《五犯》前橋、府中、佐世保刑務所＝四十四年十一月〜四十七年十月（二十八〜三十一歳）

キャバレーを退社して東京都内の外資系の会社に入り、スロットマシン等のゲーム機械のリース業に従事したが、知人が経営する警備保障会社に移って警務司令になった。

桐生市のスーパーで売上金八百九十万円を着服横領した件で告訴され、前橋地方裁判所において、横領・窃盗の罪名で懲役三年の判決を受け、前橋刑務所に収容されたが、再犯受刑者であるため府中刑務所に移監された。

府中刑務所では同囚暴行・傷害事件を起こし、東京地方裁判所八王子支部において懲役二月の判決を受け、処遇困難者として佐世保刑務所へ不良移監されて、刑期満了で出所した。

出所後は福岡市のキャバレーに復職したが、ホステスの日高久美子と上京した。

《六犯》宮城、旭川刑務所＝四十九年十一月～六十一年二月（三十三～四十四歳）

東京都内の知人が経営するキャバレーで店長をしていたが、店の債権取り立て、ホステスの引き抜きなどの件で暴力団幹部と喧嘩抗争になり、相手の日本刀を奪い取って刺殺した。

東京拘置所に収容され、本人の隣房だった連合赤軍事件の被告人らと親しくなり組織加入を勧められるが、思想が違うと断っている。

東京地方裁判所において、傷害致死罪により裁判審理を受けたが、十一ヵ所を刺傷したことなどから未必の故意による殺人罪に訴因変更され、懲役十年の判決を受けて、控訴・上告も棄却された。

なお、上告中に協議離婚するなどの事情から自殺を計ったが、緊急救助により未遂に終わった。

本人は不服ながらも宮城刑務所に収容され、反抗的態度に終始して同囚暴行事件を引き起こして、傷害罪で懲役三月の追加刑を受けた。

以上のようなことから、処遇困難者として当旭川刑務所に不良移送され、新入教育の後に木工場で碁盤製作に当たったが、半年後に本態性高血圧、痔瘻症の病気が悪化して休養処遇者になる。しかし、服役態度が特に悪く、懲役十月と一年二月の追加刑を受けている。

本刑期の終了予定日は、昭和六十一年二月十九日と指定されているが、初犯による三十三年三月の奈良少年刑務所への服役から今日まで、通算刑期は二十三年に及ぶものである。


列車は美唄に停車して、腕時計のデジタルは二時二十分を示している。駅員が総出で雪掻きをしており、シャベルのオレンジ色が鮮やかだった。旭川から一時間、まだ旅は長い。走り出したら雪は激しく降り、外の景色はまったく見えない。乗客はまばらで、話し声もしない。

「メシでも食うか?」

独房暮らしが長いから、独り言の癖がついている。バッグを開けたら、分類課長が買ってくれた『北海道新聞』があった。いかに活字好きでも読む気になれず、何とはなしにめくっていると、〝ロビー〟という欄で新任の旭川駅長が、「分割・民営化で国鉄最後の駅長になるかもしれないが、三十六万都市の表玄関に恥じないサービスをしたい」と語っている。

新聞を畳んで、弁当の包みを開けた。

「何だ、これは？」

オニギリは白いごはんのままで、海苔は透明ビニールの中にある。海苔を巻きつけたままだと、濡れてべとつくからだろう。

「考えたもんだねぇ、世の中には頭のいい人間が居る」

感心して海苔を巻き付け、香りを楽しんでから口に運んだ。

2

特急寝台「はくつる4号」は、定刻の午前九時十八分に上野駅に着いた。

列車がプラットホームに停止した後も、立たずに座席で待った。分類課長の話では、向こうから声をかけてくれるという。十三年前に東京拘置所の面会室で一回会っただけなので、顔を思い出せない。

「騙《だま》されたか？」

ほとんどの乗客が降りたのに、それらしい人物が現れない。旭川を離れさせるのが仕事だから、分類課長が奸計を用いたのではないか。上野駅の出迎えがウソと分かっても、旭川へ引き返す旅費がない。そのために腕時計を買わせたのなら、ますます許しがたい。

拳を握り締めていると背後から声がして、白髪の老人が通路に立っていた。

プラットホームばかり見ていたので、車内の通路に気付かなかったのだ。

「山川君だね？」

「はい、山川一です」

直立不動の姿勢を取ったら、言葉が迸《ほとばし》り出た。

「旭川で朽ち果てて、無縁仏に葬られることを覚悟しておったのですが、先生の御陰で生きて帰れました。心から感謝しております。本日は丁重なるお出迎え、誠に有り難うございます」

「疲れただろう？」

「いいえ、刑務所に居ることを思えば天国みたいなものです。自分はガキの時分から旅行好きだから、長旅は苦にならんのです」

「つもる話は後で聞くことにして、とりあえず私の事務所へ行こう」

「わかりました」

最敬礼して列車から降りた。荷物はバッグ一つだが、少し足がふらついた。旭川から二十時間、オニギリ二個のほかは何も食べていない。

網走始発の「おおとり」は、午後七時二十五分に函館に着いた。七時四十分に連絡船「八甲田」が出港して、船中食堂を覗いたが気後れして入れず、ウォータークーラーの水を飲んだだけだ。青森からの「はくつる4号」は上段のベッドで、なかなか眠れなかった。下段に向かい合わせの女二人が遅くまで喋り、東京で水商売をしているらしく、旧正月に誘い合わせて帰郷したようだ。

「上野駅も変わったからね」

長いエスカレーターに並んで立った弁護士は、背筋がピンと伸びて七十過ぎには見えない。

「新幹線の始発駅になって、東北線と上越線が出ているんだよ」

「自分は浦島太郎で、何もかも驚きです」

「浦島太郎ねぇ」

「旭川の反則太郎も、社会に出れば浦島太郎ですよ」

新幹線の改札口を出て、入り組んだ通路を歩くとき、通勤ラッシュのような混雑ぶりだった。

「僕の事務所は新橋だから、十分ちょっとで着く。一休みしてから、役所関係の手続きに行こう」

「お世話になります」

「そう一々、頭を下げることはない。もはや君は、自由の身なんだよ」

山手線の電車に乗って、弁護士の言葉が気になってきた。「君は自由の身」と付け加えたのは、早めに突き放すつもりかもしれない。

窓から見える東京の空は、晴れわたって抜けるように青い。冬もめったに雪が降らず交通機関も発達して、こんな便利な都会はない。それでいて生活に馴染めず、良い思い出も残っていないのは、東京の人間は冷たいからだ。

「福岡へ帰って、ルーツを捜すんじゃ」

口の中で呟いて、車内を見回した。前に坐った乗客が、スポーツ新聞を拡げて大見出しが躍っている。イラン旅客機がイラク戦闘機に撃墜され、国会議員など四十人が死亡。〝ロス疑惑〟公判でポルノ女優が、三浦和義の妻を殴打した凶器はアメリカで拾ったものと証言。新幹線静岡駅で飛び込み自殺した女子高校生の父親は、大洋ホエールズのチームドクター。

つい覗き込んだのは、「山口組と一和会が手打ち？　警察に情報」という記事だったが、肩を叩かれた。

「降りるよ」

気づいたら新橋駅だから、慌てて降りて弁護士の前に立ったが、少し立ちくらみを覚えた。

「体の具合が悪いかね？」

「実は、余り食べておらんのです」

「よく聞く話だ。出所の二、三日前から、食事が喉を通らないんだって？」

「その通りです」

「百戦錬磨、千軍万馬の兵にして共通するんだなぁ」

弁護士が白い歯を見せて笑ったのは、新左翼の連中を思い出したに違いない。

新橋駅の改札口を出ると、商店街のスピーカーの宣伝文句が喧《やかま》しい。大きな駅前ビルに沿って歩き、古い町並みに抜けたところで弁護士がタバコ屋に寄った。買物だと思って待っていると、手招きされた。

「こっちだよ、ほら」

タバコを売る酒屋の二階に、弁護士の名前で看板が出ている。有名な弁護士だから立派なビルを想像していたが、古びたモルタル壁の三階建てで、不動産屋や名刺印刷の看板もある。

「気をつけなさいよ」

注意されながら、薄暗い階段を登った。二階の廊下の突き当たりにドアがあり、タバコ屋の真上が事務所だった。

ストーブ暖房が効いた部屋に入ると、五十半ばの和服の女性が笑顔で迎えた。

「どうぞ、どうぞ。お疲れでしょう」

「ずっと食事をしていないそうだ。……山川君、家内だから遠慮することはない」

そう言われて、いっそう緊張した。手紙に「出所後はわが家に居住することにして」とあったが、刑余者が転がり込むのだから歓迎されるはずもない。

「山川一と申します。この度はいろいろ配慮いただき、誠に有り難うございます。未熟者ですが、なにとぞ宜しくお願い致します」

「はい、はい。堅苦しい挨拶はそれぐらいにして、こちらにお掛けなさい」

「失礼します」

丁寧にお辞儀して、ソファーに腰を下ろした。角部屋の東側に机や書類棚、北側の窓に面して応接セットが置かれている。

「山川君、食べなきゃダメだよ」

「いいえ、食べられないです」

「僕はお雑煮を食べる。君も付き合いなさい」

ストーブの上に、鍋が乗っている。さきほどからの懐かしい匂いは雑煮だった。

「じゃあ、汁だけいただきます。お餅は喉につかえそうなので遠慮致します」

ソファーに畏《かしこ》まっている間に、「すぐ山川さんと分かったんですか？」「以前に刑務所から写真が届いた」「刑務所ってそんなことまでするのねぇ」「違うよ、本人が撮影を依頼するんだ」と夫婦の会話があった。そういえば昭和五十三年の正月、旭川へ移監されて元気でいる証拠に、撮影代四百五十円のカラー写真を郵送した。

「どうぞ、召し上がれ」

夫人に出された朱塗りの椀に、野菜と椎茸と蒲鉾が入っていた。一口すすって美味しさに胸が熱くなった。刑務所の食事はカロリー計算されているが、味覚に何の配慮もない。

「そうだ、思い出しました」

ショルダーバッグから缶ビールを取り出し、テーブルに置いた。

「車中で飲もうとして、とうとう飲めなかったんです」

「そりゃ山川君、飲める訳はないだろう」

弁護士が、声をたてて笑った。

「未決期間を入れて十三年間の拘禁生活だ。いきなりアルコールは無茶だよ」

「暴飲暴食をすると、必ずパンクすると医務官から言われました」

「高血圧にはタバコもよくない」

「それとセックスですね。この三つをコントロールしないと、パンクは避けられないと言われました」

「わかっていながら、なぜビールを買った？」

「やっぱり、見栄でしょうね」

若い警備隊員が駅の売店で、「ウイスキーのポケット瓶はどうか」と言い、ためらったら「ビール程度かな」と畳み込まれ、つい買ってしまったのだ。

「せっかくの土産だから、冷蔵庫に入れておくよ」

「どうぞ先生、飲んでください」

「おいおい、世間の人が働き始める時間だ」

「ついでに先生、これも置いて行きます」

オツマミに「かんかい」という魚の干物を買ったが、一口も齧《かじ》らなかった。

「お雑煮、お代わりは？」

「奥さん、もう結構です。美味しいからといって沢山いただくとパンクの原因になるです」

「じゃあ、お茶を入れましょう」

刑務所では大きな薬缶に入れて、房に注いで回る。茶色だから茶というだけで、味わうようなものではない。押し頂くように啜っていると、弁護士が紙袋をテーブルに置いた。

「古い手紙を整理してみたんだよ。懐かしいだろう、読んで見るといい」

「自分の手紙ですか？」

「いろいろ混ざっているよ」

懐かしいというより、古証文が出てきたような気分だった。弁護士は仕事があるらしく机についたので、恐る恐る手を伸ばした。

最初に出てきたのは、今年一月二十九日付の旭川刑務所長からの書面である。

本月二十三日付け御書簡をもってお問い合わせのあった山川一君のことについて、取り急ぎ次のとおり回答いたします。

同君の健康状態については、現在、高血圧の投薬を受けているものの、血圧等は安定しており、かつ、本人に対しては社会復帰上の必要事項等についても指導しておりますので、東京までの帰住のための旅行は特に支障がなく、東京近辺への移送は、現在のところ予定しておりません。ただし、向後、健康状態等に大きな変動がある場合は、別途考慮することもあり得ますので念のため申し添えます。

なお同君は、先生の下に帰住したいとの意向を強く持っておりますので、身柄引受についても今後とも何分よろしくお願いいたします。

刑務所長が、「山川一君」と書いている。君付けで呼ばれたことは一度もないのに、健康状態まで気遣っているのは意外だった。

山川が書いた手紙で、五十年九月八日付のものがあった。封筒の裏に仙台市古城二―三―一とのみ記しているのは、受取人への配慮で刑務所名を入れないよう指導されるからだ。仙台へ移監されて十ヵ月後に発信している。

前略。先生には、毎日御多忙中と存知ますが、その後、お変わり御座居ませんでしょうか。

私は再度、日高久美子告訴の件でお手紙を差し上げておりますが、先生から御返事が御座居ませんので、もしや御病気でもなされているのでは無いかと、大変心配致しております今日この頃です。

四月には久美子宛に、家財道具引き渡しの件で内容証明郵便を送ったのですが、何の返事もありません。

先日は篤志面接委員の弁護士先生が、久美子告訴の件で面接して下さいました。しかし、事情を察して頂けず、それきり連絡もありません。

毎日、何かとお忙しい事とは思いますが、事務所の方の代筆でも良ろしい故、先生から御返事を頂けますれば、私は幸せに思います。

現在の私は、実社会とはまったく隔離され、苦しい修養生活を致しておりますので、実社会からのはげましの便りを頂けました時は、どんなに勇気づけられ心のささえとなります事か、先生にはおわかり頂けると存知ます。

前便でもお知らせ致しました通り、私は現在、工場にも出役させてもらえずに、懲罰独居房に不当に拘禁されております。

それも私が、処遇問題について情願を申し立てた事で不当に職員から憎まれ、私的感情でもって差別的不利益なる処遇を受けているのです。

こういう現状ですので、先生からのはげましの便り、チョットした社会のニュースを知らせて頂きますと、私はどんなにうれしく、又、勇気づけられますことか。

先生には毎日お忙しく、大変な事でしょうが、再度のさいそくばかり申し上げる私の気持ちを分かって下さいますよう、お願い申し上げます。

それでは御体を大切にして、お仕事御精励下さいませ。誠にお手数をおかけ致します。敬具。


四十九年十一月、宮城刑務所に確定移監されたとき、領置金は三十四万九千七百四十円だった。亀有のキャバレーでホステスだった妻の久美子が、東京拘置所に差し入れたのだ。

久美子は七つ年上だった。四十一年四月、京都刑務所を出所して福岡市のキャバレーで用心棒を兼ねた芸能マネージャーになったとき、子持ちのホステスだった。新聞社で営業課長の夫が女を作って家を出たから、面当てに水商売に入ったと聞かされた。気が強いが面倒見がよく、同僚ホステスに人気があった。二十四歳の山川は十代のホステスと同棲中で、特に久美子に関心はなかった。

四十二年春、ツケを払わないサラリーマンを殴って捕まり、一年間の懲役を食らった。

満期出所してキャバレーに復職したが、同棲していた女は消息不明だった。

久美子は依然としてホステスで、山川の相談に乗ってくれた。小学校のPTA役員もする姉御肌で、華奢な体つきだから三人の子持ちには見えない。自然に肉体関係が生じて、「こんな強い人とは初めて……」と喜悦の声を上げ、山川の身上話を聞いて涙を流し、「私をお母さんと思いなさい」と抱き締めた。

この時期に地元の暴力団といざこざを起こし、身が危険になって東京へ逃れた。四十四年秋、桐生市のスーパーから売上金九百万円近くを持ち逃げしたときは、福岡の久美子を呼び出して豪遊した。

結局は博多署に逮捕されて、前橋地裁で懲役三年を言い渡された。刑務所を転々として最後は佐世保だったが、出所したとき三十一歳だった。久美子は同じキャバレーでホステスをしており、「あんたを待っていた」と訴えた。夫は家に戻って、「お互いにやり直そう」とキャバレー勤めを止めさせようとする。しかし、体に触れられると鳥肌が立って耐えられない。子どもたちは小学校の高学年から中学生になっているし、今度は自分が家を出るつもりだと打ち明けた。

四十七年秋、正式に離婚した久美子と東京へ出た。離婚を渋っていた夫は、会社に乗り込んだ山川が「奥さんは俺が貰う」と凄んだら、自分が三人の子の親権者になる条件で承知したのだ。

足立区北千住にアパートを借り、久美子が最初に勤めたキャバレーに、山川もバーテンとして入った。こういう店で夫婦者は、経営者から信用される。日本列島改造ブームで、キャバレー業界は好景気だった。亀有にも同系列の店があり、北千住店で経営者に見込まれた二人は任されて移った。ホステスが十六、七人の店で、山川は店長で久美子はママだった。近くのアパートを寮として借り切っており、その一室で暮らした。

四十八年四月初め、葛飾区役所に婚姻届を出して、正式な夫婦になった。店の売上は順調に伸びて、チップ収入もかなりある。暖房器具など電気製品で部屋を飾り、ホステスやボーイを呼んで御馳走した。久美子が「あんたの子どもを生む」と、産婦人科へ行って避妊リングを外した日の深夜、事件が起こったのである。

この時期は、キャバレー同士のホステスの引き抜き合戦が特に激しかった。良い子を引き抜けば、客も移動して売上に直結する。亀有店から立て続けに引き抜かれ、巻き返しを図ってかなり強引なホステス集めをして、暴力団から目を付けられた。

その日、幹部と称する男が店に乗り込み、「ママが男連れで客を装って乗り込み一本釣りしている」と詰め寄ったのである。店の責任者が乗り込んでスカウトするのは、業界のルール違反とされる。気の強い久美子は、やられたからやり返すと、好条件で売れっ子を引き抜いている。だから山川は、「これからは自粛する」と詫びて、久美子を呼んで目の前で厳しく叱った。

柳田賢一と名乗った男は、「わかってくれればいい」と答えた。雑談しているうちに、共通の知り合いが何人も居ることがわかったのだ。

服役経験があれば、どこかで名の通った親分に接触する。対立する組織に所属していても、刑務所では縦系列そのままではない。「あの親分の家に挨拶に行ったことがある」「自分も府中で房が一緒だった」「将棋の相手をさせられた？」「すごく強い人だったよ」「駒の使い方が上手ぃからノシ上がったんだ」というような会話があって、「オレの部屋で飲もう」となった。柳田は店に来たときから細長いバッグを持っており、日本刀が入っている可能性があった。機嫌よく酔わせて、何事もなく引き揚げさせるつもりでいた。

そこへ久美子が帰宅した。店ではママと店長で、赤の他人として振る舞っている。店で山川は、「いい加減にしないとクビにするぞ、病気の亭主はどうなる？」と芝居っ気たっぷりに叱ったのだ。その辺りは久美子も心得て、「報告に来ました」と他人を装った。「それでは……」と柳田が帰ったので、安心して夜食を食べた。

まもなく玄関のドアを叩く音がして、ホステスでも来たのだろうと久美子が開けたら、柳田が引き返して来たのだ。「やっぱり夫婦か？」「そっちにゃ関係なかよ」。久美子は突っぱねたが、酔った相手は日本刀の鞘を払った。「俺をコケにしやがって……」と脅したので、止めに入った山川が刀を奪い取って、結果的に殺害したのだ。死んだ男が二十四歳だったことを、警察署の取調室で初めて知った。

四十八年五月四日付で、傷害致死罪により東京地検が起訴した。起訴状を渡されたのは亀有署の留置場で、三十二歳の誕生日の二日後だった。五月七日に身柄を東京拘置所へ移されると、久美子と面会も出来るようになった。警察署の代用監獄に留置中は、弁当や衣類の差入しか認められていない。「私が付いていながらこんなことになった」と、久美子は面会室で泣き崩れた。自首するとき現金をポケットに突っ込んでおいたが、長い拘禁生活になりそうだから、何回かに分けて差入させた。

これまでの前科で、裁判に私選弁護人を付けたことはない。必要なことは自分で主張するつもりで、「弁護人は要らない」と回答したら、東京地裁が国選弁護人を付けて六月に公判が始まった。

初公判で起訴状が朗読され、裁判長に罪状の認否を問われて、「間違いありません」と答えた。事実関係を争わないことは国選弁護人に伝えている。裁判長は月二回ペースで公判を進める方針で、早期に結審するつもりでいた。結果的に半年かかってしまったのは、山川がことごとく検察官に反発したからだ。

このころ東京地裁では、〝荒れる法廷〟が続出していた。四十七年二月、連合赤軍の群馬山中アジトが発見され、続いて「浅間山荘事件」が起こった。同志を〝総括〟したグループが大量逮捕され、裁判が東京地裁で行われることになり、東京拘置所に一連の被告人が収容された。最高幹部の森恒夫が独房で首吊り自殺したのは、四十八年の元旦だった。

この年三月には、警視総監邸の爆発など「土田・日石・ピース缶爆弾事件」で、東京地検が十八人を起訴している。

山川が最初に収容されたのは、東京拘置所で旧来の北舎二棟だった。東武線小菅駅の高架プラットホームが見え、運動場の向こうの目立たない建物は死刑場である。東側の綾瀬川寄りは四十六年に完成した新舎で、死刑囚や社会的な関心の高い事件の被告人が多く、森恒夫が自殺したのは新三舎だった。旧舎の山川は、拘置所内で〝有名人〟と顔を合わせることはなかった。

しかし、裁判に出るときは手錠にロープを通した〝一連班〟でバスに乗せられるから、意外な人物と隣り合わせになる。地裁に着くと地下の仮監に入れられ、独居房と雑居房がある。ここで公判が始まるのを待つが、バスの中で私語を交わしたりした者は、懲罰的に〝検査〟を受ける。不正品を隠している疑いがあるとして、丸裸で四つん這いにさせて肛門にガラス棒を突っ込むのだ。

公安事件の被告人は、先頭に立って抗議する。仲間意識が生じて、山川も拘置所内で待遇改善要求をするようになったから、旧舎で煽動させないために公安事件の被告人たちと同じ新舎に移された。このとき「連合赤軍に入らないか」と誘われて断ったが、後に結成される〝獄中者組合〟準備には協力した。

こうして自らの公判でも、裁判長の訴訟指揮が強引すぎると抗議して退廷させられたり、仮監で丸裸になって出廷拒否したりして、十二月八日の第十二回公判で結審した。検察官は「傷害の部位が胸部から腹部にかけて十一ヵ所に及んでいるのは、殺害について未必の故意があった」と、殺人罪に訴因変更して懲役十年を求刑したのだ。弁護人は簡単な弁論で、十二月二十二日に求刑通りに判決された。山川は即日控訴して、自ら書いた「控訴趣意書」を東京高裁に提出した。

久美子の面会も間遠になって、「体の具合が悪い」とハガキを寄越すだけだった。事件から一年経った四月、久し振りに顔を見せて「別れてほしい」と切り出した。店を休みがちで収入も少なく、九州に帰るほかないと言う。「嘘でもいいから〝出所まで待つ〟と言うべきでは？」と迫ると、「自分に正直に生きたい」と答えたから、「男が出来たと正直に言い連れて来たら認めてやる」と怒鳴りつけた。

四十九年五月十三日、東京高裁が控訴を棄却した。即日上告したが、その数日後に久美子が面会を申し込んで、カードを見ると男の名前も並んでいる。面会室に行って見ると、大柄で象を思わせる顔つきの男と一緒だった。山川と同じ年齢で、以前は鉄工所を経営していたが今は溶接工だと告げ、「久美子さんを譲って下さい」と頭を下げた。

約束通り久美子が男を連れて来たのだから、未練がましく離婚を拒否することはできない。「勝手にしやがれ」と叫んだら、久美子が男の顔を見て「ウチの言うた通り竹を割ったような人やろ?」と微笑した。山川が無言で面会室を出たら、「短気は損気ちゅうことを教えてやって下さい」と、久美子が涙声で訴えるのが聞こえた。

舎房に帰ったら、隣の公安事件の被告人が「どうでしたか」と尋ねた。めったに面会のない山川が、「女房が男連れで来た」と言って出たからだ。爆弾事件で起訴された三十前後の男は文学好きで気が合った。素直に離婚を承知したことを告げたら、「やむを得ないでしょうね」と頷いた。彼も獄中で協議離婚している。「イギリスでは徴兵以外で三ヵ月以上妻のところに帰らなかったら裁判所は無条件に離婚を認めるそうです」「それじゃサラリーマンは長期出張も単身赴任もできんよ」「だから妻が同行するんじゃないですか」「日本人として理解に苦しむね」「結婚は特定の男女が性生活を営むことを公然化することですから、長期間性交できない男女は夫婦と言えないと思いますよ」「あんたはそれで離婚を承知した？」「そうです」「ひどい仕打ちやね、冤罪事件に巻き込まれたんやろ」「だからといって彼女には関係のないことです」「左の人間は冷たいねぇ」。山川は久美子との経緯を語った。三人の子を捨てて離婚し、一緒に東京へ出て来たのだ。「死ぬまで一緒に暮らす約束やったけど、いざとなってみると水商売の女は裏切る」「仕方ないでしょう、一年以上も別々に暮らしているんだもの」「仕方ないちゅう理屈はない」「だって山川さんは彼女のそばに居てあげられない」「離れて暮らしても夫婦は夫婦やろ」「セックス抜きの夫婦なんてあり得ませんよ」「人間は犬や猫じゃない」「いや、基本的に同じです」「俺たちは違う」「そうでしょうか。彼女が夫や子を捨てて山川さんと一緒になった理由を考えて下さい」「互いに惚れたけんよ」「恋愛とは肉体です。それだけ性的な結び付きが深かったわけです」「余計な世話やろ」「新聞社の営業課長を夫に持ちながら前科のある年下の男と一緒になる理由はセックスしか考えられません」「その俺が拘置所の中やけ他の男に乗り換えたちゅうの？」「失礼ですが、そう思います」「お前なんかにわかるか！」。

とうとう山川が怒鳴ったので、看守が駆けつけて来た。互いに独房だから壁をはさんで会話していたのだ。「通声」で反則だから、看守が山川の房に来て扉を開けた。「いま大声を出しただろう？」「ああ俺や」「誰と話していたんだ」「お前にきまっておるやろ」「ふざけるんじゃない」「ふざけとるのは貴様じゃ！」。飛び掛かって体当たりを食わせたので、看守は廊下に尻餅をついた。その顔に唾を吐きかけていると、集団でやって来た看守に取り押さえられて〝保護房〟に入れられた。

〝鎮静房〟ともいい窓がなく、終日蛍光灯が点いてテレビカメラで監視される。暴れるだけ暴れたから革手錠を掛けられた。両手を後ろで交差して革ベルトで留められ、両足も縛られて口には大きなマスクのような防声具だ。床に転がるしかなく、大小便は垂れ流しである。三度の食事のとき防声具が外され、床にオニギリが転がされる。静かになれば徐々に戒具は解かれるが、山川は防声具が外されるたびに「殺せ、殺せ！　俺は犬や猫とは違う！」と喚き、何も口に入れなかった。

三日目、革戒具から芯の針金を抜き出した。ここに入れられて、犬猫でない証に自殺する気になった。房には毛布が置いてあるので蓑虫のように寝たふりをして、針金の先を手首の静脈に当て引き裂いた。両手首から血が流れ出したとき、遠い日を思い出した。

神戸市の「天王谷学園」に居たころ、年上の女の子がガラスの破片で手首を切る事件があった。何かあると「死ぬ」と騒いでシスターを困らせていたから、施設の子どもたちは冷たい目で見た。しかし、フランス人の園長は信じられないほど取り乱した。六十年配の園長は神戸駅に近い教会の神父で、山間にある「天王谷学園」から日曜日に通って礼拝させられた。園長のユーモアといえば、「イエス・キリストは姓名じゃないですよ。イエスは名前で、キリストは救い主という意味ですね。わかった人は返事しなさい。はい、イエス」ということぐらいで、厳格な振る舞いだった。その園長が、〝自殺未遂〟を知り、涙を流して皆に説教した。「私たちの命は神に与えられたのです。あの世で人間は新しく生きますが、この世で悪業があれば、神に厳しく罰せられます。神に与えられた命を粗末にすれば、あの世で罰を受けねばなりません。自殺は悪業だから、心から神に詫びて許しを乞わねばなりません」。初めて見る園長の涙に、山川は激しく感動した。

だからかどうか、過去に自殺を図ったことはなかった。命を惜しいとは思わぬから〝命知らず〟と恐れられたが、自殺は悪業と考えていた。しかし、大人になってからは教会へ行かず、来世など信じてはいない。手首から生温い血が溢れ、次第に眠くなって死ねそうな気がしたが、床に広がる血が毛布からハミ出して、監視用テレビで発見されてしまったのである。

四十九年十月、最高裁が上告棄却して懲役十年が確定した。久美子から音信が絶えたが、高価な家財に囲まれて象のような大男と暮らしているに違いない。二人で働いて買ったのだから、山川にも権利はある。離婚する前に久美子は、「惨劇で部屋は血の海になり家具調度はすべて使えなくなった」と手紙で弁明したが、殺害現場は玄関脇だった。仙台から弁護士に宛てた手紙に、「私は再度、日高久美子告訴の件でお手紙を差し上げておりますが、先生から御返事がありません」とあるのは、横領罪で訴えるつもりだったからだ。しかし、身元引受人は取り合ってくれず、仙台の弁護士からも拒絶された。

「俺は若かった……」

つぶやいて弁護士を振り向くと、電話機に手を伸ばしてダイヤル中で、「もう少し待ちなさい」と目で合図した。

そこで改めて、手紙の束から抜き出した。旭川への移監から一年余り、五十三年十月十六日付のものだった。

ご無沙汰致しております。先生には、いかがお過ごしでしょうか。こちら北海道旭川は、例年より二週間も早く雪が降り、寒さも日一日と増して、今年は厳しい冬を迎えそうです。

ところで私は、五月から現在まで病舎に入院中の身で、毎日一人、ベッドで生活を致しております。腰が痛み、最近は寒さのためか血圧が高くなり、気分もすぐれず、安静に寝るだけの現状です。

でも、別に重病人というほどの事もなく、毎日、読書など致しておりますれば、他事ながらご安心下さいませ。

旭川に移監になって早や一年を過ぎ、二度目の冬を迎える事になりましたが、工場には出役させてもらえず、病舎にて休養しておりますと、どうしても考える時間が多すぎて、かえってイヤな事ばかり考えてしまい、自然に気持ちもイライラする現状です。

私は今まで、自分の生育歴など何も先生に知らせておりませんでしたので、かんたんに図面に記しました。同封致しますので、私という人間をすこしでもご理解をお願い申し上げたいのです。

先日も私の生まれ故郷である福岡市に対して、私の本当の本籍等を捜して頂くよう依頼書を出しました。これとて母と別れて三十年以上もたっているので、すぐ見つかるとは思いませんが、私は出来るかぎり手をつくしたいと思っております。

山川一は就籍された氏名で、本当は田村明義というのです。この山川姓についても、旭川家裁に氏名変更申し立て書を提出しておりますが、どうなることか、私は親兄弟が見つかる事を、心から願っております。

先生のお仕事は、いかがでしょうか。大事なお体でありますれば、くれぐれも健康に気をつけられまして、今後のお仕事を頑張って下さいますようお願い致します。

まずは右の通り、心境ご報告まで。乱筆乱文にて失礼致します。


昭和五十三年九月に、旭川家庭裁判所に「氏名変更申立書」を提出した。三十一年六月、前橋家裁が就籍決定した際の〝山川一〟は、本人が思いついた通称名でしかなく、戸籍原簿の〝田村明義〟に戻してほしい旨を申し立てたのである。

赤城少年院で「お前の戸籍を作る」と言われたとき、山川にはよく意味が分からなかった。進駐軍キャンプで〝ジミー・田村〟と呼ばれ、神戸の施設や小学校でも田村明義で通した。しかし、二十七、八年頃に放浪生活が始まり、浮浪児狩りで度々警察に捕まるようになって、名前を使い分けるようになった。三井一、山一夫、山川一。調書に署名させられるとき面倒で、字画の少ない名前を好んだ。

戸籍が出来たとき、「もう日本中どこへ逃げても捕まるぞ」と言われた。本籍が定まれば、指名手配が確実になるという。そう聞かされたとき、「どうせ山川は仮の名だ」と意に介するでもなかった。見せられた謄本の本人欄には、〔一〕〔昭和十六年五月二日生〕とあるだけで、父・母は空欄で〔男〕と記されていた。

その後、裁判にかけられる度に、「本当の戸籍は福岡市にある」と自分に言い聞かせた。山川一の名で前科を重ねても、本当の戸籍に戻せば消えるはずだった。

三十七歳のとき、旭川家裁に手数料三千四百円を納付して氏名変更を申立て、福岡市長宛に「本籍地探索依頼書」を送った。これに対して、「田村明義、田村千代いずれも該当するものがない」と回答があった。孤児院を経営していた萬行寺にも問い合わせたが、「施設は県に移管されて一切記録はない」との返事である。

旭川家裁の調査官が刑務所を訪れ、二度ほど事情聴取が行われた。家裁の法廷に出頭して審判を受け、五十三年十二月に申立棄却を決定された。


「やあ、待たせたね」

弁護士が用事を済ませて、さっそくコートを羽織った。

「住民登録から着手しなければならない、葛飾区役所へ行こう」

「はい」

手紙類は残しておくように言われて、急いで山川もコートを着た。

出がけに弁護士夫人が尋ねた。

「山川さん、食べ物に好き嫌いは？」

「いいえ、何でも頂きます」

「それじゃ、夕食は体が暖まるものにしましょう」

こんな言葉を掛けられると思わなかったので礼を言うことが出来ず、滲み出る涙を隠すのが精一杯だった。

国電を上野で乗り換え、京成電鉄のお花茶屋で降りて区役所へ行った。昭和四十八年の春に住民登録をしたのは、普通乗用車の運転免許を書き換えるためで、その次に婚姻届を提出している。

「なるべく、君自身でやりなさい」

「そうしてみます」

弁護士の配慮が嬉しく、一人で住民課の窓口に進み出て、興奮を押さえて事情を話した。

「間違いなく登録していましたか？」

「こういう事情で……」

窓口で「保護カード」を見せると、三十歳くらいの男子職員が古い記録を当たってくれた。

「どなたかと同居していましたか？」

「久美子という妻が居て、後に協議離婚しました」

「現在は別居ですね？」

「勿論そうです」

カウンターで身を乗り出したとき、袖口から手首の傷跡が露出した。東京拘置所で戒具の針金で血管を切った跡は、毛虫でも這っているように癒着して真冬には痛んだ。しかし、数年前から何でもなくなった。

「見つかりました。これが当時の台帳です」

山川の住民登録は、区長により職権抹消されていた。久美子は移転手続きをして、埼玉県春日部市に移っている。ちらっと眺めて、しっかり住居を記憶した。メモもままならない拘禁生活中に、記憶術を身につけたのである。

区役所を出て、ノートに久美子の住所を記入していると、弁護士が尋ねた。

「これまでも、出所後に役所に来た？」

「短期刑ですから、特に必要なかったんです」

「なるほどねぇ。かくも長き不在、か」

そんな題名の映画があったのは確かで、繁華街を駅まで戻りながら、自分が映画の主人公のように思えた。長い病舎生活が続いて、生きて娑婆の空気は吸えないと半ば諦めていたのだ。

お花茶屋駅から北へ歩くと、十分足らずで亀有界隈である。キャバレーは引続き営業しているのか、寮にしていたアパートは当時のままなのか……。そんな思いはオクビにも出さず、弁護士にキップを買ってもらって電車に乗った。

電車を乗り継いで、弁護士が住民登録している区役所へ行き、同じ住居表示で手続きをした。途中で別な職員が現れて、健康保険や国民年金について尋ねた。よく意味が分からないので「保護カード」を出したら、中年の女子職員は山川の顔と見比べた。

「はい、わかりました」

「何がわかったの？」

穏やかに問い返したら、相手は何も言わずに自席に戻った。記載された罪名は、あくまでも〝殺人〟なのだ。

次に行った福祉事務所では、弁護士の知人の区会議員による根回しでスムーズに手続きが済み、多くを説明する必要はなかった。

「いずれにしても、養生に励むしかありませんね」

若いケースワーカーは物分かりがよさそうで、人懐っこい笑顔を向けた。

「これから定期的に訪問しますが、病気見舞いくらいに思って、あまり気にしないで下さい」

「先生のお世話になっている限り、迷惑をかけることはありません。必ず約束を守って、将来は正業に就きます」

深々と頭を下げたら、弁護士が肩を叩いて促した。

「では、帰ろう」

表通りに出てタクシーに手を上げながら、弁護士が苦笑した。

「福祉の世話になるからといって、卑屈になることはないんだよ。国民の生存権だからね」

「まさか生活保護を受けようとは、思ってもみませんでした」

「やはり気になる?」

「肩身が狭くないだけ、懲役のほうが気が楽です」

「そりゃないだろう」

弁護士が声を立てて笑い、タクシーに乗り込んだ。

「これで用事は終わった。長旅の直後だから、疲れただろう」

「いいえ……」

手を振ったものの、さすがに体が重い。ずいぶん電車を乗り継いだから、最後はタクシーで助かった。

私鉄の線路際に、弁護士の家がある。二階建てのどっしり落ち着いた構えで、入って驚いたのは、玄関から廊下まで本の山だった。

洋風の居間にコタツがあり、熱い茶を飲むとき、弁護士が少し改まった口調になった。

「人間は社会的動物で、一人では生きていけない。今度のことで何人かが尽力したのを忘れないでほしい」

「山川一、誓って肝に銘じます」

「わかってくれれば、他に言うことはない。自分の家に帰ったつもりで、ゆっくりくつろぎなさい」

「有り難うございます」

そこへ夫人が来て勧めた。

「お風呂をどうぞ」

「いいえ、結構です。実をいうと、青函連絡船でシャワーを浴びたんです」

「そんなのがあるの？」

弁護士が目を丸くした。

「やっぱり、有料なんだろうね」

「はい」

答えながら、冷汗が出る思いだった。連絡船で有料シャワーを探したが見つからなかった。断ったのは風呂場で卒倒するのを恐れたからだが、これが娑婆に出て最初のウソになる。

「シャワーでは、物足りないでしょう。いい湯加減だし、お入りなさいな」

「せっかくですが奥さん、冬場の入浴は週一回です。二日も続けて入浴したら、体がびっくりします」

「そんなものかしらね」

それ以上は勧めずに、料理を並べ始めた。思いがけず大好物のスキヤキで、店長当時にホステスたちに自室で振る舞ったものだ。

「山川君、どう思うかね？」

ニュースの時間になって、弁護士がテレビをつけると、中国残留孤児一行の対面調査を報じている。五人の孤児が〝父〟や〝兄〟と対面したものの、決め手がないとのことだった。

「この人たちは、つまり親から売られ、捨てられたんでしょう？」

「連れて逃げれば危険がともなうから、心を鬼にして中国人に預けたんだよ」

たしなめるような口振りだが、臆さずに答えた。

「それは親の逃げ口上じゃないですか。いっそ死ぬなら死ぬで、親子一緒のほうが幸せです。犬や猫じゃあるまいし、親の都合で置き去りにされたんです。でも孤児たちは、肉親を慕って日本にやって来る。ラジオや新聞で知っておりますが、他人事とは思えません」

「山川君にとっては、まさに他人事じゃないな」

「自分だって親を恨んできました。しかしやっぱり、おふくろには会いたいです。生きていれば、七十前後でしょうか……。会って顔を見たいし、死んでしまったのなら、墓石を自分の手で撫でたいです」

「その気持ちはわかる」

「おふくろが居たから、自分はこの世に生まれました。社会の吹き溜まりで極道になったと知れば、おふくろは嘆くかもしれない。しかし自分は、ありのままの姿を見せたいと思います」

「極道というが、これからは犯罪とは無縁に生きるんだろう？」

「はい、約束は守ります」

画面は変わって、昨年の四月から十月にかけて全国の学校で〝いじめ〟が十五万五千件発生したという。しかし、チカチカする映像と高い音声が煩わしかった。

「では食べるとするか」

「頂きます」

合掌して箸を持ったが、あまり食べられなかった。

書斎に寝床が敷かれており、午後八時には豆ランプに切り換えて体を横たえたが寝付けない。ひっきりなしに電車が通過して、近くの踏切の鐘が鳴り続ける。そこで部屋を明るくして、福祉事務所で貰った書類を見た。


【保護決定通知書】

生活保護法によるあなたの保護を、次のとおり決定しましたから通知します。
　1、生活扶助（くらしのためのおかね）
　　月額──六一、九四〇円
　2、住宅扶助（すまいのためのおかね）
　　月額──二九、〇〇〇円

3、冬季加算（一一月〜三月）
月額——二、三九〇円
4、保護を開始したとき
昭和六一年二月二一日
5、保護をきめたわけ
六一年二月二〇日に刑務所を出所したが、本態性高血圧のためすぐに働けず、生活困窮したため生活保護開始。

☆三月からの扶助金は、銀行の普通預金の窓口で支給します。その時、この「保護決定通知書」とひきかえに、あなた名義の普通預金通帳をお渡しします。その預金通帳は、これから毎月あなたが扶助金を受け取る時、絶対に必要なものですから、印鑑とともに無くさないように大切にして下さい。

生活費、家賃、暖房費の合計が、九万三千三百三十円になる。アパートを借りるための権利・敷金は、六ヵ月分の十七万四千円が転宅資金として支給される。さらに一時扶助として家具什器費が二万三千円、フトンは現物支給という。

初め支給額を聞いたとき、こんなに沢山もらえるのかと驚いたが、金銭感覚は十三年前のままだ。実際に一人で生活を始めると、食費からチリ紙代まで自分で賄わねばならない。

しかし、弁護士の知り合いのボランティアグループが、冷蔵庫やテレビから鍋・釜・包丁まで揃えてくれ、アパートが決まったら運び込む手筈という。

「おふくろの話しが出たなぁ」

旭川駅で出した荷物は、配達されて書斎に置かれていた。短歌や俳句を記入した「学習ノート」には、自分で作った作品の他に全国紙にあたる矯正協会発行の新聞『人』、旭川刑務所教育課編集の『たいせつ』に載ったものを写し取っている。

母親は騙し易しと言う囚友に何の怒りぞ孤児の我
母恋えば侘しき夜なり雪交じる冬の嵐の重き声鳴る
薄れゆく記憶の底に一つだけ或る日の母の怒り忘れず
母恋いつ上着のほころび繕いおり予報違わぬ雨の免業日
母恋えば募る孤独に耐えなむと薄き灯影の房に蹲る
正月に給まいしわれの白飯を食器に分けて母に陰膳す
初夢の母の言葉の続き欲し
初春や母に幸あれ獄の窓
母恋し春の霰の独居房
星降りし寒夜の獄に母偲ぶ

冬の日の私語皆恋し母のこと
雪の峰母の拳固の形なり

今となっては、自作か他人の作品か区別がつかないのがある。指でなぞって一つずつ読み、電気を消してフトンに顔を埋めて別なことを考えようとしたが、やはり眠れそうにない。ふたたび起き上がって、今度は「日誌」を取り出してページをめくった。

【休養処遇者の房内生活と病臥時限動作】

七・〇〇　朝の起床チャイムで目をさまし、まず汲みおきのヤカンの水を飲む。その後は大便などして、房内の簡単な掃除をする。点検まで少し時間があれば、朝の体操をする。

七・二〇　朝の点検を受ける。点検終了後は朝食（二十分くらいにわたって）。その後は、一日の願い事などを担当に申し出る。

八・一〇　朝の房内捜検が実施される。

一〇・三〇　休養者の運動が実施される。四十分間、散歩程度の運動を他の休養者とする。

一二・〇〇　昼食（二十分くらいにわたって）をとりながら、昼のラジオ聴取。

一三・〇〇　安静時間。これから二時間は、絶対安静として指定されている。
一六・三〇　夕食（二十分くらいにわたって）。その後は、歯みがき洗面などして、房内の簡単な掃除をする。
一七・二〇　夕点検を受ける。点検終了後は、余暇時間として新聞など見て、ラジオ聴取、読書、手紙。
二一・〇〇　本就寝。投薬など受けて一日が終わる。

こういう日常から解放されて、どれくらい時間が経ったというのか？　よく考えてみると、まだ一日半くらいのものだ。寝台車では仮眠した程度だから、これが社会で初めての夜になる。

眠れなくても構わない、朝は好きなように起きればよいのだ。弁護士が病院に連れて行ってくれるとのことだが、時間は指定されていない。

そこでまた、「学習ノート」を開いた。

青江三奈の唄がラジオに流れきて無頼の過去に心疼きぬ
しみじみと美空ひばりの唄を聞く懲罰ありし昼のラジオ
人は皆家あり妻あり子供あり我に家無く有るは前科のみ

出所の日思いて見入る求人欄我より若き職種のみなり
獄吏みな説教が好きで柳散る
獄に生きる我にも欲しや宝船
鉄格子の無い窓を見てみたい
恩赦出ぬかと天皇の歳かぞえ
何党が天下取ろうがムショ暮らし
天高し鉄打つごとく叱られたし
凍傷の手で貼る今日の袋かな
防具縫う針の供養も怠りて
免業の寒さ忘れて打つ将棋
堅実に生きてキャバレー遠いとこ

翌朝は、始発電車の音で目を覚ました。

家の中は静まりかえっているから、布団にもぐったまま踏切の鐘を聞いて過ごした。アパートを借りるときは、線路や道路脇は避けねばならない。少年院の頃から物音に敏感で、刑務所では常にトラブルの原因になった。

朝食のとき、弁護士に言われた。

「午前十時から法廷があるので、君を病院に案内した足で東京地裁に行かねばならない。付添いがなくても大丈夫だよね？」

「はい、大丈夫です」

「昨日も役所で、一人で手続きを取った。端で見て感じたことだが、君に必要なのは〝堪忍袋〟の緒だな」

「自分でもわかっています。森の石松が金毘羅山に代参するとき、次郎長親分から刀の鯉口にコヨリの紐を付けられたでしょう。私も森の石松の心境で、絶対に先生に迷惑をかけないようにします」

「嬉しいね、僕が清水の次郎長かい？」

弁護士が声をたてて笑うと、今朝も和服の夫人がしんみり言った。

「私は山川さんのことを、何も知らなかったでしょう。怖い人と思い込んでいたけど、根は純真な人なんですねぇ。あなたの言う〝堪忍袋〟を破裂させなければ、十分やっていけると思いますよ」

「そういえば、桜井某を思い出すね」

「あんな人を引き合いに出しては、山川さんに失礼でしょう」

「それはそうだが……」

苦笑しながら、弁護士が説明した。

数年前に身元引受人になって、府中刑務所から出所した男を帰住させた。常習累犯窃盗の四十男が更生を願っていると聞き、この家に住まわせたのだ。三、四日は何でもなかったが、夫人を見る目が異常で、物干台から下着を盗んで風呂場を覗いたりした。気味が悪いのでアパートに移らせたら、弁護士の名前を使って電気製品など配達させ、換金して行方をくらましたという。

「こちらの善意を、押しつけがましく感じたのかもしれない。そうは思っても、裏切られたときは寂しいねぇ」

「けしからん話ですね」

聞いただけで体が熱くなり、夫人に同じ目で見られていたとすれば耐えられない。自分は恩人を裏切ったりはしない、『身分帳』を見てもらえば分かるはずだ。

【受刑中の行状、動静視察記録上の性格】

本人は、これまでの生活環境、生育歴などから、特異性格を有している。短気で喧嘩早く、激情的である。いったん爆発すると、自己の行動に対して、善悪の認識が著しく低下して分別を失うなど直情径行型である。信義には厚く、義理人情をわきまえ涙もろい反面、好き嫌いがはっきりしており、嫌いな者に対しては絶対に妥協することなく、常に戦闘的でもある。また、病的なほどまでに神経質、潔癖性でもある。なお、過去の生育歴などの生活環境から、司法関係者（特に検事・警察官・看守に対して）に反抗的で、嫌悪感を持ってきたため、これまでの受刑服役中、常に看守と問題を起こしている。思想的には、やや右寄りである。


「いろんな人の身元引受人になるのは、僕の趣味の範疇だが、家内とは必ずしも一致しない。そういう訳で山川君には、アパート暮らしにしてもらうよ」

「自分としても助かります」

「他人の家で暮らすのは、息苦しいものだからね。この近くにアパートを見つけるから、いつでも気軽に立ち寄るといい」

「有り難うございます。……一つだけ質問があるのですが、宜しいでしょうか？」

「改まって何だね」

「どうして先生は、自分のような前科持ちの面倒を見てくださるんですか」

「それは君、人間の縁というものさ。それ以上でも、それ以下でもない」

「弁護士先生は医者と同じで、どんな人間も平等に扱う。そう思って構いませんか？」

「必ずしもそうとは限らないよ。僕の経験でいえば、依頼を受ければたいてい弁護を引き受けるけど、例えば田中角栄はお断りだね。ロッキード事件はコーチャンの免責に基づく証言など法的に問題があり、大きくいえばアメリカの政策がからむ。しかし、誰かがカネを受け取ったのは事実で、しかも五億円という巨額だ。自民党の総裁選がからんだ政治献金だとしても、職務権限にかかわる受託賄賂だろう。金力は暴力でもあり、こちらには抵抗権というものがあるからね。田中角栄に対しては、〝ふざけるな〟と言いたい。僕は誰の依頼でも引き受けるほど、無趣味・没理論じゃありません。こっちにはこっちの趣味がある」

「よくわかりました」

きちんと話してくれるのが嬉しく感激して聞き、朝食は残さずに食べた。

「では、出かけるとするか」

弁護士が支度を始めて、入院になりそうなので山川も荷物をまとめた。

連れて行かれた病院は、公務員のために建てられたもので、ベッド数が二百以上という。最初に血圧を測ったら上が二四〇で、異常に高い数値だから即入院だった。

弁護士は手続きだけして行ったが、三十代半ばの主治医は親切にしてくれた。

「安静にして血圧の具合をみながら、原因を探るために精密検査をしなければならない。……お父さん、お母さんの血圧はどうだった？」

「それが先生、わからないんです」

「どうして？」

「事情があって幼いころから別々に暮らしたんです。父親は戦死したようですが、母親から詳しい話も聞けないまま、こんな年齢になってしまいました」

「なるほどねぇ」

真冬なのに健康そうに日焼けした医師は、丁寧に説明してくれた。

「血圧というのは、電気を遠くへ送るとき電圧を高くしたり、水道の出をよくするために水圧を高くするのと同じ理屈なんだ。人間の体も、心臓から血液を隅々まで循環させるために適当な血圧がなければならない。それが高すぎると心臓や血管に負担をかける。そして次に、臓器に行く血液の循環が悪くなる。最も重要な心臓や脳や腎臓には、血管がたくさんある。そういうところの血管が傷むと心筋梗塞とか心不全とか脳卒中で倒れ、腎臓への血管に支障が生じると尿毒症とか腎不全になる」

「自分は長いあいだ、北海道の旭川で過ごしました。冬はすごく寒く、夏は猛烈に暑いところです。やっぱり、血圧に関係するんじゃないですか?」

「ところが北海道の人は、生活の知恵で防寒に心がけている。寒い所へ急に出ると、血圧は急上昇するからね。君の場合は不自然な環境にあって、体を苛め抜かれたのは事実だろう。長旅から帰って今は興奮気味で、異常に血圧が高いのかもしれない」

医療扶助の扱いで「保護カード」のコピーが医師の手元にあるから、長期間の受刑だったことは最初からわかっているのだ。

「今は余計なことを考えずに、なるべくリラックスして安静にしていなさい」

「はい、わかりました」

看護婦に連れられて病棟へ行き、手続きを終えて入院したが窮屈だった。

四人部屋をあてがわれて、廊下側のベッドである。他は老人ばかりで、付き添いの家族にも挨拶したが、よそよそしい反応だった。刑務所帰りであることは、何となく伝わっているらしい。診察を受けるとき裸になって、看護婦に刺青を見られた。未完成の桜吹雪は刑務所でも自慢にならないが、婆婆で見られるのは苦痛だった。

東向きの窓はブラインドが下ろされて明かりを遮り、暗い廊下の向かい側も病室である。検査に呼び出されるとき以外は、ベッドに寝ていなければならない。白いカーテンで区切られるから、ずっと囲って過ごした。

患者が老人ばかりのせいか、面会時間もあまり人の出入りはなかった。肥満体の患者はタバコを吸いたがり、付き添いの家族を困らせていた。病室は禁煙だから、指定の場所で吸わねばならない。膝を傷めているらしく、休み休み廊下を階段近くまで歩く。

「肩を貸しましょうか？」

たまりかねて声をかけたら、老人が毅然とした態度で断った。

「これで結構、運動になるんだよ」

物言いから教員生活が長い人のようだが、後味が悪かった。やはり自分から話しかけないほうがよさそうだ。

三日目の夕方、弁護士が来てくれた。宮城・旭川刑務所の十二年間は、一人の面会者もなかったのである。喫煙所の長椅子で、弁護士はうまそうにタバコをふかした。

山川は、病院での経験を急いで話した。

「三つ目の病室の覗き窓は、黒い紙で塞がれているでしょう？　今朝ほど年寄りが死にました。自分もああなるのかと思うと、ゾーッとするです」

「君の場合は思ったほど悪くないそうで、一通りの検査を終えたら退院できるだろう」

本態性高血圧は一生続けて治療が必要だが、長期入院の必要はないという。初日の異常な数値は、十三年間の拘禁生活を解かれて北海道からの長旅で、ずいぶん興奮していたせいでもあり、二日目から血圧は下がっている。

「あと何日で退院できますか？」

「居心地が悪いかね」

「やっぱり異様な目で見られます。罪名が罪名だから、看護婦さんにも迷惑かけたくないです」

「月末に空くアパートを見つけたから、それまでの辛抱だ。あまり焦らないことだね」

「それなら安心です。温和しく寝とります」

看護婦詰所の前が喫煙所を兼ねたロビーで、新しい入院患者が看護婦にせきたてられて体重計に乗る。八十近い老婆は、身寄りがないのか一人で来て、風呂敷を抱えて泣き出さんばかりだ。

その様子を見ていたら、弁護士が切り出した。

「今日は、僕の身の上話しをするか……」

「はい、お願いします」

「人間万事塞翁が馬というだろう？　人間が生きていると、色々な局面を迎えるんだよ」

「諺《ことわざ》の意味がわからんです」

「北の翁が、飼っていた馬が逃げてガッカリしていると、逃げた馬が駿馬を連れて戻った。その駿馬に息子が乗ったら、落馬して足の骨を折った。翁が嘆いているとき、戦争が始まってね。息子は怪我のおかげで兵隊に取られずに済み、命を長らえることが出来た。……人生の幸不幸や禍福は予測できないという意味で、僕の場合が全くそうだった」

東京外語大に入ってロシア語を学んで、四年生のとき日中戦争が本格化して、召集を受けそうになった。そこで外務省の試験に応募したら、嘱託に採用された。「今のうちにソ連を見てこい」と言われてモスクワへ行き、帰って外交官試験に合格したから、太平洋戦争が始まっても召集されずに済んだ。

昭和十九年一月、とうとう召集されて満州の部隊に派遣されたが、日ソ間の石油と石炭の利権をめぐる北樺太問題が生じて、外務省に呼び戻された。このころ、二ヵ月ほど居た満州の部隊は南方へ転用され、移動中に船が撃沈されて全員が死亡した。

十九年六月、モスクワに派遣されて大使館勤務になった。二十年八月にソ連が対日宣戦布告して、日本大使館は接収された。事態を予測した大使館は、預金を全部引き出して現金数百万ルーブルを用意していた。大使館は接収されたものの、大使の別荘を使用するのは自由だった。敗戦後も女中三人と運転手一人、庭番夫婦が付いていた。外交官の仕事は禁じられても、市内の散歩は自由だった。

二十一年夏、ソ連船で帰国した。五十個ぐらいの段ボール箱に日の丸のシールを貼り、チーズ、パン、コメなどを大量に持ち帰って、税関はフリーパスだった。

帰国後も外務省に勤務していたが、二十九年八月に国家公務員法違反で逮捕・起訴された。ソ連代表部勤務の二等書記官が、その年の二月に東京から姿を消していた。アメリカ情報機関が抑留したとソ連側は発表したが、日本の外務省と公安調査庁は、半年後にスパイ事件として摘発した。ワシントンで記者会見した二等書記官は、「内務省所属の陸軍中佐として東京で諜報活動していたが、自発的にアメリカ当局に保護を求めた」と語った。

外務省の役人から被告人の身になったのは、中佐の情報収集活動に協力したとされたからだ。東京拘置所に半年余り勾留され、裁判が始まって保釈になった。公判中は休職扱いで、外務省から給料が支払われる。無実を主張して係争中に、司法試験に合格した。

四十年三月、二審の東京高裁で無罪判決が確定した。さっそく四月から司法研修所に入り、二年間を準公務員の修習生として過ごし、弁護士になったのが五十三歳のときである。

「人生なんて、まったくわからない。山川君は、まだ四十四だろう？」

「先生が弁護士になられた時より、九つ若い計算になるです」

「まだまだ、やり直しが可能だ。こないだ手紙にも書いたように、これまで君が失っていた人間に対する信頼を、いかに取り戻すかが問題だ」

「自分でも、そう思います」

「まぁ、刑務所でお説教は飽きるほど聞かされたことだろう。口先でいくら言っても始まらないから、僕なりに力添えして君の役に立ちたい」

そう言うと、照れ臭そうに帰って行った。


二月末に病院を出て、福祉事務所の世話でアパートに入居した。高級住宅街と通りを一つ隔て、木造アパートとマンションが並ぶ一帯である。マンションは新築が多く、アパートは軒並み老朽化が進んでいる。

築三十年というが、二階の東南の角部屋で、六畳一間にガスと流し台が付いていて、階下に共同トイレがある。家賃は二万九千円で、生活保護の住宅扶助額とピッタリ合う。すぐ東側にアパートがあるが、同じ二階建てなので日射しを妨げられることはなく、「晴れた日は冬でもストーブが要らない」との不動産屋の説明は誇張ではない。

「東京の住宅事情からすると、これぐらいが精一杯なのよね」

ベッドからストーブまで運び込んで、弁護士夫人が慰めてくれた。

「いいえ、十分に満足です」

「お風呂があればいいのにねぇ」

「今の自分には高望みと思います」

「それで他に、どんな物が必要？」

「大工道具があると助かるです。棚とか色々、自分で作ります」

「それなら現物を、誰かに譲ってもらうわ」

「いいえ奥さん、この部屋に合わせて自分で作るです。ミシンがあったら、申し分ないんですが」

「お安い御用よ」

さっそく大工道具と電動ミシンが届き、返さなくてもよいと言われた。

体調の良い日は、朝から夕方まで作業をした。安い生地を買って、カーテン、枕カバー、テーブル掛けなどを縫い上げ、鋸と鉋《かんな》を使って棚や卓袱台を完成させるのに、半月もかからなかった。

「これは驚きだ。本当に手先が器用なんだね」

様子を見に来た弁護士が、すっかり感心した。六畳をカーテンで二つに分け、奥を寝室、玄関脇を居間として、家具調度を配置した。刑務所の独房は三畳分だから、これで十分な広さだ。

「空間をうまく利用出来るのは、立派な才能だよ」

「きちんとしておかないと、気が済まないんです」

その点は『身分帳』にも、「病的なほどまでに神経質、潔癖性でもある」と、記載されている。

【少年院および刑務所における指定作業と職業経歴】

本人は、少年院において午前中は義務教育として中学卒業程度の学科授業を受け、午後からは主に木工、竹細工、印刷、洋裁、農耕などの指定作業に従事していた。

また、刑務所における指定作業は、次の通りである。

奈良特別少年刑務所では、主に紙細工で、ペーパーバッグなどの紙貼り作業。

大阪刑務所では、主に洋裁工、防具工など縫製作業。

京都刑務所では、特に独居房に入っていたため、房内作業として紙細工など軽作業。

福岡刑務所では、主に洋裁工、防具工など縫製作業。

府中刑務所では、主に洋裁工、スポット電気溶接工などの作業。

佐世保刑務所では、防具工として縫製作業。

宮城刑務所では、主に印刷工、木工、洋裁工、紙細工などの作業。

旭川刑務所においては、木工（碁盤作業）に従事していたものであるが、本態性高血圧症および痔瘻症などの病気が悪化したために、安静休養者として病舎に入り、長期間にわたって寝たきりの生活を余儀なくされている。

その他、本人は受刑中の行状、服役態度が特に悪く、懲罰事犯が多々あったため、再三にわたって独居房に入り、房内作業として紙細工などしてきたものであるが、特に手先が器用なことから、作業成績が優秀であることが記録されている。人一倍器用だから、実社会で熟練工として通用する。

本人は実社会において、矯正施設で習得した技能を生かさず、もっぱら水商売関係の仕事で、特にバー、キャバレーなどの支配人兼用心棒として、また暴力団関係の債権取り立てに従事してきた。

〔知能指数〕

田中式の検査において、ＩＱ一一八で優秀。特に手先が器用と認められる。

〔取得技能〕

昭和三十五年六月ころ、自動二輪車第二種免許を取得。四十一年五月ころ、普通自動車運転免許を取得。

〔特技〕

スポーツ。少年時代から空手、柔道、ボクシングを習い覚え、優に二段から三段の実力がありながら、正式に段位を受けていない。もっぱら自己の生活防衛の手段として、また喧嘩の道具として使用したものである。

〔暴力団関係〕

元組員であるが、服役期間が長いために自然退会になった。過去において、京都市内の暴力団組員から〝神戸の喧嘩一〟と恐れ嫌われていたことが、特に記録されている。

「やっぱり山川君は、普通の勤め人になるより、器用な手先を生かした仕事がよさそうだ。家内手工業なら、対人関係のトラブルも避けられるからね」

「自分が考えているのは、剣道の防具を縫う仕事ですけどね」

「経験があるの？」

「受刑中の作業で最も自信があったし、作業賞与金も高かったから、社会ではいいカネになると思います」

防具の縫製技術は、延べ三年間の経験だ。剣道の「面」と「垂《たれ》」は、手刺しでなければ通用しない。「小手」の手袋は機械縫いでも構わないが、「面」は二、三回竹刀で叩かれたら糸が緩む。刑務所職員の防具の修理もさせられ、技術は一級と評された。

刺子《さしこ》の技量は、刺し目の細かさで問われる。二分五厘から一分五厘、最小一分まで刺し、目が小さなものほど高級品とされるが、先端が錐《きり》みたいな三角形の針を用いて、綿や毛布を詰めて引き締めながら刺して縫うのは、かなりの力仕事である。

「表が鹿革の最高級品は、市価で百万円はするそうです。ミシン縫いでも三十万円ぐらいちゅうけん」

「手間賃が高くつく訳だねぇ」

「この部屋でやるとしたら、布地の一方に砂袋の重りを付けて天井からぶら下げ、こっちで引っ張って刺すわけです。細かい仕事で目を悪うするけん、社会では刺子が少ないようですね。仕事をくれる業者があれば、今すぐにでも始めたいですよ」

「どんな様子か、心当たりに尋ねてみよう。知り合いに剣道の師範が居るのでね」

「自慢するようですが、自分が刺した〝面〟を皇族の方が使われたちゅうです。おだてられただけで、ウソかもしれんけど……」

「しかし、健康を取り戻すのが先決だ。この寒さが緩むまで、とにかく安静にすることだね」

弁護士は「栄養補給に役立てなさい」と封筒を渡して帰り、開けると二万円入っていた。生活保護費は前渡しされるが、アパート入居で雑費がかさんで食費を切り詰めるしかなかったので、蘇生する思いである。

指定された日に病院へ行くと、血圧が上がっていると注意された。

「独り暮らしは、とかく不摂生になる。十分に睡眠を取らないと、また入院する羽目になるよ」

「アパートが古くて物音が筒抜けで……」

弁解しかけたら、主治医はプイと横を向いて処方箋に記入して、投げるように渡した。今日は虫の居所が悪いようだ。

「安静にしていないと、責任を持てないからね」

「わかりました」

ふしだらな日常を想像して、主治医は「不摂生」と言ったのだろうが、大工仕事とミシン縫いで忙しかったのである。

怒りを抑えて薬局へ行き、窓口に処方箋を出して順番を待った。刑務所当時と同じ血圧降下剤と、精神安定剤としてコントミン（25ミリグラム）、睡眠剤としてブロバリン（1グラム）を投与されている。刑務所でのトラブルは、巡回する看守の足音や収容者の話し声に睡眠を妨げられたと抗議して始まった。

弁護士は、入居のとき念を押した。

「アパートの住人とは、トラブルを起こさないことだ。東京では〝隣は何をする人ぞ〟だから、余計な気を回さないように……」

言われるまでもなく、周囲との摩擦は避けたかった。そのためにも、精神安定剤と睡眠薬は欠かせない。

アパートは上下五部屋ずつの十室で、ほとんど単身者である。上と下に一室ずつ、新聞社の販売拡張団が寮として借りている。朝になると一斉に出掛け、暗くなって帰って、毎晩のように酒盛りとマージャンである。上の部屋で酒盛り、下の部屋ではマージャンの夜は煩くて寝つけない。しかし、文句を言えば喧嘩になる。苛立ちを抑えて、皆が寝るのを待つしかない。朝寝は自由だから、テレビの深夜劇場の映画を楽しむのだ。

もらった一四インチ型のテレビは、壁際の棚に載せてベッドで観られるようにした。出所間近かな模範囚が自室にテレビを入れることは出来ても、チャンネルは自由に選べず、時間に制限がある。思えば今は贅沢な日常で、「真夜中の殺人パーティ」「カウボーイ」「忘れ得ぬ慕情」「トラ・トラ・トラ」「ピンクパンサー2」「さらば冬のかもめ」などアメリカ映画を観た。イタリア映画では、ナチス台頭期にドイツの兵器産業一族が争う「地獄に堕ちた勇者ども」が良かった。

テレビを観ないときは「学習ノート」を取り出して、自作の短歌・俳句を読み直した。

家具作る他に道なしと思う日遥か故郷の土を恋うる日

ミシン踏む我に湧きつぐ追憶の夢とも思え淡く儚《はかな》き
ライオンの首輪のような革手錠腰に巻かれ保護房に座す
慰問ショー終われば男のみとなる現実にして冬日に歩む
別れたる妻の面影思いつつ獄舎にひとり紙縒りを作る
独語して見回る秋の老看守窓辺の我に話すがごとく
十三度目の冬の獄衣を胸に抱き帰らぬ日々に唇を嚙む
指先の感覚もなし袋貼る
移り来し罰房に慣れ袋貼る
懐かしきチャルメラの音遠ざかる
独房の広さだけが我が人生

宅下げ品の中には「生活日誌」もある。十三年間の生活を細かく記録して、余り思い出したくはないが、出所が近づいてからのページは懐かしい。
六十年十一月半ばからは、字体も躍っているようだ。

一一月二〇日　満期出所前九〇日間の蓄髪許可にて、五分バリカンで散髪する。
一一月二三日　舎房内の暖房蒸気の検査があり、近日中に時間制限にて入るとのこと。

特に十月頃より病舎内の天井から水滴が落ちてひどく、一日に十回位雑巾で拭くことについて苦情を申し立てる。
一一月二三日　勤労感謝の日にて、特食にドーナツ。
一一月二五日　病舎の畳が新品に交換される。医療課長の診察を受け投薬が増加され、カプセルが一日に六個となる。本日より時間制限にて、暖房蒸気が入った。
一一月二六日　朝の房内検査で、私物袋の「裁判関係」は必要がないなら廃棄手続きを取るよう注意を受けた。官に反抗的で表現の自由に固執する人間を異常者として、あらゆる手段で管理社会から排除、隔離しようとする。
一一月二七日　入浴後、風邪にかかって三七・五度となり、即投薬を受ける。
一二月二日　夜間独居房第三舎落成により、紅白まんじゅう二個特食される。
一二月四日　一舎上に昼夜独居房が増設されたことで、病舎の考査房内作業者は一舎上に移る。
一二月一二日　本日から夜間午後八時三〇分〜午前三時頃までの間、暖房の蒸気入る。これまでの暖房は、朝の七・〇〇〜九・〇〇、夕方四・三〇〜六・三〇迄なり。
一二月一七日　日用品を受取り、フロリダ石鹸二個。
一二月二一日　新しいメリヤス上下、敷布、単シャツ、股引きなどが貸与になる。身元引受人の弁護士先生から、「衣類などの件は承諾」との手紙。

一二月一三日　先生に即発信する。身長、体重などサイズについての件で。
一二月二五日　旭川医大の精神科医師より問診カウンセリングを受ける。クリスマスにて特食にケーキ、鶏肉の足、インスタントコーヒーが給食される。
一二月二六日　第二区独居房病舎の総転房が実施される。私は八房から七房へ。
一二月二七日　新しいパンツ、丸首シャツを貸与される。正月用の官本として、『俄』『白昼の死角』の二冊を受け取る。
一二月三〇日　正月休みに入る。
一二月三一日　大晦日。総員入浴日。夕食から特食の菓子、折り詰めなどが給食される。
一月二日　総員入浴日。
一月四日　仕事始め、午前中のみ。入浴日。
一月八日　昨日申し込んでおいた六〇円切手二枚を受け取る。長髪許可による散髪をしてもらう。
一月一五日　成人の日にて特食大福二個、バナナ小一本が給食となる。
一月二二日　二区長面接をする。釈放時における諸々の手続きなどについて。
一月二七日　私本の二冊を領置。『判例刑事六法全書』『手紙の百科』。
一月二八日　閲覧中のノートを領置する。会計課長面接にて出所時に関する諸々の説明を受ける。

一月二九日　東京の先生から帰住旅費二〇、〇〇〇円と、衣類多数が宅配便で届き開封に立ち会う。
二月三日　来信中の手紙四通、算盤、石鹸箱、青靴下、練習問題、この「使用済みノート」を領置する。

毎朝アパートの部屋で、午前十時頃に目が覚める。午前二時か三時までテレビを観て、睡眠薬を飲んでベッドに入るのだ。小粒の錠剤を水で服用すると、十分か十五分ほど経って、頭の中を刷毛で塗られるような感触があり、眠りに落ちて夢を見ることはない。

天気の良い朝はカーテンを開けて日差しを入れ、石油ストーブで部屋を温める。電気釜にスイッチを入れて便所へ行き、ふたたびベッドに戻る。睡眠薬のせいで軽い痺《しび》れが残っており、三十分くらいウトウトして過ごす。

冬に日差しは何よりも御馳走で、着替える時には部屋が温まっているからストーブを消す。電気コタツの温度目盛りは、「弱」で十分である。

電気釜には、カップ二杯の米を仕込んでいる。冷蔵庫から卵や漬物を取り出し、薬缶の湯を沸騰させて魔法瓶に移し、ゆっくり茶を飲んで朝食にする。炊きたてのゴハンに生卵を割って掛け、ゆっくり噛んで食べる。二杯目は茶漬にしてもよく、食欲があるときは卵焼きも作る。

「なるべく生野菜を食べなさい。大根おろしは貴重なビタミン源よ」

弁護士夫人に大根おろし器を貰ったが、刑務所では大根ばかり食べさせられた。クスリだと思うことにしても、近所の商店で野菜が買えない。葉ごと丸一本は大き過ぎ、キャベツ丸ごと一個、袋入り玉葱、束ねた長葱も、独り者は持て余す量である。だからといって大の男が、大根やキャベツを半分に切ってラップしたのを買うのは憚《はばか》られるのだ。

「痩せても枯れても、若頭補佐を務めた〝神戸の喧嘩一〟じゃ」

どうしても野菜が買えず、肩を怒らせて帰る。

肉は小間切れを冷凍保存して、焼き飯に使うこともあれば、味噌汁のダシにも用いる。味噌、醤油、油、塩、砂糖は定量のものを買うが、野菜だけはうまく買えないのである。

朝食を終えると食器を洗い、同じ流し台で下着など洗濯する。揉み洗いしていると手が赤くなるが、旭川の寒さを思えば何でもない。洗濯物はカーテンレールに結んだロープに干すと、空気も乾燥していることだし、日が落ちるころにはすっかり乾いている。

テレビは午前十一時三十分から、昼のニュースが始まる。正午からは、「笑っていいとも」「ワイドショー」「新伍のお待ちどおさま」「なうＮＯＷスタジオ」と盛り沢山なのだ。午後一時から連続ドラマが始まり、二時からは「こんにちは二時」「二時のワイド」で、テレビ東京は洋画である。

昼食はカップ麺を食べる。昔の袋入りラーメンと違って、種類も豊富で味が良い。ラーメンに限らず、ウドンやソバも買っている。

午後五時には日が傾き始めるから、寒くならないうちに散歩を兼ねて買い物に行く。いつのまにか喫煙を始めたが、まとめ買いすると際限もなく吸うに違いないので、マイルドセブンライトを一箱ずつ買うことにした。アパートに近い個人営業のスーパーは、以前は酒屋兼タバコ屋だったようだ。日常生活に必要な物はここで間に合い、酒は飲む気がしないので買わない。

弁護士に「生活保護を受ける身だから、なるべく領収書を貰って保存しなさい」と言われているから、数百円の買い物でもレシートを持ち帰り、ノートに貼り付けている。

外出から帰ったとき、アパート入口に放置された新聞を拾って部屋で読む。拡張団は途中で何人か戻って、不用になった見本紙を置いて行くからだ。

このところ銭湯に行っていない。福祉事務所から入浴券が渡されているが、なかなか使えないのだ。

《皆様に健康な生活を過ごしていただくため、今年も入浴券をお贈りします。有効期間中なら、都内の公衆浴場の番台に提出すれば、無料で入浴できます》

半年分として六十枚貰っている。三日に一回は通えるのだが、近くの銭湯で「おじちゃんの体に絵が書いてある」と、老人に連れられた幼い子が叫んだ。この辺りの銭湯では、刺青がよほど珍しいようで、番台もジロジロ見て迷惑そうだ。指差した幼児を叱りつけた老人は、「子どものことですから許してやってください」と平謝りで、余計に居たたまれなくなった。

だから夕方、石油ストーブを点けた部屋で体を拭く。所帯持ちの部屋からは、焼き魚や味噌汁の匂いが漂って来る。あちこちでテレビの音も賑やかになり、負けずにこちらもニュースを観て、プライムタイムから深夜映画の間に晩飯を食べ、睡眠薬を飲んで眠るのだ。

四月半ばの土曜日、深夜映画の「暴走パニック超特急」を観ている途中で、新聞の拡張団と衝突した。

その夜も二階の三号室では、酒盛りをしていた。傍若無人の高笑いを聞きながら階段を降り、便所でしゃがんでいて怒りがこみあげた。

階下に一ヵ所だけの便所は、当番制で掃除をする。先週は五号室の山川が当番で、一日一回ずつ丁寧に掃除をした。アパートの住人とは黙礼を交わす程度の付き合いだが、初めての当番とあって、「五号室の人はマジメだ」と気付いてくれればと思い、白い陶器をピカピカに磨いた。

その当番札が三号室に掛けてあるのに、一回も掃除した形跡がない。注意しようと思いながらトラブルを避けて黙っていたが、週末になってもこの有り様である。

カーッとなって階段を上がり、三号室のドアを開けて怒鳴った。

「静かにせんかい。何時と思うとるんじゃ」

部屋には男たちが五人居て、テレビ画面は山川の部屋と同じだ。狂気の技師によって正面衝突の工作がされた二つの特急列車が疾走するのを観ながら、コタツを囲んで冷や酒を飲んでいる。

「ドアの当番札は飾り物か？　ルールはルールじゃろ。きちんと便所掃除をせんかい」

「この野郎、無断で他人の部屋に入って、何ちゅう寝言を抜かしよるか」

壁にもたれていた黒セーターの大男が、むっくり体を起こした。五十前後で、拡張員のボス格であることはわかっている。

「青筋立てて、便所掃除？　わしらは毎日忙しいんじゃ。そがいなことまで手がまわるかい。……なぁ、皆もそうじゃろうが」

この男を除けば、二、三十代の温和しそうな連中で、突然の事態に顔を見合わせている。そこで黒セーターに狙いを絞った。

「そこの黒豚、耳の穴をかっぽじって聞け。それほど仕事が忙しいのなら、さっさと寝るのが一番じゃろ。当番の義務を放棄して俺様にガタガタ抜かすなら、顎の骨を打ち砕いちゃるぞ」

「一日ぼけーっと寝ておる奴が、偉そうな口をきくな。国民の血税をムダ使いしておるんじゃろ？　これからも新聞は恵んでやるから、便所掃除くらい勤労奉仕せぇ」

「抜かしやがったな！」

叫んで自室に引返し、ガウンとパジャマを脱ぎ捨てた。ズボンを穿きジャンパーを着ながら、刃物は持ち出さないことにした。アパート内で実力行使すれば、一一〇番通報されかねない。

革靴を履いて三号室へ行き、畳に片足を乗せてボス格の男に言った。

「おい黒豚、表へ出ようじゃないか。ここでは、他の皆さんに迷惑がかかる」

「この寒い中、外へ出ることはない。話しがあるなら、明日にしよう」

五十男は動揺した様子だが、他の者は関わりたくないらしい。不精髭を伸ばした学生風の男が、立ち上がって頭を下げた。

「遅くまで騒いで済みません。便所の掃除は朝になったらやります」

「これから気をつけます。勘弁してください」

パジャマ姿の三十男も畳に手をついて詫び、夜毎の酒盛りを強要されているのだと目で訴えている。

「非を認めれば、それでよか。黒豚だけは、タダでは済まされん。今に大変なことになるよ」

「話を付けるなら、順序があろうがい？」

「グズグズせんと表へ出んか。寒いなら熱くしてやろうじゃないか」

「わかった、話をつけよう」

相手はようやく腰を上げたが、他の四人は動こうとしない。

一方的に腕力を振るえば警察に通報されるから、先に向こうに手を出させるに限る。計算しながらアパートを出て、近くの児童公園に行った。昔からやくざ者は「実力二分にハッタリ八分」といわれる。相手に戦意がない以上は、いかに自分を大きく見せるかだ。

公園の街灯の下で、相手と向かい合った。アパート三号室の窓際で、残った連中が見ている。

「仁義は省略するが、人呼んで〝神戸の喧嘩一〟とは俺のことだ。こないだまで旭川刑務所に居って、名のある親分衆と親しくさせてもらった。大層な口を利いたお前は、どこの組の者だ？」

「或る組に関係しておるが、今は執行猶予中なので新聞社の仕事をしておる」

「どこの組かと聞いておるんじゃ」

「…………」

「組の名を騙るとどげん目に遇うか、知らんわけじゃなかろう？　ちょいと俺が電話すれば、すぐわかるこっちゃ。ハッキリ言ってもらおうじゃないか」

「だから以前……」

「いい年こいてハッタリはやめろ。まだ俺様をナメとんのか？」

「申し訳ない」

いきなり土下座して額を地面にすりつけたから、拍子抜けしてしまった。

「泣きが入ったか？」

軍鶏《しゃも》の戦いでも、敵が鳴き声をあげれば戦意喪失とみなして追い撃ちしない。こういう相手を怪我させれば、暴行・傷害罪で実刑は免れないだろう。

「冷えた体を熱くしてやろうと思うたが、これじゃあ話にならん」

「済まんことです。いくら出せば、許してくれますか」

「なんのこっちゃ？」

「手持ちのカネは三万ぐらいです。わしらは歩合制で、今月は成績が悪かった」

「誰がカネ出せと言うた？」

気持ちが動かぬでもなかったが、せせら笑ってみせた。迂闊にカネを取ったら、恐喝罪に持ち込まれる。

「三万、五万のカネが欲しいのと違う。〝神戸の喧嘩一〟を見損なうな！」

声を浴びせて振り向かずにアパートへ帰り、久し振りの爽快感で眠るのが勿体なく、睡眠薬は飲まなかったのに意外に早く寝入った。

翌朝便所へ行ったら、見違えるほど綺麗になっていた。三号室に声をかけようとしたら、日曜日だから早くから出かけたようだ。

曇り空だから、朝食を済ませてストーブを消し、ベッドに潜ってテレビを観て過ごした。こういう日は灯油を節約するに限り、午後からジョン・ヒューストン監督の「アニー」を堪能した。孤児院育ちのお転婆娘が、孤独な大富豪の養女になるミュージカルである。

そのうちドアをノックする者がいて、若い拡張員が顔を出した。

「昨夜はご迷惑をかけました。こうしてお詫びの挨拶に来たようなわけです」

昨夜、素直に頭を下げた二人だから、とても嬉しかった。

「約束どおり掃除しおるから、感心しちょったんだ。上がれ、上がれ。ストーブを点ける」

アパート暮らしを始めて、弁護士夫婦とケースワーカー以外に部屋を訪れた者はいない。

「つまらない物ですが、お近づきの印です」

紙袋から出したのは、ティッシュペーパー、タオル、石鹸、紙ナフキン、洗剤など盛り沢山で、新聞社名が刷り込んである。

「大丈夫かい？　仕事に使うんだろう。ボスに叱られるんじゃないの」

「それがケッサクなんですよ。聞いて下さい」

行儀よく座って、二人が交々に話した。五十男は荷物をまとめて、明け方にアパートを出た。若い拡張員たちの監督役で、暴力団に顔が利くのを自慢していたが、昨夜の件で法螺話とわかったというのだ。

「山川さんのおかげで、あの豚野郎から解放されました。便所掃除だって、会社契約だから放って置けと、われわれにさせなかったんです」

「兄さんたちのことは、何とも思うちょらん」

「それで安心しました。われわれに出来ることがあれば、何でも言って下さい。取り敢えず新聞は、これから部屋にサービスで入れます」

「そいつは有り難い。俺はこんな具合だから、ヒマをもて余しちょる。困ったことがあれば、相談に乗ろうじゃないか」

「いやぁ、思ったより気さくな人ですね。これまで怖い人と思い込んで、声をかけられませんでした」

「そりゃなかろ。見ての通りで、裏も表もない男じゃけんね」

アパートの住人と打ち解けて話すのは初めてで、久々に気持ちが晴れた。刑務所でもよほどの変人でない限り、独居房より雑居房を希望する。日常の会話がないのは、大変な苦痛なのである。

「あいにく俺は、アルコールはダメだ。番茶しか出せないが、ゆっくりしてくれや」

「嬉しいですね。それじゃ、茶菓子を持ってきます」

眼鏡をかけた青年が出て行くと、コタツに残った髭の青年が言った。

「彼は変り者でしてね、ずっと東大を第一志望にして受験中なんです。今年も〝サクラ散る〟でしたけどね」

「それは知らんかった、灯台下暗しじゃ」

「山川さんは、ユーモアのセンスがあるんですね」

「おだてるんじゃねぇや。扇子だって団扇だって、夏場になれば出してやるぜ」

調子に乗っていると、戻って来た青年がセンベイを差し出した。

「田舎から送ってきたんです。どうぞ召し上がってください」

「田舎って、どこだい？」

「岩手県の釜石です。わが国の宅配制度を支え、大新聞の部数拡張に挺身しているのは、たいてい東北出身者ですからね」

「何とかいう〝歌う不動産屋〟ばかりじゃなく、石川啄木や宮沢賢治のような人も出た。兄さんも東大に合格して、岩手県の誇りにならにゃ」

「山川さんは、本当に物知りなんですね」

「若いくせに、年寄りをおだてるもんじゃなか」

声をたてて笑いながら、訳もなく滲む涙をパジャマの袖で拭った。

3

四月も無事に過ごして、五月に入ると体調が良くなってきた。引き続き週に一回は病院へ行き、血圧降下剤と精神安定剤をもらい、医師の指示どおり服用している。

アパートの居住者と、その後はトラブルもない。販売拡張員は入れ替わりが目まぐるしく、いつかの青年二人は居なくなった。それでも申し送りになっているらしく、新聞は引続きサービスで入れてくれるのだ。

そのうちに階下のコピーライターと称する青年が、山川の部屋に来るようになった。名刺には住所が二つあって、妻子は郊外に住んでおり、アパートは仕事場として借りている。こないだの揉め事で、「旭川刑務所を出所したばかりだ」と明かしたことが居住者に知れ渡った。

コピーライターの角田龍太郎は、私大の文学部を出て作家志望といい、刑務所帰りに興味を持ったようだ。甘いマスクの長身で、ちょっと巻き舌で喋る。

「私らみたいな広告・宣伝屋は、まぁ、やくざ稼業と同じようなもんです」

「ちょいと兄さん、言葉に気ぃつけてくれや。やくざの世界は半端じゃなかとよ」

角田が菓子や果物を持って来るので、インスタントコーヒーを振る舞ったりして、取留めもない会話で過ごす。今となっては、過去を隠すこともない。

「いつだって体を張って、命がけの毎日やけんね」

「済みません。サラリーマンとは違うという意味で言ったんです」

「やくざ渡世は、義理の人情のと映画のような訳にはいかんよ。どうすれば楽してカネ儲けが出来るか、鵜の目鷹の目で獲物を奪い合う」

「だったら同じかもしれない。マスコミの寄生虫みたいに売り込み上手なコピーライターが、一つの宣伝文句で五百万も一千万も稼ぐんです」

「それは才能ってもんだろう。やくざは組織の代紋を嵩《かさ》に恐喝をする。文字通り組織暴力やけんね」

「大マスコミだって、似たところがあるんですよ。司法・行政・立法三権にマスコミも加わり、今や四権分立の時代になった。代紋のような名刺一枚で取材して、独断と偏見に満ちた報道をします」

「兄さんは、やくざの代紋に憧れとるの？」

「実はそうなんです」

「ダメだ、ダメだ。こんなへなちょこは、使い物にならない。俺だったら絶対、舎弟にしてやらない」

「でも、話は聞かせてください」

「俺の一代記を小説に書く？」

「いやぁ、社会勉強といいますか。まったく知らない世界だけに興味津々です」

「しょせん人間は、裸一貫で生まれて裸一貫で死ぬ。やくざ者とて、大臣や博士と同じ赤い血が流れておるんだ。ちょっと血が熱過ぎるかも知れんが……」

角田は聞き上手だから、話していて悪い気はしない。

これまでは出所すると、やくざ組織の旧い身内や、刑務所で知り合った連中を訪ねた。半月や一月は徒食させてくれるから、刑務所でいかに面子を保ったかの自慢話をしているうちに、引っ込みがつかなくなる。刑務所での人脈は絆が強く、山川は役に立つ男として迎えられた。

しかし、拘禁生活が十三年の長きにわたった。「出所したら必ず連絡しろ」と言って刑務所を後にした連中に、まだ何の連絡も取っていない。訪ねて行けば、服役経験は語り尽くせない。長く務めた者ほど、いつまでも同じ話をする。短期刑を終えた者は生計の道を立てるのが大切で、受刑中の話ばかりしていられない。

「刑務所の中でも、抗争があるわけでしょう？」

「やくざがドンパチを始めるのは殆ど利権がらみだが、社会における抗争事件と違って、刑務所の中では些細なことが原因やね」

「互いの面子ですか？」

「タバコ一本の闇値は一万円が相場で、それを四分の一ネコババしたとかで揉める。対立している組織がからむと、面子を立てたかどうかも問題で、最終的に刃傷沙汰になるね」

「対立関係の者は一緒にしないように、刑務所側が配慮するんじゃないですか？」

「長期刑務所に送られるのはやくざ者が多く、そう上手くは分けられない。むしろ嚙み合わせて懲罰の口実にし、事件に発展させて刑を追加しようと挑発しちょるよ」

「挑発に乗るんですか？」

「わかっちゃいるけどやめられない……。衝突してしまうのは、それぞれが代紋を背負って面子があるけんよ。喧嘩にならんように〝済まん〟と言おうものなら、〝泣きが入った〟と相手側が鬼の首でも取ったように騒ぐ。上の者同士が穏便に済ませようとしても、系列があるから下の者が黙っちゃいない。〝何で親分が詫びを入れた？〟と、突き上げられるんだ」

「塀の中にも勢力図があるんですね」

「そりゃそうよ。オカズの沢庵が多い少ない、目刺が大きい小さいで殺し合いになったこともある」

「本当ですか？」

「八人部屋に親分が一人居た。当番が配食するが、どれが親分か知らんから適当に置く。盛りの良い膳を自分の前に置かれて手を出すと、〝親分を差し置いて！〟と取り巻きが騒ぎ、とうとう殺人事件に発展した。親分に盛りの良い膳を選ばせるべきなんだ」

「殺人には、凶器が必要でしょう？」

「工場で毎日、強制労働させられちょる。どこへ回されても刃物の材料があるけん、隠して舎房に持ち帰る」

「おっかない話ですね」

「矯正機関なんて言うとるけど、少年院はやくざ養成所で、プロの犯罪者に鍛えるのが刑務所よ」

「失礼ですが、両手の小指は無事ですね。やくざ渡世が長いとたいていの者が〝指を詰める〟と聞きますが……」

「それは不義理をした場合でね。自慢じゃないが真っ直ぐ歩いて来たけん、指を詰める必要がなかった」

「立派なものです」

「何が立派なものか。エンコを飛ばす代わりに、真っ先に刑務所へ送られたんだ」

「竹を割ったような性格だから、女にモテたでしょう」

「どうかな……」

　手首の傷跡を見られたようで、さり気なく腕組みした。七つ年上の久美子は、五十一になっている。一緒に面会に来た男と、今も所帯を持っているのか。

「女の話は苦手だ。またの機会にしよう」

急に不機嫌になったので、そそくさと角田は帰った。

角田の部屋は真下だが、まだ入ったことはない。よく女性が出入りしており、仕事の打ち合わせという。その隣室に聾唖者の青年が住み、角田に来客があると窓から覗き込むという。山川自身は、体がアルコールを欲しないように性衝動がない。長い拘禁生活で、そういう体になったらしい。


「山川さんの訴訟記録を、見せて頂くわけにはいきませんか？」

五月半ばに、角田が切り出した。

「決して漏らしたりは致しません」

「そう言うだろうと思って、ボチボチ整理しておいた。この部屋で見るぶんには構わんよ」

表紙に『さいばん調書』とある綴りを、さっそく取り出した。

先ず最初は、昭和五十二年三月二十六日付の、仙台地検の起訴状である。

起訴状

被告人

本籍　前橋市女屋町千九百十四番地の一

住居　仙台市古城二丁目三番一号　宮城刑務所内
職業　無職（受刑中）
山　川　一
昭和十六年五月二日生

公　訴　事　実

被告人は、宮城刑務所において懲役刑の執行を受けているものであるが、昭和五十二年一月十四日午前十一時十三分ころ、仙台市古城二丁目三番一号所在同刑務所において、かねてから不仲であった川上誠一（当四十三年）とささいなことで口論立腹し、作業に使用していた裁断用鋏で同人の右耳に切りつけ、よって同人に対し、加療七日間を要する右耳翼挫創の傷害を負わせたものである。

罪　名・罰　条

傷　害　刑法第二〇四条

「刑が確定して服役中でも、新たに裁判にかけられるんですか？」

「べつに珍しじゅうはなか」

追刑三ヵ月になったことを簡単に説明して、次のページを見せた。

昭和五十四年九月二十五日
仙　台　検　察　審　査　会

議決の要旨通告の件

審査申立人　山　川　一　殿

昭和五十三年九月十二日申立てにかかる、左記被疑者に対する特別公務員暴行致傷被疑事件につき、貴殿がなされた検察官の不起訴処分の当否に関する審査事件について、かねて当検察審査会において審査中のところ、五十四年九月十日に左記の通り議決があったので、その要旨を通知します。

記

一、被疑者の氏名、住居、職業及び年齢
別紙記載の通り。
一、議決の要旨
本件の不起訴記録を精査し慎重に審査した結果、検察官がした「嫌疑なし」の裁定は、捜査不尽の点があると認められるので、不起訴処分は不当である。

卓袱台に広げた書類に、角田はますます興味を示して覗き込んだ。
「これは何のことですか？」

「数を頼んで俺をリンチにかけた仙台の看守七人を告訴したのに、検事がロクに調べもせずに不起訴にした。そこで検察審査会に申し立てたら、〝不起訴処分は不当〟と議決したわけよ」

「これは大変だ……。検察庁に一泡噴かせて、大したもんですねぇ」

「検察審査会は、一般市民から選ばれた人たちで構成されておる。日頃から警察に痛い目に遇わされて、捜査当局の言い分を鵜呑みにはせんよ」

「それで、どうなりました?」

「どうにもこうにも日付を見るがよか。昭和五十四年九月二十五日とあるやろ」

「はい、そうですねぇ」

「この審査申し立ては、旭川へ移監されてからやけん」

「いつ旭川へ行かれました?」

「さっきの傷害事件で追刑が確定した後で、五十二年九月やった」

「すると検察審査会の決定は、仙台から移って満二年後ですか」

「せっかく〝不起訴不当〟で捜査のやり直しを議決したのに、中立人の身柄が北海道やけん、結局はパーになった」

「やっぱり受刑者は、泣き寝入りさせられるんでしょうねぇ」

「兄さん、それは違う。少なくとも俺は、絶対に泣き寝入りせん。旭川でも徹底的にやったよ」

最初は木工場へ出役して、熱心に碁盤を作った。少年院のころから将棋が好きで、宮城刑務所の所内大会では工場代表に選ばれたほどである。囲碁も得意だったが、相手に恵まれなかった。碁盤を房内に持ち込むことを許されて、冬の間にずいぶん上達した。しかし、雪解けの頃に入浴中に倒れて本態性高血圧と診断され、五十三年五月一日付で休養処遇指定になった。

木彫りの「ニポポ」も勉強して、旭川では穏やかに過ごすつもりでいた。二月には「行刑累進処遇令」の〝除外級〟から三級へ特別進級しており、過去の服役をふくめて初めてのことだった。三月上旬の囲碁大会、下旬の将棋大会いずれも木工場代表に選ばれ、四月初めの卓球大会個人戦でベスト4まで勝ち進み、かつてない充実感を覚えた矢先の病気だった。

すべての受刑者は、四級から一級に分類管理されている。等級によって食事の内容も違い、懲罰を受けたり休養処遇に指定された者は〝除外級〟で、二千五百カロリーの五等食しか与えられない。

主食の麦飯の基準は、一等食（非常に重い労作）が二千五百カロリー、二等食（重い労作）が二千三百カロリー、三等食（やや重い労作）が二千百カロリー、四等食（中・軽労作）が千八百カロリー、五等食（不就業）が千七百カロリーで、副食は均等に八百カロリーとされており、普通に食べれば栄養不足の心配はない。しかし、トラブルの多い受刑者には配食を遅らせて、冷えきったものを与えたりする。

等級によって名札の色も違い、一目で分かるようになっている。行政改革の波は刑務所にも及んで、作業能率の向上に躍起だから、〝除外級〟は厄介者として睨まれる。発病して同情されるはずもなく、看守の恫喝と抑圧は厳しくなるばかりだった。

このような中で、仙台検察審査会に申立書を送付したから、病舎で目の仇にされた。そして五十三年十月、病舎の同囚に暴行を加えたとして旭川地検から起訴されたのである。

起訴状

被告人

本籍　前橋市女屋町千九百十四番地の一

住居　旭川市東鷹栖三線二〇号六二〇　旭川刑務所在監

職業　無職（受刑中）

山川一

昭和十六年五月二日生

公訴事実

被告人は、旭川刑務所において受刑中であるが、些細なことを根に持って、

第一　昭和五十三年十月二十五日午前八時三十分ころ、同刑務所内の病舎第九房前廊下から、同房内で横たわっていた船山芳弘（当二十六年）に対し、洗面器にくみ取った自己の糞尿を頭から浴びせかけ、
第二　前同日時ころ、前同所の病舎第七房前廊下から、同房内で腰掛けていた矢加部正直（当二十九年）に対し、前同様糞尿を身体に浴びせかけ、
もってそれぞれ暴行を加えたものである。
　　罪　名・罰　条
暴　行　刑法第二〇八条

「糞尿を掛けましたか？」

角田は少し体を離すようにして、山川の横顔を見た。

「それで罪名が〝暴行〟ねぇ」

「俺が八房で、二人は両隣やった。もともと病気でもないのに、出役するのが嫌で病舎に来ちょる。船山も矢加部も罪名が殺人で、真ん中に俺をはさんで七房と九房で通声して自慢話をしやがる。安眠妨害で迷惑千万やけん、懲らしめてやったわけよ」

「裁判はどうなりました？」

「これが怪しからんことに、旭川地裁は求刑のままに懲役十月の判決じゃった」

「糞尿で十ヵ月とは厳しい」
「アタマに来たけん、すぐ控訴手続きを取った」

判決謄本を印紙代金三百八十円を納付して取り寄せ、控訴趣意書を自分で書くために公判調書の閲覧を申し出た。

これは被告人の権利で、四人の看守に付き添われて裁判所へ出掛け、書記官室でノートに書き抜いた。しかし、刑務所に帰って「故意に時間を引き延ばした」と咎められ、言い返しているうちに手が出てしまい、袋叩きに遇って〝保護房〟に入れられた。これはリンチであり、〝特別公務員暴行陵虐〟に当たるとして、看守九人を告訴したのが五十四年八月だった。

五十四年十月下旬、同囚暴行事件の控訴審のために身柄を札幌拘置支所へ移された。このとき国選弁護人の面会を受け、「反省の色がないのは遺憾だ」と言われて口論になり、解任申立書を高裁に提出した。

しかし、弁護人を任命したのは裁判長である。被告人に解任の権利はないと却下され、十二月初めに初公判がひらかれ、二週間後に控訴棄却の判決だった。

【札幌高裁　判決理由】

一件記録を精査して諸般の情状を検討すると、被告人は受刑者仲間である本件被害者達から自己の非をたしなめられたことを逆恨みし、その報復の機会をひそかにうかがっていたところ、原判示の日時に看守をあざむいて房外に出たうえ、あらかじめ洗面器にくみ取っておいた自己の糞尿を被害者両名に浴びせかけたものであって、きわめて計画的で悪質卑劣な犯行といわざるをえない。

被告人の同刑務所における受刑態度はきわめて悪く、同囚傷害や職員傷害など規律違反をくりかえして懲罰を受けており、原審公判廷において自己の刑責を免れるため虚偽の供述をくりかえすなど反省の情も皆無と認められることを合わせ考えると、この種の事犯についての常習性には顕著なものがあり、再犯のおそれもきわめて強く、犯情はまことによくないというべきである。

したがって、被告人を懲役十月の実刑に処した原判決の量刑は相当であり、重過ぎて不当であるとはいえず論旨は理由がないから、主文のとおり判決する。

むろん不服だから、最高裁に上告を申立てた。印紙四百八十円を納付して一審より長文の判決謄本を請求し、十二月二十一日に戒用車で旭川刑務所に帰った。

すると八月の告訴について、旭川地検から文書が届いていた。

不起訴処分理由告知書

貴殿から昭和五十四年八月十九日付けで告訴のあった河田貞治他八名に対する特別公務員暴行陵虐被疑事件の不起訴処分の理由は、左記のとおりである。

右貴殿の請求により告知する。

昭和五十四年十二月十四日
旭　川　地　方　検　察　庁

記

嫌　疑　な　し

「長期刑務所は暗黒街のようなもので、冷酷な看守連中のやりたい放題やけん。こっちが合法的な手続きで告訴すると、例によって検事は形式的に受理して〝嫌疑なし〟とくる」

「やはり検察庁と刑務所は、同じ法務省で身内だからでしょうね」

「そこで対抗して、ただちに旭川検察審査会に申立てたわけよ」

「山川さん、よくやりますねぇ」

感心して角田が肩を寄せて、青年の吐息が耳朶にこそばゆい。

議決の要旨通告の件

昭和五十五年六月三日

旭川検察審査会

審査申立人　山川一殿

昭和五十四年十二月十四日申立てにかかる左記の被疑者（河田貞治他八名）に対する特別公務員暴行陵虐被疑事件につきなされた検察官の不起訴処分の当否に関する審査事件について、かねて当検察審査会において審査中のところ、昭和五十五年六月三日左記の通り議決があったから、その旨を通知する。

記

一、被疑者の氏名、住居、職業及び年齢

別紙の通り。

一、議決の要旨

本件不起訴記録を精査し慎重に審査した結果、検察官のなした〔嫌疑なし〕の裁定をくつがえすに足る証拠が発見できないので、前記趣旨のとおり議決する。

「仙台の検察審査会は気骨があったが、旭川の連中はだらしないと思う。あのときのリンチは凄まじいもので、立派に犯罪が成立しちょる」

「うっかり懲役が手を出そうものなら、十倍二十倍になってハネ返るわけですね」

「いやいや、五十倍も百倍も仕返しされるよ」

「わかっていながら堂々と看守とやり合うんだから、まったく見上げたものです」

角田が体を前に回して、実際に見上げる仕種をするので、照れて書類で顔を隠した。

「いやいや、単なるやんちゃ坊主よ。我れながら呆れるほどでねぇ」

五十五年九月、暴行事件について山川の上告を「申立ては理由がない」と最高裁が棄却した。これで懲役十月が確定し、九回目の受刑として刑期が追加されたのである。

この最高裁決定の直前に、看守に対する〝暴行〟で懲罰を受けている。懲罰明けに事件送致になり、五十六年三月に旭川地検から起訴された。

起訴状

公訴事実

被告人は、旭川刑務所において懲役刑の執行を受けているものであるが、
第一　昭和五十五年八月二十三日午後五時六分ころ、同刑務所内の拘置場階上第二六房において、同房鉄格子の間から、同房前の廊下に立っていた同刑務所勤務の看守宮口陽一郎（当三十一年）に対し、金盥及びプラスチック製屑入れ容器にくみ取った自己の糞尿を右宮口の顔部胸部に浴びせかけて暴行を加え、
第二　同日午後五時十分ころ、被告人が前記第一記載の犯行を犯したことから、前記宮口陽一郎が同刑務所警備隊長野々村仁の指揮を受け、戒護のためとりおさえようとし

た際、右宮口に対し、その右肩および右前胸部付近を爪でひっかく等の暴行を加え、もって同人の職務の執行を妨害するとともに、右暴行により、同人に対し、加療約十日間を要する右前胸部擦過創の傷害を負わせた、ものである。

罪　名・罰　条

第一　暴　行　刑法第二〇八条

第二　公務執行妨害・傷害　刑法第九五条第一項、第二〇四条

「今度も糞尿ですか？」

いくぶん当惑気味に問われたので、山川は言葉に詰まった。『身分帳』に「病的なほどまでに神経質、潔癖性でもある」と書かれているように、房内の整理整頓を心掛けて所長表彰さえ受けている。

看守に糞尿を撒き散らしたのは、切羽詰まった事情があったのだ。

「兄さんにゃわかって貰えんかも知れんが、俺はハイハイと看守の言いなりになる囚人とは違う。徹底的にマークされて弾圧を受け、反抗すれば多勢に無勢でリンチにかけられる。孤立無援の受刑者としては、最も効果的な方法で仕返しするるしかなか」

「糞まみれにされた屈辱は、一生忘れないでしょう。さすが喧嘩ハジメさんは、性根が座

っていますね。刑期が十ヵ月ぐらい延びても、慌てないわけだ」

「ところが今度は、被害者が看守やけんね。検事から懲役一年八月を求刑されて、地裁判決は一年六月やった」

「糞尿を掛けて、追刑が一年六ヵ月……」

「むろん、即日控訴したよ」

ここで強調したいのは、札幌高裁が一審判決を「量刑不当」として棄却、懲役一年二月に減刑したことだ。

「あのねぇ」

説明しかけたらドアがノックされて、福祉事務所のケースワーカーが顔を見せたから、角田には帰ってもらった。


ケースワーカーの井口久俊は、病気の具合や日常生活について簡単な質問をして、さり気なく部屋の様子を見て帰る。内職収入があれば申告する義務があり、それを探るのも訪問の目的のようだ。

二十八歳の井口は、登山が趣味という。山川の部屋で番茶なら飲むが、コーヒーや菓子を出すと口をつけない。被保護者に経済的負担をかけるのは本末転倒との理由だ。

「ところで先生……」

訪問を待っていたことでもあり、電話の取付けについて率直に切り出した。

「やっぱり電話は、病人にとって必要です。緊急連絡が必要な事態も起こりますけん」

「しかし今のところ、福祉事務所から取りつけ費用を出すのはムリですよ」

「NTTの窓口で相談したら、やむを得ない場合は分割払いも認めるちゅうです。電電公社時代に比べて、とても親切になりましたね」

「山川さんの才覚で取付けが可能なら、当方は黙認という形になります」

「弁護士先生が〝メシ食いに来い〟と誘って、貰い物も回して下さるので食費を浮かすことができるんです。長いあいだ五等食で通して無事に生き延びておるから、食べ物に問題はありません」

「とにかく、健康回復が第一ですよ」

決まり文句を残して、ケースワーカーは帰った。


六月に入って、部屋に電話が付いた。NTTの窓口で交渉して、取付け費用は六千円ずつの月賦にして貰ったから、何とか払えそうである。

電話が付いて便利なのは、新聞の求人広告を見て、すぐに問い合わせられることだ。防具縫製の刺子についての広告は見当たらないが、封筒の宛名書き内職の広告は多い。独房で請願作業として袋貼りなどしたから、一人暮らしにふさわしい内職に思える。

「電話が付いたので、お知らせします」

弁護士に報告して、宛名書きの内職について相談したら、即座に言われた。

「保証金のようなものを取られて、働き詰めに働いて月二万円がやっとだそうだ。主婦たちが広告につられて、多人数引っ掛かったことがある。トラブルの元だから、やめておいたほうがいいよ」

「やっぱり、剣道の防具ですかね？」

「君の話を聞いて、剣道師範の知人に問い合わせてみたら、いい返事はなかったねぇ」

九州管区の刑務所では指定作業になっているが、町の刺子には注文が来なくなった。防具メーカーはコスト安を図って、工賃の安い韓国に発注する。決定的なのは機械の性能向上で、ミシンで上質の「垂」が縫えるようになった。試しに弁護士が、都内の製造販売店に電話して、「ウデのいい刺子が居るから使ってほしい」と頼んだら、「もう要りません」と木で鼻をくくったような返事だった。

「体力が要るし、注文があったとしても今の山川君にはムリだろう」

弁護士に言われて納得できず、都内の販売店に問い合わせたら、「ウチは関係ありません」と相手にされなかった。他の店も似たような返事で、とうとう山川は怒鳴った。

「ムショに戻って刺子になれちゅうのか？」

「モシモシ……」

「更生を妨害するヤツは、痛い目に遇うぞ！」

電話を切って、たちまち自己嫌悪に陥った。

「やっぱり運転手かなぁ。一人で仕事ができて、トラックの運転台は密室やけん」

しかし、長期間の受刑で運転免許証は失効してしまった。受刑者の作業は強制労働だけではなく、社会復帰を可能にする技能を身につけるためでもあるが、職業訓練を受けることができるのは成績優良者に限られる。懲罰を繰り返し受けて追加刑が三度もあった山川に、自動車運転免許を更新するチャンスが与えられるはずもない。

満期出所前の分類で、試験を最初から受けねばならないと聞かされ、官本の『学科試験問題集』を借りて勉強した。しかし、「自動車学校に入るには二十万円はかかる」と看守が話していた。いずれ働けるようになったら、自動車学校に通うつもりだ。きちんとした勤務先があれば、ローンも利用できるようだ。

「こうなったら運転手や」

電話帳の分冊「テレホンガイド」を開いたら、最初のページが警察である。見ると、〈運転免許テレホンサービス＝更新・失効・再交付〉の項目がある。

ダイヤルしてみたら、女の声で応答があった。

「こちらは運転免許テレホンサービスです」

「あのですねぇ、事情があって失効したけど、早いうちにですね……」

必要性を告げようとしたら、向こうは構わずに喋り続ける。よく聞くと録音テープなのだ。

《はい、こちらは運転免許テレホンサービスです。免許証の書き換え、再交付の手続きについて、ご案内します。項目は三つに分かれておりますので、あなたの項目の数字を一つだけ選び、私の「どうぞ」という合図で、数字をハッキリ、①②③と発音してください》

とまどって、最初は意味が分からなかった。繰り返し聞いて「免許証を無くした人」は③に該当すると分り、受話器に向かって「サン」と叫んだ。

《それでは、印鑑と申請書に貼る写真を一枚、用意してください。写真は縦三センチ、横二・四センチで、六ヵ月以内に撮影したものです。なお、東京以外から住所を異動した人は写真が二枚必要で、本籍地の記載されている住民票の写しが必要です。手数料は二千五百円で、免許証は二週間後に交付されます》

テープの声を聞いて、目の前が明るくなった。刑務所で聞いた話と違って、「失効」でも手続きにより再交付されるのだ。

翌朝さっそく区役所へ行き、一通二百円で住民票を取った。

アパート入居の時点で移転手続きを取って、本人の名前と現在の住所が記され、本籍地は前橋市、転入前の住所は弁護士の自宅である。これを見るかぎり、服役したことはわからない。

運転免許試験場は品川区東大井で、品川駅から京浜急行に乗り、四つ目の鮫洲駅で降りればよい。遠出をするのは初めてで、今回は就職運動の第一歩である。スムーズに運転免許を取得できたら、弁護士に事後報告して驚かせるつもりだ。

鮫洲で降りると、法被を着た男たちが駅前で大声を上げている。

「手続きは簡単、すべて代行します」

「料金は大サービス、何でも相談してください」

徒歩七分と説明されたが、改めて道順を聞くまでもなく、降りた客は皆が同一方向へ行く。その道筋に行政書士の事務所が並び、観光地の土産物店のような呼び込みをする。試験場へ向かう集団は、若者が多かった。学生なら授業を受け、勤め人なら勤務に励む時間帯なのに、どうしたことなのか。

「どうせ遊びで乗るんじゃ」

舌打ちしてみたものの、若者たちのエネルギーに圧倒されて、遅れ気味について行くしかない。

高速道路とモノレールを見ながら、京浜運河に近づいた辺りから「警視庁鮫洲運転免許試験場」の看板が見える。すでに用を終えたのか、建物から笑顔で出てくる連中を見ると敵意のようなものが湧く。

玄関前に張られたテントから、「献血にご協力くださーい」と呼びかける声がするが、構わずに通り過ぎたら玄関のパネルが目についた。


【失効した場合の申請】

次の場合、学科試験、技能試験が免除されます。
一、失効した日（誕生日の翌日）から六ヵ月以内。
二、海外旅行、災害、身体拘束、病気等の特別の事情で免許を失効した場合は、その事情が終わった日から一ヵ月以内（失効後三年以上経過した場合は、技能試験のみ免除）。

山川に関しては、二の「身体拘束」に当たり、カッコ内に失効後三年以上は技能試験を免除するとある。分類課の係官から、「自動車の性能が格段に進歩しており、高速道路網が拡がってスピードに適応するのが大変」と言われた。しかし、運動神経には自信があるから、練習でカンは取り戻せるはずだ。

更新の窓口へ行くと、星一つの婦人警官が応対した。

「失効した免許証は？」

「それが……無いんですよ」

「紛失ですか？」

「こういう事情ですけん」

ここではためらう必要はなく、「保護カード」を差し出した。

「四十九年十月十二日から、六十一年二月十九日までの拘束ですね？」

「四十八年四月の逮捕やけん、もう一年半長い」

「すると、約十三年間ですか」

「事情が事情だから、更新しようにもできんかった」

「当時の免許証は？」

「だから持っておらん。どこかに紛れこんでしまい、要するに紛失ですよ」

「そうすると、職権抹消されていますね」

「どんな法律に基づいて？」

「道路交通法で、免許証の有効期間は〝適正試験を受けた日から三回目の誕生日が経過するまで〟となっているのに、更新手続きをしなかったからです」

「手続きを取りたくても、できない事情があったんだよ。この『住民票』を見てくれんね、当時の住所がハッキリ書いてあるやろ」

こういうこともあろうかと、キャバレー店長当時から弁護士宅へ移転した住民票も持参した。それを見た婦人警官は、体の向きを変えてコンピューターのキーボードに手を当てた。

「念のために、呼び出してみます」

住民票を見ながら指を走らせたが、いくら叩いても山川に関する記録は出ない。

「やっぱり、ありませんね」

「何を言うちょるか、駅で汽車のキップを買うのとは訳が違うやろ。俺の生活がかかっとるんだよ」

「仕方ないでしょう。職権抹消されていれば、普通の更新手続きのようにはいきません」

「じゃあ、玄関の案内は何だ？　〝失効後三年以上〟と書いてあるじゃろうが。三年以上なら、当然十三年も含まれる。三年以上はすべて技能試験は免除と書いてあるぞ」

「ちょっと待って下さい。身体拘束等の事情で失効した場合は〝その事情が終った日から一ヵ月以内〟となっています。今は六月ですよ」

「病気で入院しておったから来られんかったんじゃ！」

怒鳴っていると、肩章でそれと分かる警部が来て、「保護カード」を覗き込んでニヤリと笑った。

「相変わらず勇ましいな」

「何だと？」

「奥で話しを聞こう、山川君よ」

婦人警官に「旧い知り合いだよ」と言い、ドアを開けて山川を手招きしたから、狐に摘まれた思いで応接セットのある部屋へ入った。

この警部は、確かに見たことのある顔だが思い出すことができない。

「どうしているかと思ったら、ずっと旭川で務めていたんだねぇ。長いあいだ大変だったろう」

「どこで警部さんの世話になったんでしょう？」

「昔のことだよ」

ソファーに掛けるように勧め、五十前後の警部は穏やかな口振りだ。

「コンピューターには職権抹消で出なかったんだろうが、間違いなく東京で更新手続きしたのなら、原簿で確かめることが可能だよ」

「それは間違いなかです」

「私が責任を持って調べる。少し時間をくれないか？」

「お任せします」

「原簿で確認できた時点で、『仮運転免許申請書』を提出してもらう。それから適性検査と講習を受けて、技能試験に臨むことになる」

「失効の場合、技能試験は免除じゃなかですか？」

「これは職権抹消だから、受けなければならない。そのかわり、仮免申請で処理できる」

「わかりました」

よく理屈がわからず、警部に関しても思い出せないが、光明が射したことは確かである。やはり来てよかったと、深々とお辞儀して帰った。

警部は電話で返事をくれるという。すぐ連絡があるとは思えないが、なるべく部屋に居るようにしていると、奇妙な電話がかかった。

「失礼ですが、山川さんは独身ですよね」

中年女が親しそうに語りかける。部屋に電話がかかるのは珍しく、女は初めてだから狼狽した。

「あんたは誰？　なんで俺が身元調べされないといかんの？」

「あなたが、山川さんでしょう？」

「いかにも、山川一だよ」

「そう、ハジメさん。人違いではないわ」

「だから何の用？」

「独身男性にうってつけのアルバイトがありましてね。お誘いしてみようと、電話したんです」

「確かに自分は独身だけど」

「声の印象は怖いけど、苦み走って高倉健か菅原文太といったタイプ……」

「からかっちゃいけない。用件から言って欲しいね」

「趣味と実益を兼ねたアルバイトです。こう申し上げたら、見当がつくでしょう？」

「わからないね、俺は頭が悪いんだ」

「頭は関係ありません、ずばり男性自身です。あなたの持ち物で女性を悦ばせて上げると、一回あたり三万から五万円入りますよ」

「ホストクラブなの？」

「ああいうのは、もう古いんですよ。出勤していただかなくても、電話一本で真っ直ぐホテルとかマンションへ行って、仕事が済んだら現金を受取り、そのまま帰ればいいんです」

「手数料はどうなるの？」

「一切不要です。これは会員制ですから……」

面白いことになったと思い、早速メモを取った。新聞のチラシ広告で裏が白いのを、はがき大に切り揃えて綴じている。

「女性が会員という訳？」

「いいえ、男性が会員です。入会金を払ってしまえば、後は本人の手取りになります。気に入られたら引き続き指名があって、嬉しい悲鳴ということになるわ。月に百万、二百万稼ぐ人が居ますよ」

「信じられないね」

「あら、どうして？　ソープランド嬢だって、それぐらい稼ぐ人はざらでしょう」

「女ならわかるけど、男の場合は……。結婚詐欺とかヒモなら別だけどさ」

「それは認識不足です。今の世の中は、女の時代とまで言われています。金持ちの未亡人とか重役夫人が男を買って、ちっとも不思議じゃないでしょう？」

「それで入会金は？」

「コース別になっていましてね。Ａコースが二十万円、Ｂコースが十万円です。最初に納入していただくと、後は一切不要です。いちいち手数料を収める手間がはぶけて、会員の皆さんに好評でしてね」

「ＡとＢはどう違うの？」

「お客さまを紹介する優先順位の差ですね。まずＡコース会員に連絡して、余った女性をＢコース会員に回しますから」

「露骨に差をつけるんだね」

「率直に申し上げて、Ａコースがお得です。定職をもっていない方、フリーの仕事の方だったら、午前十時に呼ばれても行けるでしょう」

「そんなに早い時間もあるの？」

「旦那さんを会社に送り出して、寝室でお待ちかねというケースね。濃厚サービスを要求されてハードな仕事ではあるけど、割り切れば自分も楽しめて、単価も高くなりますよ」

「話を聞くと調子いいけど、相手が気に入ってくれるとは限らない。好みのタイプとか年齢とか、向こうだって選ぶ権利があるからね」

「さすが鋭い……と言いたいところだけど、要するに飢えた雌でしょう。キツーイ一発をかませてもらえば、それでいいのよ。雄でさえあれば構わない。科学的にいうと、男は勃起しなきゃはじまらないけど、女は開きっぱなしだもの。メンタリティにおいて、決定的な差があるでしょう。心配なさらないで結構よ」

「入会手続きは？」

「これから申し上げる口座番号に振り込んで下さい。そうすると三日以内に、最初のお客さまを紹介します。三日以内に紹介できないときは、請求があれば入会金を返済します」

「面接とかはないの？」

「あてずっぽうに電話はしません。一方的で申し訳ないけど、すでに面接済みと思って下さい。きっと山川さん、売れっ子になると思いますよ」

「参ったなぁ、どこで会ったんだろう」

「さる公共施設よ」

「病院？　区役所？」

「銀行の口座番号を申し上げます。メモの用意は出来ましたね」

こうして口座番号を告げ、新宿区歌舞伎町に事務所を置く「芦屋クラブ」と名乗って、山川の住所と生年月日を確認した。

「それでは入会をお待ちします」

この不思議な電話が終わって、しばらく茫然とした。

平年より遅い関東甲信地方の梅雨入り宣言があり、七月上旬の衆参同日選挙へ向けて、街頭宣伝のスピーカー音が煩くなった。

これまでのように朝寝もできず、睡眠不足でイライラが嵩じる。鮫洲の運転免許試験場から、まだ警部の連絡が入らない。

「久美子が免許証を保管しちょらんか？」

雨上がりの朝、ふと思った。どうして今日まで気付かなかったのか……。当時の免許証さえ見つかれば、懸案は一挙に解決するのである。

「若い頃の写真も預けとる」

さっそく身支度して、アパートを出た。

私鉄線で新宿へ出て、山手線で西日暮里まで行き、北千住から東武電車に乗り換えるのだ。二月下旬に弁護士と葛飾区役所へ行ったときは、上野から京成線を利用したので北千住を通っていない。

「これが北千住か？」

新しい駅ビルは高層で、プラットホームから見る町並みは、すっかり変容している。四十七年秋に久美子と来たときは、博多の街に比べて田舎臭く感じられたが、結果的に殺人事件を起こすために来たようなものだ。ここから国鉄の常磐線に乗れば、次が綾瀬で二つ目が亀有である。

「いきなり行くと、驚くじゃろう」

東武線のプラットホームで、少し迷いが生じた。しかし、春日部までキップを買っている。浅草始発の普通電車が来たので、そのまま乗り込んだ。いまさら〝横領〟を蒸し返す気はなく、免許証が欲しいだけなのだ。

荒川放水路に架かる大きな鉄橋を渡ると、次の小菅駅は高架式で、東側に拘置所が見える。ここに一年半居たが、当時と違って高速道路が高い橋桁に支えられて蛇行している。

「何で高速が赤ペンキなのか？　共産党の宣伝じゃあるまい」

朱色が目障りで、拘置所側を見ないことにした。それにしても、なぜ春日部へ行くのか。東京地裁の公判に出廷した久美子は、「部屋に乱入されて正当防衛だった」と証言して、検事の追及に一歩も譲らなかった。あの時点では無罪判決を期待して、「諦めずに勇気を出して頂戴」と手紙を寄越していた。しかし、過剰防衛から未必の故意の殺人へ加重され、久美子の方が諦めてしまったのだ。

「俺の性格が、裁判官の心証を悪くしたんじゃ」

乗客はまばらで、各駅停車で遠く感じられる。何度も降りようと思ったが、やはり春日部駅に着いてしまった。

駅前の交番で尋ねたら、住民票の番地まで徒歩で行ける距離だ。行ってみると大きなビルが建設中で、竣工間近だった。近くの酒屋の話では、当時のアパートは何年も前に取り壊されたという。

こちらで住民登録していたのなら、転出先もわかるだろう。春日部市役所へ回って、住民票の交付を申請した。

「どういう目的ですか？」

「私の姉ですが、訳があって音信を絶ちました。年取った母親が死んで遺産の相続問題が生じたので、急いで連絡せにゃならんです」

遺産の相続なら、悪い話ではない。間違っても借金取りと言ってはならないと、刑務所で教えてくれる者がいた。窓口で粘っていたら、しばらく待たされてメモ用紙を呉れた。

「日高久美子さんは西尾姓に変わって、千葉県の市川市に転出されましたね」

「恩に着ます」

象のような溶接工は、西尾姓で面会票に記入しており、やはり久美子と結婚したのだ。

ここから市川市は遠いから、船酔いに似た気分を味わいながら帰った。

数日後、いつものスーパーで主人と口論になった。買物をして帰り、レシートと品物を照合したところ、一個しか買っていないタバコが二個分になっていた。

「お宅、計算ミスだね」

レシートと品物を持参して、さっきレジを打った主人に告げた。五十年配だが逞しい体つきで、いつも無愛想に応対する。

「マイルドセブンライトを一個しか買ってないのに、二個分払わされたよ」

「レシートにそうなっているのなら、二個買ったんじゃないの？」

他に客の姿はなく、品物の整理をしながら素っ気ない返事だった。

「あんたがさっき、キーを二回押しちょる。俺はここでタバコを一度に二個買ったことはない。いつもの姉ちゃんに聞けばわかることよ」

「あの娘は帰省中でねぇ」

「そんなの知ったことか。レジを打ったのは、あんたなんだよ。さっきから、その態度はなんだ？　客をナメるんじゃなかよ」

声が甲高くなったので、両手を後ろに回して組んだ。興奮すると手が出るのは、昔から悪い癖だ。

「訳があって一人暮らしやけ、たいした買い物はできんが、それでも客は客やろ？」

「あんたのことは知っている」

「どういう意味だ」

「町内会長をしている関係だよ」

動じる色もなく山川の顔を見たのは、警察と関係があるからだろう。〝過激派閉め出し〟のローラー作戦で、都内の自治会はアパート居住者を綿密に把握している。

「俺のことを知って、文句があるのか？」

「文句はないが……レジがどうかしていたかな」

「ふざけるんじゃなか、機械は正確やろ。操作する側に問題があるっちゃ」

「言われてみれば、その通りですね」

言葉づかいが丁寧になり、レシートを子細に見て頭を下げた。

「失礼しました、私の打ち間違いです。ミスであることは、レシートが証明してます」

「そうだろう？　キーを押したあと指を放すべきものを、次の品物に目を向けてもう一度押しておる」

「そのとき言ってくれたら良かった」

「冗談じゃなか。その場では店側を信用して、後で気が付くケースやないか」

「まったく、筋の通った話しです。とりあえず頂き過ぎた分を返します」

二百二十円返されると、それ以上は言うことがない。他に客でも居合わせれば、「人前で恥をかかされた、どうしてくれる？」と凄みたくなるところだ。しかし、「わかってくれればいいんだ」と笑顔で帰った。弁護士と約束した〝堪忍袋〟を守って、我れながら上出来である。


夜になってスーパーの主人が、インスタント食品の入った箱を抱えて来た。

「昼間は失礼しました。一人暮らしと聞いて、こんな物を持参した次第で……」

「そんなつもりで文句をつけたんじゃないよ」

「わかっている、わかっている。あんたの人柄を知って、挨拶する気になったんだから」

野球帽をかぶった主人は、照れ笑いを浮かべて上がり込んだ。

「一癖ありそうな客だから、〝その手に乗るか〟と思ったんだが、とんだ恥をかいちゃった。申し訳ない話だよ」

「やっぱり警察から、何か知らせがあるの？」

「あんたの顔を見れば、タダ者でないことは分かる。実は私も、若いころグレてね」

「そうやろう、度胸が坐っておるもの」

「余計なことを言っちまった。私なんざ中途半端で、道を踏み外さずに済んだけどね」

「そりゃ羨ましか。俺なんか取り返しがつかん年や」

「私がグレたものだから、親父も思うことがあったんだろうね、晩年は保護司として刑余者の面倒をみているよ」

「二年前に大往生を遂げたが、私もいずれ保護司を引き受けるつもりだ」

「偉い人やねぇ」

「そりゃ、感心だよ」

山川の経験では、保護司は煩わしい存在である。十四歳のとき宇治初等少年院から引き取った京都の八百屋は、タダ働きさせる丁稚《でっち》を求めていた。近くの中学校に通わされて、下校すると細かい用事を言いつけられたから、すぐ飛び出して名古屋から横浜へ逃げた。

「あんたも町内会長で、大したもんだよ」

急いで茶を入れていると、無遠慮に問われた。

「元々独り者なの？」

「元々ってことはなかよ。昔は人並みに所帯を持っておった」

「苦み走った良い男だ。若い時分は女が放っておかなかっただろう」

「おだてられても、番茶しか出んよ。正式に結婚したのは一度やけど、人妻やった年上の女と博多から駆け落ちして、俺がパクられたら新しい男を作ったよ」

春日部市へ行った直後でもあり、久美子とのことを話す気になった。茶を飲みながら一通り説明して、「目的は自動車の運転免許証と若い頃の写真が欲しかったから」と付け加えた。

すると相手は、しばらく考えて答えた。

「アルバムは人間が一番残したいものだよ。『岸辺のアルバム』ってドラマは、そういう物語だった。あんたが連絡を付けたい気持ちはわかる」

「わかってくれる?」

「でも今は、いきなり一方的に訪ねて行くのは危ないんじゃないかね」

「何で危ない?」

「十数年過ぎてはいても、昔は一緒だった男と女だ。会ってしまうと何が起こるかわからないよ」

「もう五十の婆さんだ。いくら俺が不自由しとっても、やらせろと迫ったりはせんよ」

「そっちの心配じゃない。相手には亭主が居ることだし、カッとなるかも知れないよ」

言われてみると、そんな気もする。春日部に行ったとき、久美子に会っていたら? 昼間だから男が仕事に出て、女一人の部屋に入れるはずはない。玄関先で冷淡な態度を取られたら、どう振る舞ったかわからない。

「いきなり行くのはヤバイよ。こんなことを言うのは失礼だが、また刑務所に舞い戻りかねないよ」

「俺も男一匹よ、女に手を上げたことはない。なにしろ、運転免許証のことで困っておる」

「それで春日部行きは、弁護士の先生に話した?」

「そんなことまで報告せんよ」

「ヤバイよ、きっと反対すると思うな。いきなり行くのだけは止めなさい、悪いことは言わないからさ」

「じゃあ、どうすればいい?」

「考えてみよう、研究してみるよ。運転免許のことでも相談に乗るからさ」

「そこまで言うてくれるなら、男の約束です。軽率なことはしません」

山川が頭を下げたら、スーパーの主人に笑顔が戻り、時計を見ながら腰を上げた。

「いつでも遊びに来なさいよ。客商売でせわしないけど、コーラぐらいなら御馳走する」

「客を持て余すことがあったら、いつでも構わないから呼んでよ」

「用心棒って訳?」

「警察は民事不介入が原則やけん、俺みたいなのが居ったら何かと便利と思うよ」

「頼りにさせて貰うよ」

「これで五分の付き合いや。お互い遠慮なしだよ」

ドアの前で握手して別れ、町内会長に対して言葉遣いを誤ったような気もしたが、「俺も若頭補佐まで務めた男だ」と思い直した。

夜更けに洗面器をかかえてアパートを出た。表通りの交差点をはさんで、スーパーと銭湯が斜めに向かい合っているが、いつも通り過ぎる。

駅前の商店街に近いコインランドリーで、五分間百円のシャワーを使っている。なかなか銭湯へ行く気にならず、一回当たり二百六十円の入浴券をムダにしているが、コインシャワーに救われた思いだ。脱衣場とシャワー室がカーテンドアで仕切られ、一畳ほどのユニットが四つ並ぶ。

「免許を取るまでの辛抱やけん」

二十四時間営業のコインシャワーは、中からカギをかけると密室になる。利用者の半分ぐらいは、午後十一時過ぎから午前三時に集中するという。「深夜帯は混むので早めにご利用下さい」と貼り紙がある。いつか深夜テレビが終わって来たとき、若い男女が一つのユニットに飛び込むのを見かけた。百円でシャワーが使えて銭湯より安く、湯が止まってもラブホテル代わりに使える。この狭い場所で、どういう体位で交わるのだろうか。

「電話のアルバイトは？」

洗い終わって体を拭きながら、鏡の中の自分に問いかけた。月収百万、二百万は誇張だとしても、十万円の家賃が払えれば風呂付きのマンションに入れる。
二十六、七歳のころ、東京で昼間の仕事をしながら、ホストクラブで働いたことがある。遊び心のある女には、やくざタイプの男は刺激が強いから好まれる。ヒモと呼ばれる男にしたところで、体を売って帰った女には徹底的に性的な奉仕をする。長続きはしなかったが、売れっ子だった時期がある。しかし、今は性的サービスが不可能に思える。エロチックなテレビ番組を見ても、かすかに勃起するだけだ。

「実戦になれば、話は別だよ」

心地好い風に当たって、閉店したスーパーの前を通りかかると、野球帽の主人の姿が見える。十万でBコース、二十万ならAコースだから、頼み込めば用立ててくれるのではないか？　商売人である以上は、Aコースを勧めるに決まっている。

さり気なく立ち寄ろうとしたら、奥さんが傍らに居た。山川が気味悪いらしく、声を掛けても笑顔を見せたことがない。

「今夜はいい……」

逃げるようにスーパーの前から離れて、アパートへ帰った。町内会長までする人物が、こんな夜更けまで働いているのだ。

翌日の夜、「芦屋クラブ」を名乗って、同じ女から電話がかかった。

「山川さんのお名前で、本日まで振込がありませんでした。どうなさいましたか？」

「銀行へ行くつもりでいたけど、ちょっと別な用事ができて、気がついたら午後三時を過ぎていた」

冷静に考えると、腑に落ちない点がある。教えられた番号に電話してみると、呼出音が鳴るだけでつながらなかった。

「その気にはなっとるよ」

「だったら、急いだほうがお徳です。定員というものがありますからね」

「善は急げ？」

「その通りですよ」

「お宅の事務所は新宿の歌舞伎町やったねぇ。これからカネを持って行くけん、道順を教えてくれんね」

「もう遅いから、今夜でなくても結構です。明日の朝一番に振り込んで下さい」

「弱ったな。朝九時に来客があって、ずっと付き合わなきゃならない。今夜のうちに届けるけん」

「近くに銀行があるじゃないの。振り込み手続きなんて簡単よ」

「何で銀行振込なの。直接渡すのが確実やけどね」

「いまどきサラリーマンだって給料は銀行振込ですよ。そういう時代なんです」

「お宅は本当に、俺のことを知っとるの？」

「もちろんですよ」

　女は落着き払っているが、これは詐欺の手口のようだ。最初に電話がかかったとき、「山川です」と先に言った。すると向こうが、「山川さんは……」と切り出している。あてずっぽうにダイヤルして、男に片っ端から持ち掛けているのではないか。

「俺はプロレスラーと間違えられるくらい大男やけん、客に嫌われそうな気がしてね」

「とんでもない。昔から芸者さんたちは、相撲取りを買って楽しんでいる。大男ほどモテるのよ」

「俺のこと、面接したと言うたね？」

「もちろんですよ。『芦屋クラブ』は信用第一だから」

「ふざけるんじゃねぇぞ。黙って聞いとれば、いい加減なことばかり抜かして！」

「突然どうなさったの？」

「そっちの電話番号に、こっちから掛け直す。あんたが出たら、信用してやろうじゃないか」

するとなって電話を切り、急いでダイヤルしたら、呼出音が鳴るだけだった。

コピーライターの角田は選挙で忙しいとかで、アパートに寄りつかなくなった。ポスター作りからダイレクトメール、郵便受けに入れるチラシまでグループで請け負っているという。

電話で誘われた「芦屋クラブ」について、誰かに話さずにはいられない。スーパーの暇な時間を狙って行くと、主人が奥の事務所に入れてくれた。

「運転免許の見通しが立つまで、毎日が落ち着かんで困っておる」

「どんな仕事に就くにしても、この時代はクルマの運転ができないとねぇ」

「なかなか原簿が見つからんようで、まだ鮫洲から連絡がなかとよ」

「警部さんが約束してくれたんだ。そのうち連絡が入るだろうよ」

「当時の免許証があれば、なんちゅうこともなかけんど」

「十三年前の話だからね」

「あのとき返り血を浴びて、真っ直ぐ自首した。免許証を持って行かんかったのは、不覚やったと思う」

「免許証不携帯で逮捕された？」

「そげん冗談は、やめちょくれや」

「悪かった、謝るよ」

「やっぱり早道は、久美子に問い合わせることやないやろうか？」

「でも彼女には、きちんと入籍した旦那さんが居る。ムダじゃないかな」

「何も女を返せと言うんじゃなか。免許証を確かめたいだけなんよ」

「私が思うには、別れた男が持っていた品物を新所帯に置くかどうかだよ。男にとっても、我慢できないと思うけどね」

「だからちゅうて、勝手に処分していい理屈はない」

「そう怒りなさんな。女なんて動物は、新しい男ができると古い男を振り向いたりしない。昔の男の持物なんて、とっくに処分していると思うなぁ」

「そんな無責任なことが許されるもんか。免許証には、俺の生活がかかっておるんだ」

「だから警部さんが、約束してくれたじゃないか。果報は寝て待てだよ」

「他人事だと思うて、呑気なことを言うよ」

「それじゃ、警部さんが原簿にないと言われた段階で、別れた奥さんに問い合わせれば？」

「町内会長さんにゃ負けるよ」

言われてみれば、その通りである。そこで電話で誘われたアルバイトの話をしたら、スーパーの主人は腹を抱えて笑った。

「さすがの山川さんも女には弱く、引っ掛かるところだった？」

「女に弱いちゅうより、カネに弱い。貧すれば鈍すると言うけんねぇ」

「もし詐欺話じゃなかったら、入会してアルバイトするつもりだった？」

「たぶん、働いたと思う」

「女に買われるって、どんな気分なんだろうね」

「カネのためと割り切れば、どうってことはないんじゃないの。女が体を売れば犯罪になるが、男の場合は法に触れんけんね。その証拠に、オカマにゃ売春防止法は適用されんよ」

「だからって、どうするのよ。雌豚を相手に、えっちらおっちら励むの？」

「あんたが、カミさん相手にやるのと同じだ」

「夫婦の場合は阿吽の呼吸というものがあって、自然にそうなるんだ。カネで買われて一方的に奉仕させられるのは、不自然だと思うけどなぁ」

「ソープランドの女たちも、カネのために仕方なく体を売る。昔の廓の女だって、親兄弟のために苦界に身を沈めておる」

「でも山川さんは、現在は医療扶助を受けて健康も回復しつつある。いずれ働くんだから、焦ることはないじゃないの。インチキ話に引っ掛かったら、どうなっていた？　笑い物になって、あんたの男が廃るよ」

「そげん可笑しい？」

「やっぱり、笑っちゃうよ」

「ああ、笑ってくれ。俺の気持ちは、同じ立場の者にしかわからん！」

思わず怒鳴ってしまったが、事務所には奥さんも出入りするし、大きな声を出せば店に筒抜けになる。

「そうムキになることはない。結果的には騙されなかった、ちょっと心が揺れ動いただけよ」

「そげん自分が情けなか。詐欺女の手玉に取られた上、こうしてあんたに馬鹿にされよる」

「軽い気持ちで聞いたのであって、馬鹿にした訳じゃないよ」

「そうやろう、軽い気持ちで〝生活保護を受けているから問題ない〟と言うてくれる。けど俺だって、何とかしたいと努力しちょる」

「それがわかっているから、こうして付き合っているじゃないか」

「もう結構や。他人様に同情され、お慈悲を頂戴するのは御免や」

「そうじゃないだろう。健康が回復すれば、あんたは正業に就くんだ」

「正業に就くなんて、一度も言った覚えはなかよ。俺は現在、ちょいと猫を被っているだけやけん。今にでかいことをして世間を騒がせちゃる」

「それは本気かい？」

「冗談でこんな話しができるか。テレビを熱心に見ておるのも、いざという時のためだ」

「いざという時って？」

「鉄砲玉だって、先に現金をくれるなら直ぐにでも引き受けるけん」

「殺し屋か？」

「やくざ者は単純やけん、〝組のために殺してくれ、後のことは面倒をみる〟と言われて、信じて鉄砲玉になる。帰ったときにゃ組が潰れており、下手をすればタダ働きになるが、先払いなら俺は喜んで行く。いまさら十年ぐらい食らっても、なんちゅうことはなか」

「先払いって、いくら出せば人を殺すの？」

「五千万、いや三千万円でよかよ。官から月六万の生活費を渡されて、〝これで温和しくしてろよ〟と飼い殺しにされるつもりはなか」

「殺しを引き受けて、もらった前金をどう使うのさ？」

「ムダ使いはせんよ。定期にするなり債券を買うなりしてムショへ行けば、帰った頃は利息で倍以上になっておるやろ。十年くらい食らっても、俺はどうってことはない。この際、ハッキリ言うとくけどね」

「それで、定期預金の証書や債券の名義はどうするの？　マル優はいずれ廃止になり、匿名で預けるのは難しくなるばかりだよ。当局の目は節穴じゃないから、前金なんてパーで懲役になるだけだ。……鉄砲玉なんて考えないで、地道に生きることだよ」

「調子のいいこと言うんじゃないよ。ちゃんとした店を持って貯めこんで、息子を大学に行かせて老後の心配もなか。自分たちがいい思いをして、俺みたいな境遇の人間に温和しくしろとは、虫が良すぎると思うね。金持ち連中を枕を高うして眠らせるために温和しく生きるほど、俺らはお人好しじゃなかけん」

「今日の山川さんは、虫の居所が悪いようだ」

野球帽を被り直して、主人は立ち上がった。商店会の寄り合いがあると、あらかじめ釘を差されていた。

「また改めて、ゆっくり話そう」

「いや、偽善者と付き合う気はなかよ」

捨て台詞を残して足音も荒々しく店を出たが、早くも後悔が始まって、赤信号を承知で道路を横断した。


何日も鬱状態が続いた。選挙戦は終盤に入って、宣伝カーがひっきりなしに来る。投票所の入場券が郵送されたから、久し振りに選挙権を行使するつもりだが、窓を開けて風を入れるとき喧しくてならない。

気晴らしに自転車で、駅前の商店街へ出た。放置されていたのを磨き上げたら、見違えるほど立派になった。ときどき立ち寄るパチンコ屋の自転車置場に停め、そのまま店内に入った。若いときは小遣い稼ぎに通ったが、今は病院の行き帰りに寄る程度で、それなりに自制しているつもりだ。

「この年になって鉄砲玉？」

五千万円積んでピストルを渡されたら、本当に殺しに行くだろうか。五百万なら割に合わないが、五千万円も前払いする者が居るとは思えない。現実味があるのは保険金殺人で、一匹狼で口が堅い男とわかれば頼むほうも安心だろう。この場合は、どのようなルートで話が持ち込まれるかが問題だ……。

こんなことを考えていると、玉の出が悪い。それなりに精神力を集中しなければ、機械のペースにはまってしまうのだ。山の手の住宅街では、客にしたところで「パチンコでもするか」とヒマつぶしに来る。店も承知で余り出さず、良くて二箱（二千個）でぴたりと止まる。換金率が低いから、カップ麺、缶詰、醬油、砂糖、バターなど景品を持ち帰る。

「どうなっとるんだ！」

玉が減るばかりなので、イライラしてきた。

奈良の少年刑務所を出たときは、刑期満了でも未成年だから住職の保護司に預けられた。撮影所で働くうちに組と関係が生じ、暇があればパチンコ屋に出入りして、玉が出なければ野球のバットで片っ端からガラスを割ったものだ。二十枚くらい割ったところで、駆けつけた警官に取り抑えられ、留置場に入れられる羽目になる。しかし、器物損壊は親告罪だから、親分が店に一枚二百円を弁償して示談に持ち込む。パチンコ店は、「未成年者を入れてけしからん」と警察から叱られて、次に行くと良く出る台を与える。

「ダメだな」

とうとう玉がなくなり、台の前から離れた。昔ならバットを振り回して鬱憤を晴らし、留置場からもらい下げた親分から、「喧嘩ハジメは喧嘩一や」と持て囃されるだろう。親も兄弟もなく、捨てるのは命だけと思っていた。

アパートへ帰る気がせず、自転車を置いて電車に乗った。新宿にはパチンコ屋が多いから、玉の出具合の良さそうな店があれば、腰を据えるつもりだった。

だが電車に乗って、イライラが嵩じた。目の前で学生風の男女が頰をくっつけて唇を嘗め合ったりして、睨んでも止める様子はない。

思わず怒鳴りつけてしまった。

「おい、こら。イチャイチャするな。公衆の面前でみっともないじゃないか」

車内の視線が、一斉に向けられた。電車の中で怒鳴るのは、これが初めてではない。全盲の男が白い杖で乗り込んだとき、席を譲る者が一人もおらず、吊革も摑めずに危なげだった。そこで若い男に、「お前が立て」と怒鳴って襟首を摑んで譲らせた。

「犬猫じゃあるまいし、場所柄をわきまえろ」

離れないので、もう一度言った。注意して当然と思ったのだが、男はさらに女を強く抱き締めて、攻撃から守る姿勢だ。

「お前らそれでも日本人か？　道徳教育はどうなっとるんや」

ドッと車内が沸いて、意外なことに山川が嘲笑されたのだ。

「何が可笑しい？　お前らも同じ穴のムジナか？」

続けて叫んだ言葉を、自分でも覚えていない。喚くだけ喚いて次の駅で飛び下り、反対側のホームに入った下り電車に乗った。
アパートに帰って多めに精神安定剤を飲み、ベッドに体を横たえて何も考えないようにした。窓を閉め切って室内を暗くして、扇風機の風に当たっていると、短い時間まどろむことができた。
夕方近く、ボール箱から訴訟記録を取り出した。コピーライターの角田に見せるかどうか迷っていた、自分の精神鑑定に関するものだった。

【山川一　精神鑑定書】

被告人　山　川　一
暴行・傷害・公務執行妨害
昭和五十七年十一月十二日、札幌高等裁判所の法廷において、左記事項の鑑定をおこない経過および結果を書面で報告するよう命ぜられた。
＝鑑定事項＝
一、被告人山川一の本件犯行当時における精神障害の有無およびその程度。
二、その他の関連事項について。
＝犯行事項＝

一、被告人
本籍　群馬県前橋市女屋町千九百十四番地の一
住居　旭川市東鷹栖三線二十号六百二十番地
旭川刑務所在監
職業　無職（服役囚）
山　川　一
昭和十六年五月二日生
二、公訴事実
被告人は、旭川刑務所において受刑中のものであるが
第一、昭和五十五年八月二十三日午後五時六分ころ、同刑務所拘置場二十六房内において、鉄格子の間から廊下に立っていた看守宮口陽一郎（当三十一年）に対し、プラスチック容器に汲み取った自己の糞尿を右宮口の顔、胸部に浴びせかけて暴行を加えた。
第二、同日午後五時十分ころ、被告人が犯行を犯したことから前記宮口が、警備隊長の指揮を受け、戒護のため取り押さえようとした際、宮口の右肩および右胸部を爪でひっかくなどして暴行を加え、もって同人の職務を妨害するとともに、加療約十日間を要する傷害を負わせたものである。

＝鑑定の方針および概要＝

本鑑定においては、犯行当時の精神障害の有無を明らかにしなければならない。そのため、被告人が留置されている札幌拘置支所を数回にわたって訪れて、札幌医科大分院で脳波検査、頭部レントゲン検査、心理検査をおこなった。

さらに旭川刑務所を訪れて診療録を閲覧し、保安課長から被告人の精神状態について説明を受けた。また、札幌拘置支所における診療録を閲覧し、本件に関する事件記録を閲覧して参考にした。

＝現在の精神状態＝

札幌拘置支所では、不穏・興奮状態を示すこともなく平静である。会話における理解は良く、とりたてて知能・記憶障害は推定されない。

初回面接の際、やや興奮して鑑定を拒否する態度をみせたが、「こちらでも独居房だが、看守の扱いが良いので落ち着いている」と待遇面を強調した。

自己の性格についての質問には、「作業は納得のいくまできちっとする」「自分がされたくないことは人にもしない」「嫌いになった人はどこまでも嫌いだ」と、几帳面、頑固、潔癖で融通性がないことをうかがわせる回答があった。

刹那的な心境として、「過去は思い出したくない、将来は考えられない」と語る一方、「若いころ処遇困難者としてタライ回しにされた挙句、精神病と言われて北九州の医療刑務所に収容されたことがあるが、現在の自分は病気だと思わない」と、自己の精神状態への信頼を表明した。

『身分帳』で自分の経歴を調べたとのことで、順序正しく説明することができる。人生のほとんどを施設内で過ごし、社会生活においても衝動的に犯罪を重ねてきたことになる。

特徴的と思われたことは、施設内で処遇困難者であり、社会に不適応であることを声高・能弁に語ることである。自己顕示的、誇大的な一面、短気・爆発的な一面がうかがわれた。

知的な応用力のなさを含めて、劣等感を外に表さずに行動する様式が、この人の生き方であろう。劣等感というのは、成人としての成熟した対人関係をもてないことより派生し、幼稚さ空想性などを多くもっている人で、受動的・依存的傾向として表されている。

この人の場合、依存の対象が得られず、あるいは依存的になることが許されないとすれば、環境からの圧力は過大なものとなり、早期にストレスを生じる。

この依存性は根深いものだけに、容認される範囲を越えていると思われ、培われた負の強化は、些細な刺激に対しても、過激な反応を生む素地を形成していると考えられる。

頭部レントゲン検査、脳波所見からは意識障害や脳の異常、てんかん等は否定される。

＝犯行当時の精神状態＝

被告人は、当時の様子を以下のように述懐する。

「毎日イライラし、何かやられるのではないかと、看守や同囚に腹が立った」

「独居に入れられ看守から威圧され、イライラするようになり眠れなくなった」

「薬に頼って睡眠剤も飲んだが、だんだん効かなくなってきた」

「いやがらせをする看守は全体の半分以上で、自分は目の敵にされていた」

「小さな物音が気になり、自分に対するいやがらせと感じ、人の声がすると自分の悪口を言っているように聞こえた」

旭川刑務所の保安課長による説明は、以下の如くである。

「犯行当時は、懲罰中であり独居房に収容されていたが、高血圧のため臥床を許され、日中眠っていることもあり睡眠パターンは乱れていた。隣房の物音をいやがらせと受け取り、ドアや床を蹴って騒ぐようなことが事件直前にもあった」

「隔離していたのは、保護の意味もあった。同囚とのトラブルが多く狙われる立場になり、病気を理由に病舎に逃げ込むことがあった」

「宮口看守は面倒見がよく、被告人との関係が特に悪かったとは考えられないが、忠実な勤務態度に対して一方的に反感を持った可能性はある」

鑑定人は、医務課の診療録を閲覧した。

被告人は宮城刑務所当時から処方されていた強力な精神安定剤を旭川刑務所に移されてからも引き続き処方されていた。ところが五十五年八月中には、一度も処方されていない。

犯行当日の午前中には、旭川市内の精神神経科医師の診察があり、①イライラする、②肋間神経痛、③安定剤がほしいと訴えて、②に対しては副腎皮質ホルモン剤プレドニゾロン、③に対しては穏和精神安定剤バランスが処方されている。

血圧測定値は、最高二四〇、最低一〇八と非常に高く、血圧治療剤としてレセルピン、ダイクロトライドおよび胃薬が処方されている。

＝まとめ＝

以上の資料から、犯行当時の精神状態につき推定されることは、次の三点である。

第一　拘禁反応

もともと高かった感受性が、拘禁により病的に亢進し、不安・興奮の強い状態にあり、邪推・憎悪・不信という心的作用が生じ、被害的色彩をおびた錯聴を体験していた。さらに頭痛や不眠の症状をともなっていた。

第二　高血圧症

長期間高血圧症で、犯行当日も異常高値にあったため、不安・興奮・不眠の諸症状は増強されていた。

第三　部分健忘

犯行については、その一週間前からまったく記憶がないとか、正気でなかったとか述べて、詐病的な色彩をおびている。しかし、犯行当時に極度の興奮状態にあったため、全健忘は生じていないが、部分健忘を生じていた可能性はある。

鑑　定　主　文

一、被告人山川一は、本件犯行当時は拘禁反応を呈しており、行動を統制する能力および行為の善悪を判断する能力は減衰していた。

一、被告人は人格において未熟であり、拘禁反応を呈しやすい性向を有し、高血圧の状態にあったために、精神症状はより増悪されたと推定される。

以　上

宅下げした訴訟記録の中に、被害者たる三十一歳の看守の供述調書もある。

私は昭和四十九年四月に法務事務官看守となり、東京拘置所勤務を命ぜられ、五十三年三月、旭川刑務所に配置換えとなり、現在に至っております。

五十四年九月から、旭川刑務所内にある拘置場の担当となりました。今回事件を犯した山川一は、他の受刑者と協調することができず、何かと問題を起こすため、拘置場に収容されていたのです。

暴行・自殺などの要注意者に指定されていることや、以前同囚に糞尿を浴びせかけたことがあることは知っておりました。

他の収容者に比較して〝願い出〟が多く、自分の意のままにならないと不平不満を言い、言葉尻をつかんでは短時間のうちに同じような〝願い出〟を何回も繰り返すため、山川に接するときの心労は大変なものです。

五十五年八月二十三日は土曜でしたが、私は居残りで午後も勤務しておりました。午後五時ころ、私の担当である雑居房六箇所、独居房二十四箇所を巡回し、異常のないことを確認して担当台にもどり、事務整理をはじめたところ、奥のほうで「カタッ」と金属板の報知機がおろされた音がしました。

独居房の奥のほうの報知機で26という数字が見えたので、山川がおろしたのだと分かりました。時間ははっきりわかりませんが、五時五、六分と思います。

第二十六房の前に行くと、カウンター窓枠の風防ガラスが、鉄格子から二十センチほど出ておりました。はずした風防ガラスが丸く半月状に曲げられ、廊下側に突き出ていたのです。

五分前に巡回したときは異常がなかったので、私は変だなと思い、

「どうして外した？」

と問いながら、風防ガラスを両手でつかみ、廊下側に引っ張り出そうとしました。

山川は房内の中央付近に、カウンター窓のほうを向いて立っていました。掃除用の金盥を手に持っていた山川は、何も言わずに金盥に入れたものを浴びせかけました。

私は顔をそむけようとしましたが、両手を伸ばしていたことと、半月状の風防ガラスが樋の役割をして、水に溶けたどろどろしたものが、顔面および前側全身にかかってしまい、すぐに糞尿だと分かりました。

非常事態だと判断して、保安課へ通報するため非常ベルを押そうとしたのですが、焦っていたため、勤務表に捺印するとき使用する蓋のない朱肉入れをベルと勘違いしたのです。

ふたたび背後から、後頭部・背中・ズボンに糞尿をかけられました。カウンター窓のところを見ると、山川がゴミ入れを持って立っていました。

私は二十八房前の非常ベルに走って、保安課に通報しました。それから二十六房前を見ると、廊下におびただしい糞尿が散乱していました。

房内をうかがうと、山川がゴミ入れを持って立っていたので、空房の二十五房からフトンを持ち出し、糞尿でベトベトになっていた上着を脱ぎ捨てたのです。

そこへ保安課から応援の職員七、八人が駆けつけ、二十六房付近の糞尿を見て驚いていました。

山川は房の扉を蹴りつけて、

「入るなら一人で来い」

などと怒鳴っておりました。

駆けつけた警備隊長が「取り押さえよ」と指揮して、私はフトンで前を防いで先頭になって突入しました。

山川は猛然と反抗して暴れるので、房内で取り押さえることが出来ず、廊下に出しました。しかし糞尿で滑り、倒れた山川が暴れるので、隊長が廊下扉を開けさせ、階段のほうへ出すよう指示しました。

糞尿のない階段でも、暴れる山川を取り押さえられず、足を踏み外したり尻餅をつく職員がいました。そこで七、八人が折り重なるようにして、携帯捕縄で取り押さえたのです。

山川に関する記録を改めたところ、宮城刑務所において職員に糞尿をかけ、旭川刑務所に来てからも、受刑者二人に糞尿を浴びせかける暴行をし、今回さらに私にかけた訳です。

旭川における暴行事犯では、懲役十月の判決がありましたが、控訴・上告するなどして反省もせず、ふたたび私に糞尿を掛けたのは、言語道断の行為です。仕事ですから多少のことは辛抱しますが、今回のようなことは決して許せません。

　私も受刑者に対しては、早く社会に復帰することを望むものです。しかし、山川は処遇状況から考えても、社会復帰は難しいと思います。あくまでも自分の意志を通そうとする性格で、社会的協調性に欠けます。

　以上、申し上げたとおりです。厳重に処分して、二度と私のような思いをする者のないようにしていただきたいと思います。


「挑発したのは、お前の方じゃないか！」

アパートの部屋で、急いで供述調書の写しを閉じた。

真夏の旭川は、厳寒の冬の反動のように暑い。この時期も独居させられ、作業にも出して貰えずに、パンツ一つで過ごす日々だった。

二十六房には、一週間前に移された。不眠を訴えたので、両隣りの二十五房、二十七房は空けてあった。それでも電波が脳に侵入するような幻聴に悩まされ、薬の投与を看守に頼んだ。

　すぐに応じてくれず、医師の診察を受けてようやく服用することができたが、イライラは鎮まらない。夕方になって、薬を拒んだ看守に糞尿を浴びせたのだ。

検察官は公判廷で主張した。

「きわめて計画的な犯行で、数日前から糞尿を溜め、大量に撒き散らしている」

しかし、房内は毎朝八時から特別警備隊員によって捜検される。要注意者については徹底しており、便器内に溜まっていれば目の前で流させる。

看守の「供述調書」には、プラスチック容器の他に金盥《かなだらい》も用いたとある。明らかにウソで、そんなものは貸与されなかった。

取り押さえるとき手間取ったようだが、いくら喧嘩馴れしていても、柔・剣道で鍛えた猛者を相手に立ち回りはできない。

警棒で乱打されて房内で押さえつけられ、後ろ手錠の逆エビにされて踏みつけられた。半ば失神状態で保護房に放り込まれ、翌朝には体の至るところが紫色だった。

糞尿をかけた行為が暴行罪になり、公務執行妨害、傷害が付いてもやむを得ないが、看守のリンチが不問に付されるのでは喧嘩両成敗にならない。だから「公務員職権乱用・特別公務員暴行陵虐」で訴えたが、一顧だにされていない。

しかし、五十八年三月二十八日の控訴審判決は、一審の懲役一年六月は量刑不当として、一年二月に減刑したのである。


【札幌高裁の減刑理由】

本件は悪質な犯行であり、受刑態度も悪く度々規律違反を繰り返し、また、他の受刑者や刑務所看守に暴行を重ねていること、多数の前科があることなど考慮すると、被告人の刑事責任は軽視しがたい。

しかし、犯行当時は精神状態において能力が減弱していたことのほか、幼少期に母親と生別し、米軍人のもとで養育されたり、施設に収容されたりして生活・家庭環境に恵まれず、人格形成に影響を与えたことが推測される。

また、自ら招いたとはいえ、少年時代から非行に走って施設に収容され、成人に達してからも現在に到るまで、人生の大半を刑務所で送っている。

これらの点が、被告人の人格形成を阻害し、社会性の乏しい自己中心的な未熟な人格に形成された原因とも考えられる。

本件犯行は、このような性格特徴が要因となっており、右のように形成された人格のすべてを、被告人の責に帰せしめることができない一面がある。

これらの点は、被告人のために斟酌すべき事情であり、加えて犯行の一部について反省の情を示していること、その他の被告人に有利、または同情すべき諸事情をも併せ考慮すると、原判決の量刑は、刑期の点で重すぎて不当であり、破棄を免れ得ない。

四ヵ月間の減刑は、予想外のことだった。「恩情判決だから感謝しなさい」と国選弁護人は言ったが、不服として最高裁に上告した。看守のリンチが不問に付されているのは納得いかないと主張してきたからだ。

五十八年九月二十四日、上告棄却決定の通知がきた。そこで異議申立書を提出したが、却下されて懲役一年二月が確定したのである。

「あくまでもスジを通したんじゃ」

看守の調書にあるように、「あくまでも自分の意志を通そうとする性格」は認める。それは人間にとって、大切なことではないのか？

「情願だってトコトンやった」

宅下げの段ボール箱には、「情願」に関する法務大臣の通知書も入っている。数えてみたら、十一枚あった。

この「情願」は、行刑法の第十二章「法務大臣に対する情願の取り扱いについて」にもとづいて、入所時に教示される。

一、「監獄の処遇」に不服があるときは、法務大臣に対して書面で情願を行うことができる。

二、情願書の作成を希望するときは、所定の用紙によって願い出る。この場合において、自書できないため代書を希望するときは、併せてその旨を願い出ること。

三、情願用紙は支給される。

この内容は、秘密保持が保障されており、懲罰の執行中であっても禁止できない。「私は何ら反則行為を行っていないのに、懲罰処分に付され、その執行を受けました」というように申立事項を書き、事実の経過を詳しく綴る。参考のために、記載例を見ることができる。

宮城刑務所のころから、山川は「情願」を繰り返した。独居拘禁、医療、懲罰、所長面接、保護房、戒具使用、職員の暴行、情願認書、病舎休養、安眠妨害、礼儀作法、報知機の放置、衣類に関する不服等である。

これに対して、法務省矯正局から通知がくる。

《昭和五十年五月十二日付け、同月三十一日付け、同年八月四日付け、同年十一月二十五日付け提出にかかる情願は、施設の処置に不当な点は認められず、申し立てに係わる事実はないので、いずれも理由がないから却下する。昭和五十三年五月十日　法務大臣瀬戸山　三男》

旭川に移監されてからは、五十四年に古井喜実から三通、五十五年二月に倉石忠雄、同年九月から五十六年三月にかけて奥野誠亮の名で五通、最後が五十九年二月十日付けの住栄作になっている。

すべて却下で、取り上げられたことは一度もない。「情願」は制度として存在するだけで、まともに対応されたことはない。分かっていながら「情願」を繰り返すから、ますます処遇困難者とされて看守に睨まれた。

いくら憎まれても、理由がある「情願」はすべきだと思った。だから「社会的協調性がない」と言われるが、刑務所は「社会」ではなく隔絶した世界なのだ。懲罰を口実にリンチが行われて、不正・不当な差別待遇が日常化している。

「俺は真っ直ぐ生きた」

看守と囚人という屈辱的な身分関係の中で、敢然と怒りの声を上げた証が、法務大臣名義の十一通の書類ではないのか？　書類を握りしめたが、頭の中で炎が生じたのが分かる。

「ちきしょう、イライラする！」

これは危険な徴候だった。この炎を燃え上がらせて、屈辱の日々を余儀なくされてきた。

「落ち着け、落ち着け。ここは社会やけん」

急いでベッドに這い上がり、シーツの下に潜って息を殺した。頭の中で燃えはじめた火を、なんとか消し止めねばならない。

4

七月の第二週に運転免許試験場から連絡があり、昭和四十一年五月、福岡県で普通運転免許証を交付されたことが確認されたという。

さっそく鮫洲に行って、いつかの警部には会えなかったが、「仮運転免許申請書」を提出した。視力検査に問題はなく、講習を一時間受けて技能試験に臨むことになった。

弁護士に知らせようと電話したら留守で、このところ出張続きだと言われた。

そこでスーパーに行って、主人に説明した。

「やっぱり免許の原簿が、警察で見つかったよ」

こないだムキになって怒鳴り、買物に来ても気まずい雰囲気だったが、素直に喜んでくれた。

「そりゃ良かった、朗報じゃないの」

「渡る世間に鬼はないというが、鬼警部が約束を守ってくれた」

「大したもんだ、警視庁警部が知り合いとはねぇ」

「俺の場合は、自慢にゃならない。昔のやんちゃ時代に、追われる立場としてやけん」

「そこなんだよ。過去のマイナスカードを、これからプラスに使う。数学だって、マイナス掛けるマイナスはプラスだ」

「さすが町内会長さんは、話のレベルが違う」

「そうだろう？　つい教養が滲み出る」

上機嫌に励ましてくれたから、免許証費用の相談に乗ってくれるかも知れない。

鮫洲の四階建てビルの裏に、技能試験場がある。仮免許の場合は一回あたり手数料が千七百円、試験車使用料として七百円の東京都収入証紙を買わされる。

まず二回続けて受けたが、まったく歯が立たない。

コースには信号や制限速度標識がある。赤信号なのに停止が遅れ、右折・左折もうまくいかない。ギアチェンジも難しく、制限四十キロを二十キロで走って減点された。

十三年間も運転していないから乗ることが怖く、エンジンをスタートさせて、実際に車が動き始めるとブレーキから足が離せない。五分間足らずの技能試験が、とても長く感じられるのだ。

二回失敗したところで、試験官に言われた。

「一発勝負はとても無理だね。やっぱり教習所で一からやり直すべきじゃないか」

合・不合格は、試験官が会議で決める。山川のような一発勝負の受験者は、連続して合格点が取れなければパスさせない。時間とカネの無駄使いだと親切で言ってくれたのかも知れないが、酷い点数を愚弄されたようで腹が立った。

「技能試験にゃ、回数制限はないでしょう?」

「それはそうだが……」

四十歳くらいの試験官は苦笑した。

仮運転免許申請書には、証紙を貼る欄が六ヵ所あって、「六回申請して余白がなくなったら、新たに作成してください」との注意書きだ。六回落ちても受ける者が居るからだろうが、一回あたり二千四百円は痛い。

「警部が心配しておられるが、こればかりは実力の勝負だからねぇ」

「わかっていますよ」

「教習所を紹介しようか? 実技を一時間二千円で指導してくれるところがある」

「必要なときは、自分で探します」

ムッとして答えて、たちまち自己嫌悪にかられる。試験官の心証を悪くすれば、ますます受験に不利だろう。

鮫洲から帰って、アパートから遠くない教習所へ、自転車で行ってみた。電車からも見える立派な三階建てで、大きな看板が出ている。

心にゆとり、さわやかマナー

格調、実績、安全施設
№1のエリートスクール
ビルの前に同じ型の赤い車が並んでおり、裏側が練習コースになっている。建物の正面玄関からロビーに入ると高級ホテルのような雰囲気で、《本校の特色の数々》が掲示してある。

①卒業生は公安委員会の技能試験が免除になります。
②年中無休で正月と社員旅行の日のみ休みます。
③電話やコンピューターで教習予約を受けます。
④オートマチック車の練習ができます。
⑤高速道路の教習を行っています。
⑥免許取得ローンを行っています。

入校手続きは、入学金、住民票、印鑑が必要とある。問題は入学金だから、⑥のローンについて確かめたかった。

大学が夏休みに入ったからか若い男女が溢れて、パンフレットを読んだり、テレビの宣伝画面を観ている。

受付カウンターには、制服の女子事務員が並んでいた。山川が近づくと譲り合う気配だが、構わずに真ん中の椅子に腰掛けた。

「詳しい案内書が欲しいんだけどね」

「入校をご希望ですか？」

「そのつもりで来た」

「料金からご説明しましょう」

パンフレットと料金表をカウンターに置いて、丸顔の事務員が早口に説明した。

普通自動車は、教習期間が六ヵ月である。規定時間は技能七時間、学科三十一時間になっている。料金は、①入学金六万円、②学科料金四万六千五百円、③技能料金七千八百円(一時間分)、④教本セット四千五百円の計十一万八千八百円を最初に収める。途中で後期分を収め、合計二十二万四千八百円かかる。

「規定時限内に卒業することができれば、二十二万四千八百円で済みます」

「免許ローンは、どうなっとるの？」

「二十二万四千八百円を、六回から二十四回の分割払いです」

「二十四回払いで、月一万円ぐらいかな？」

「その程度でしょうね。ローン会社が入っておりまして、審査にパスすれば立替え払いされて、後は銀行引き落としになります」

「審査というと？」

「収入証明ですね。現在収入のない方については、保証人の収入証明が必要です」

尋ねた訳でもないのに、「現在収入のない方」と見て説明したのだろうか。

「じゃあ、もらって行くよ」

これ以上聞いても仕方ないので、パンフレット類を封筒に入れて建物の外に出た。展示されている資料やテレビによる案内など観たかったが、場違いな所に来てしまったようだ。

思い切り自転車を飛ばしてアパートに帰ると、ドアに福祉事務所の封筒が挟まれていた。


【結婚相談室からご案内】

本格的な夏が訪れましたが、皆様にはお元気でお過ごしのことと思います。

さて、福祉センター結婚相談室では、登録者の方々の出会いの場のひとつとして「つどい」を開催いたします。

ダンスの講習と懇談を予定していますので、楽しみながら親睦と理解を深めていただきたいと思います。

お忙しいとは思いますが、ぜひ、ご参加ください。

1、とき　七月二十日（日）午後一時から四時まで。

※受付は午後零時四十五分から。

2、ところ　福祉センター　一階集会室

3、参加費　一、〇〇〇円（お飲物、オードブル代）

4、お申込　七月十四日（月）までに参加費をそえて

結婚相談室までお申し込みください。

昭和六十一年七月一日

福祉センター管理事務所長　鈴木　剛

結婚相談員　沢崎ヒロ子

留守中にケースワーカーが訪ねて来たのだ。それにしても結婚相談室からの案内とは、寝耳に水である。

さっそく福祉事務所に電話したら、井口久俊は出先から帰ったばかりだった。

「先生、どういうことなの？」

「そこに印刷してある通りですよ。せっかくだから、参加したほうがいいと思います」

「結婚相談室に登録した覚えはなかよ」

「参加費を納めれば自動的に登録会員になって、次のパーティの案内も参ります」

「参りますって……参っちゃったなぁ」

声がうわずって、相好を崩してしまった。いつかのアルバイト電話にも驚かされたが、福祉事務所からこんな案内が来るとは思わなかった。

「七月一日付の書類をいまごろ届けて、頭数が足りないからでしょう?」

「いや、気付くのが遅れました」

「先生こそ独身じゃないの。他人の世話をするより、自分がパーティに出たら?」

「区の職員が参加したら、それこそ〝役得〟が問題にされますよ」

「若いピチピチした女が集まるですか?」

「正直いって中年が多く、一、二回結婚した人もふくまれています。母子寮からも参加しますからね」

「なるほど、そういうことやろね」

「でも、初婚のOLも居ますよ」

「私は病人で、生活保護を受けよる身です。こういう人間が、どげな顔をして参加すりゃよかですか?」

「いかなる境遇にあっても、幸福追求の権利はありますからね。受給者同士が結ばれても不思議じゃない」

「わかりました、考えてみます」

「気分転換にもなるから、参加してくださいよ」

ケースワーカーは明るい声で電話を切ったが、とても女をダンスに誘えるとは思えない。

部屋でぼんやりしていると、夕方になって角田龍太郎が顔を見せた。

「御無沙汰ですね。一先ず銭湯で汗を流して、飯でも食いに行きませんか。アルバイトで稼いだから、今夜は御馳走しますよ」

久し振りに浴槽につかって、生き返った思いがする。一緒に入った角田は、桜吹雪の刺青や刀傷を何でもなさそうに見て、選挙事務所のアルバイトの話をした。

「山川さんに選挙権があると知っていたら、買収に来るんだったなぁ」

「そりゃ満期やもん。仮釈放と違って、刑期一杯務めた者に選挙権を与えない法があるか？」

「済みません。認識不足でした」

「だけど俺には信念がある。買収はされんよ」

「その筋の人達は、何党支持ですかね」

「ヤボな話は止めよう」

せっかく銭湯へ来たのに、こんな話題を持ち出すこともない。そそくさと上がったら、駅に近い焼肉屋に誘われた。スキヤキ同様に好物だが、値が張りそうで入ったことはない。

二人ともサンダル履きで、洗面器を持って店に行った。

「ビールくらいは飲むでしょう?」

「いいねぇ」

スーパーの主人に朝鮮人参酒をもらって、疲れたときに飲んで効き目があり、少しアルコールに馴染んだ。

「お好みがありますか?」

「何でもよかよ」

「じゃあ、盛大に食べましょう」

何種類も注文して、テーブルは皿で一杯になった。これまで角田と外で会ったことはない。懐具合が良いから奢る気になったのだろう。

「山川さん、体の具合は?」

「血圧は高いなりに落ち着いて、薬でなんとか抑えておるけんど、夜が蒸し暑いやろ。眠れんで困っちょる」

「運転免許は?」

「やっぱり一発勝負は難しい。言うてみれば、バクチのようなもんでね」

「十三年間のブランクは大きいでしょう」

「きょう自動車学校に行ったんよ」

最低二十二万円余り必要だが、ローンも利用できることを説明して相談した。

「角田さん、保証人になってくれんやろか」

「それはムリですね。僕らはフリーだから、ローン会社にまったく信用がない」

「収入証明があればよか」

「その税務署から、信用されていません」

ニコニコ顔で答えて、取りつく島もない。気まずい思いでコップに口を運んだら、意外なことを言った。

「山川さんのことを話したら、興味を示すジャーナリストが居りましてね。近いうちに紹介して欲しいと頼まれたんです」

「どういうこと?」

「これまでの特異な体験を、スポーツ新聞に連載するとかですね」

「じゃあ、スポーツ新聞の人?」

「企画プロダクションの人で、テレビ局とも付き合いがあるようです。企画が具体化したら、自動車学校の費用程度は出ると思いますよ」

「なるほどねぇ」

角田が食事に誘ったのは、この話があったからのようだ。悪くない話だが、自分から切り出して、安く値踏みされたような気もする。

「この通りヒマだから、俺はいつでも会うよ」

「さっそく伝えておきます。今夜は僕の奢りですから、ジャンジャン食べて、武勇伝を聞かせてください」

「いまさら武勇伝もないよ」

「いやいや、〝神戸の喧嘩ハジメ〟はネーミングからして素晴らしい」

相変わらず聞き上手だから饒舌に弾みがついて、ビールもコップ三杯飲んでしまった。

「中では歌番組ばかり聞いて、カラオケなんかも上手でしょう?」

「歌は嫌いじゃないが、カラオケは話に聞くだけよ」

「ああ、そういうことですか……。行きましょう、気安く飲めるスナックがあります。風呂帰りに何回か寄って、歌ったことがあるんですよ」

角田が上機嫌に立ち上がり、約束通りに勘定を払ったから、とても気分が良かった。表へ出たら体が軽くなった感じで、夜空の大きな月を見上げて、拳を固めて深呼吸した。

「駅の向こう側です」

言われて踏切の方へ歩くと、改札口あたりで怒鳴り声がしている。若い二人連れが、大きな箱を抱えた中年男を両側から引っ張っている。

「壊れたのなら弁償してやろうじゃないか。どんな大事な物が入っている？」

「あんたらが蹴ったから気になっただけだよ」

「向うで話をつけよう」

「急いでいるんだ」

「ふざけるな。お前のせいで、この駅で下りたんだぞ」

酔った二人連れは、パンチパーマの職人風である。改札口の係員が知らぬふりをしているのも腹立たしく、山川は洗面器を角田に預けた。

「いい加減にせんかい。皆さんに迷惑じゃろう」

「おっさん、意気がるんじゃないよ。あんたには関係ないんだ」

背の高いほうが腕を摑んだので、逆に握り返して引っ張った。

「こっちへ来い。往来の邪魔だろうが」

近くでマンションの工事が進んでいる。暗がりに連れて行くことにしたら、もう一人も勢いをつけて叫んだ。

「いいとも、行こうじゃないか」

二人に挟まれて、工事現場の方へ向かった。駅員は見ぬふりをしているが、角田は後をつけて来る。

「おっさん、どこの組の者じゃ？」

太り気味の若者が威嚇するので、答えるふりをして体を捩じり、サンダルを脱ぐなり鳩尾に拳を打ち込んだ。相手は二人だから、機先を制するしかない。くずれかかるところへ、続けざまに蹴りを入れた。

「汚いことをしやがる」

もう一人が身構えたので、顎を目掛けて頭突きを食わせたが、これは決まらなかった。両手で頭を押さえられたので、一緒に地面に倒れながら脇腹に噛みつくと、悲鳴を上げて手を放した。

飛び起きたら、さっき倒した相手がタックルしてきた。片足を摑まれたが、目の前に脚立がある。持ち上げて振り下ろしたら手応えがあって、転げ回って逃れる。

その頭を狙って持ち直したところへ、脇腹から血を垂らした男が突進して来るので、脚立を放り投げて倒した。後は一目散に、裸足で路地を駆け抜けた。

アパートへ帰って扇風機の前で、爽快感で一杯だった。刑務所の中では、最初の一発は命中させることはできても、たちまち取り押さえられて袋叩きに遇う。しかし、こうして逃げ帰れたのだ。

コピーライターの角田は、なかなか帰って来ない。工事現場の暗がりに入ったとき、すでに姿を隠していた。二人連れに捕まるはずもなく、成り行きを見届けて現場を離れたはずである。

部屋に電話したが応答はなく、行ってノックしても居る気配がない。

「何を考えちょる？」

プロの喧嘩術を目の当たりにしながら、解説を聞きに来ないのは解せぬ。物足りない思いで睡眠薬を飲んで寝て、朝になって気付いたら、部屋の前に預けた洗面器が置いてあった。

なぜか角田龍太郎は、姿を見せなくなった。ジャーナリストを紹介する話もあるし、気掛かりでならないが、アパートに居ない様子だ。

福祉センターの「つどい」には、物は試しと申し込んでいる。当日になって、アイロンを当てたワイシャツを着て参加した。

受付で胸に付ける番号札と「会計報告」を渡された。

参加者＝男性一六名、女性一七名。

収　入＝一、〇〇〇円×三三名＝三三、〇〇〇円。

支　出＝オードブル　一八、〇〇〇円

　　　　飲みもの　　一一、八三〇円

　　　　お菓子　　　一、一七〇円

お花　　　二、〇〇〇円
合計　　　三三、〇〇〇円
※おすしは、区より支出しました。

会場には花が飾られ、中央のテーブルに料理やビール、ジュースが置いてある。参加者は男女とも、目に付きやすいところに番号札を付けている。女のほうが一人多いのでホッとさせられた。男ばかり集まるのでは……と、心配していたからだ。

ケースワーカーが話していたように中年が多く、若くて三十前後のようである。始まって間もなく、結婚相談員の沢崎ヒロ子がマイクを握った。

「ここでセンターから、ご注意申し上げます。登録者の方々が個人的に交際することは、規約上いけないことになっています。ですから、名簿はお配りできません。そこで皆さん、お帰りの際に交際したい方の番号を記入して、係に渡して頂きます。原則として番号は一つにして下さい」

男はブルー、女はピンクの番号札である。見ていると女の参加者はよく食べる。ビールを飲むことにかけても、男に負けてはいない。山川はジュースをコップ一杯飲み、サンドイッチを少しつまんだだけだ。区が用意したという寿司は、すぐ器が空になった。

「誰でも踊れます。普通のダンスですよ」

五十年配の沢崎が、愛嬌をふりまいている。流れる曲は「有楽町で逢いましょう」で、ホストクラブ勤めのときよく踊った。しかし、とても体が前に出ない。場馴れした印象の四、五組が踊って、流れる音楽もカラオケに代わった。

「一緒に『銀座の恋の物語』を歌いましょう」

沢崎が山川に視線を向けたが、彼女が久美子に似ていると思った矢先なので、狼狽してしまった。その隙に頭の禿げた五十男が行き、ノド自慢ぶりを披露し始めた。

壁際に突っ立っていたら、午後四時になってしまった。帰りがけに番号を並べた用紙が配られたので、〔3〕を丸で囲っておいた。陰気な印象だが、図々しい振る舞いのない三十五、六歳の痩せた女だった。


月曜と水曜、鮫洲で続けて技能試験に失敗した。これで四回連続の不合格である。一回当たり二千四百円の受験料も痛いが、往復の電車賃もバカにならない。「くらしのためのおかね」六万千九百四十円は、「すまいのためのおかね」二万九千円と合わせて銀行口座に振り込まれる。キャッシュカードの便利さにつられて引き出して、一発勝負に賭けてしまうのだ。

自分の愚かしさに腹を立てながら品川駅に引き返して、ベンチに座り込んでしまった。早起きしてアパートを出たから、午前十一時前だった。

捨てられた新聞を見ると、第三次中曽根内閣の発足が賑やかに報じられている。法務大臣は〝異色〟で、県会議員時代に選挙違反で逮捕されて有罪判決を受けたが、恩赦で返り咲いたという。

「マスコミが何で文句を付ける？」

こういう大らかさが、自民党の良さである。だから先日の選挙では、衆参いずれも自民党候補に投票した。戦後の復興は、革新政党では成らなかったと思う。

駅舎のホールでは、浮浪者が壁にもたれて缶ビールを飲んでいる。ビールは欲しいとは思わないが、その奔放さが羨ましかった。

「昼メシはどうする？」

独りごちたものの食欲はない。外食すると高くつくので、いつも自室で食べるようにしている。昼食はカップ麺にゴハンを混ぜたもので、帰ってからでも遅くはない。だが、アパートへ帰る気がしなかった。

「市川へ行ってみるか……」

横須賀線と総武線は繋がっており、市川まで快速で三十分ほどで、高い電車賃ではない。

「様子を見るだけ！」

自分を叱りつけてベンチから腰を上げ、市川駅までの切符を買って総武線に乗った。途中から地下に潜り、錦糸町あたりで地上に出る。この路線で千葉県へ行くのは、遥か昔に八街中等少年院に送られて以来だ。

小岩駅を過ぎると、江戸川の長い鉄橋を渡る。市川駅で降りると、さすがに胸が高鳴った。高架のプラットホームから見渡すと、思ったより大きな街で、高層ビルやマンションが目立つ。

住居は市川南だから、駅前交番で道順を尋ねた。

「それなら反対側だなぁ」

歩いて二、三分の距離で、駅舎の南側に出て線路沿いに行けばよい。若い巡査に礼を言って、ゆっくり歩き出した。左側には京葉ガスのタンクが見え、アーケード街を江戸川の方向に抜けると線路に沿って高層アパートが並び、左は古びた家並である。住居表示を頼りに細い路地に入ると、両側に長屋が並んでいた。

該当する番地に、西尾姓や日高姓の表札はない。出窓が開いている左端の部屋を覗いたら、六十年配の女が袋貼りをしていた。

「おばちゃん、悪いんだけどさ。西尾信太郎って人の家は、この辺じゃなかった？」

「西尾さんねぇ」

ずんぐり太って猫背の女は、丸いメガネをずり上げながら睨め回すように見た。

「失礼だけど、どういう関係なの？」

「怪しい者じゃない。その昔に鉄工所で、同じ溶接工だった間柄さ」

「じゃあ、随分と古い友達なんだねぇ。あの人は長いあいだ仕事をしていないよ」

ようやく笑顔を見せて、窓際へにじり寄った。だいぶ足が不自由なようだ。

「見た目には普通だけど、糖尿病とかで大きな体で炊事洗濯が仕事。それで奥さんが昼はパートで夜は水商売だからね。今はどうしているか、引っ越し先は知らないよ」

「居なくなった？」

「もう一年以上になるよ」

「何だ、そういうことか」

「あんた、本当に友達なのかい」

「本当だって……。奥さんだってよく知っている。温和しそうな顔をしているが、激しい気性の人やけん」

「それで何人も旦那さんを取り替えたのかねぇ」

肩をすくめて舌を出して笑い、窓際から上体を乗り出すようにした。

「もともとは博多の人で、向こうで何人も子を作っていながら、年下の男と駆け落ちしたんだものね。その博多から次女だか三女だか来て、しばらく同居していたよ」

「そんなことがあったの？」

「旦那さんも再婚だから、前の奥さんの子を引き取って、複雑な家庭だった。結局は二人の間に出来た子だけ残ったけどさ」

「子どもが出来たの？」

「男の子だけど、そろそろ中学生じゃないかね。トンビがタカを産んだというか、決まってオール５の通知表でねぇ」

「奥さんが産んだの？」

「他に誰が産むのさ」

可笑しそうに問い返して、更に意外なことを言った。

「本当に健気な子でねぇ。借金取りが押し掛けて、旦那さんは押入れの中に隠れるだろう。それを息子が撃退するんだから、さすがオール５だよ」

「借金取り？」

「お定まりのサラ金地獄でね。それで夜逃げしたから、半年近くはいろんな連中が訪ねて来たよ。住民票は元のままだからさ」

「子どもは住民票なしで、転校することが出来たのかなぁ」

「次の学校でもオール５だって、久美子さんは電話で自慢していたよ」

「じゃあ、転校したんだ」

「サラ金の取立てのことで新しい法律が出来たぐらいだから、子どもの転校では融通をきかせるんだよ」

「西尾さんに会って励まさなきゃ……。電話番号、教えてくれる?」

「向こうからかかるだけで、こっちは控えちゃいないよ」

「そりゃ弱ったな。ウチの社長が、腕のいい職人を捜して来いと言うから来たんだけどね」

「だって病気で、働けないよ」

「技術顧問ちゅうか、若いのを指導してもらいたい」

「ふーん」

這うように部屋の隅に行くと、電話機の側のメモ帳をめくり、割り箸の袋に鉛筆で記入して戻った。

「あんたを信用して教えるんだから、悪い用件に使っちゃいけないよ。オール5の子を思えばこそ、親にしっかりしてもらいたい」

「わかっている、おばちゃんの親切は無にしない」

「印刷してある番号は違うよ。そこは高級料亭でね、西尾さんとは関係ない」

「道理で上質の和紙だ」

旭川刑務所で独居拘禁させられたとき、請願で割り箸の袋貼りをしたことがある。こうして長屋で内職して、手間賃はどのくらいになるのだろう。聞いてみたい気もするが、過去を明かすことになりかねない。

「おばちゃん、仕事の邪魔して悪かったね」

「いいえ、あんたこそ御苦労さん。何とか西尾さんを、助けて頂戴ね」

「はい、わかりました」

「私は若い頃、〝歩きのハルさん〟と言われるくらい、あちこち回って見聞を広げたもんでね。足さえ達者なら、自分で訪ねて行くんだけど……」

「おばちゃんの気持ちは、よく伝えておくよ」

ドブ浚いの臭いのこもる路地を歩きながら、割り箸の袋の裏に書いた電話番号を見ると、頭に０３とあり東京都区内のようだ。


コピーライターの角田は、ずっと部屋に戻った様子がない。もともと調子がいいから、「自動車学校の費用程度は出る」とは、口から出任せだったのかも知れない。

市川へ足を運んで、久美子の電話番号は分かったものの、ダイヤルするのはためらわれる。何よりもショックだったのは、西尾信太郎との間に子どもを儲けたことだ。「あんたの子を生む」と避妊リングを外した日の夜に、亀有のアパートで事件が起こった。そして、次の男と出合って高齢出産したのだ。

あれこれ考えると、イライラが嵩じる。雑念を払って、鮫洲の試験場で一発勝負に臨んだが、またしても二回続けて落ちた。仮運転免許申請書の「収入証紙をはるところ」は、枡目が六つとも埋まってしまった。

ハガキを一回り大きくした紙で、「この申請書は仮免許台帳になるので汚したりしないこと」と注意事項にある。大切に扱って来たが、新たに写真二枚を添えて申請しなければならない。

「何で写真屋を儲けさせんといかんの？」

更新課の窓口で、念のために確かめた。これまでの写真を剝ぎ取って貼れば済むことだ。

「あまり貧乏人を苛めないでくれよ」

「規則は規則だからねぇ」

窓口の係は若い制服警官で、ロクに山川の顔を見ようともしない。

「タテ四センチ、ヨコ三センチが二枚だからね。この写真がなければ受け付けられない」

「そんなの持ってないよ」

「焼き増しすれば？」

「タダじゃないんだよ。警視庁は都民にムダ使いを奨励するのか」

「ムダ使いしたくなければ、最初の一発で合格すればいいんだ」

手で振り払うようにして言うので、声を荒げてしまった。

「今の言い方は何だ？　何回受けようが、都民の権利じゃないか！」

「だったら規則に従いなさい」

「それが納得出来ないから、質問しているんだよ」

「注意事項が分からないようなら、受ける資格はないね。仕事の邪魔をしないでくれ」

「邪魔をしているのは、お前たちだろう！」

カウンターを手で叩いていると、いつかの警部が顔を出した。

「こっちへ来なさい」

最初のときと同じ部屋に通すと、ソファーに座らせて穏やかに注意した。

「あまり焦らないことだ。証紙代だってバカにならないだろう？　遠回りのようでも、教習所に入って指導を受けるべきだと思うがね」

「行きたくてもカネがないけん、一発勝負に賭けとるんですよ。ハッキリ言って博打のようなもんやけど……」

「だからといって、技能試験にまぐれ当たりはないよ。地道に実力を付けるしかないんだ」

「カネがないのに、どうしろと？」

「教習所を紹介しよう。私の先輩が常務取締役をしておられるから、相談に乗ってくれるだろう」

「しかし警部、先立つものがない。福祉事務所の世話になっている身分で、アルバイトもままならんのです」

「ケースワーカーは何と言っている？」

「食費を削って受験料に当てよるから、文句を言われる筋合いはなか」

「すると福祉事務所では、技能試験を受けていることを知らない？」

「食費を削る分には何をしても勝手だ、と」

「私が言おうとしているのは、技能習得のためなら補助があるということだよ。悪いことは言わない、福祉事務所に相談してみなさい」

「…………」

「先輩に山川君のことを話したら、一度寄越しなさいと言っておられた。刑事畑が長く、署長まで上り詰めて引退した苦労人だからね。入学金や授業料の分割払いもあって、悪いようにはなさらない。いつでも紹介状を書くよ」

さっきから警部は、そのことを言おうとしていたのだ。自動車学校には警察幹部が天下りしているから、試験場から客を回すのか？　自動車学校のローン制度のことは、言われなくても自分で確かめている。

「何なら、今書こうか？」

「いや、要らんです」

「その気になったら電話しなさい。山川君には、今度こそ立ち直ってもらいたいんだ」

柔和な目を向けられ、こちらから視線を逸らした。相手に睨まれたときは、誰であろうと自分から避けたことはない。だが、こういう目つきは苦手だ。

「実は君とは、古い事件で付き合った」

「いつの話ですか。やんちゃ坊主だから、あちこちで暴れとるんでね」

「群馬県警時代に、桐生市のスーパー事件を担当させられたんだよ」

「ああ、あの時の……」

ようやく思い出すことが出来て、胸のつかえが下りたような気がした。

昭和四十四年の秋、スーパー・チェーン店から八百九十万円を持ち逃げした。当時は夜間金庫がなく、四つの店の売上金を本店に保管する。連休の初日に金庫のカネを持ち出し、桐生競艇で大きな勝負をして失敗、さらに翌日も大負けだったから、月曜日の未明に三日分の売上金をそっくり持ち出した。捜査に十数人の刑事が専従したといい、各地で豪遊して最後は福岡で捕まったのだ。

「三年の懲役を食らったけど、金額からいうとションベン刑です。やっぱり事件は、アタマを使うに限る」

「旭川へ送られた事件は、割に合わなかった？」

「売られた喧嘩で、チンピラ同然の相手やった。結果的に十三年入って、高く付いたですよ。警視庁の事件やけん、警部さんとはその縁と思うとった」

「私は刑事畑がニガ手でね。勉強して登用試験を受けて、警邏《けいら》隊を経由して行政に移ったんだよ」

「そりゃ良かったですね」

「こう言っては何だが、私の本籍も前橋市でね。山川君の本籍が前橋だから、取り寄せた戸籍謄本を見て、生い立ちに同情した記憶がある」

「ああ、そうですか」

この辺りが潮時と思って腰を上げた。自動車教習所への紹介状は親切心からのようだが、警察官に同情されるのは性に合わない。

仮運転免許の技能試験は、もはや諦めるしかない。張り合いがなくなった途端に体調が悪化して、終日アパートに籠もる日が続いた。

病院で貰った薬は欠かさず飲んでいるが、体がだるくて三度の食事も面倒になってくる。

「刑務所なら配食夫が運んでくれる。保護で飼い殺しにされるより、派手にやらかしてパクられるか……」

自嘲しながら、福祉事務所の小冊子を手に取った。

【生活保護のしおり】

このしおりには、生活保護をうけている間の必要なことが書いてありますので、初めから終わりまで一度読んでください。また、必要な時に見ることができるように保存しておいてください。

〔生活保護とは〕

生活に困っているすべての人々に対して、生活保護法に基づいて生活の保障をし、自分の力、または他の方法で生活できるようになるまで手助けをするしくみです。

〔保護をうけるためにしていただくこと〕

1、働ける人は能力に応じて働いてください。

2、世帯の財産で活用できるものは暮らしのために活用してください。

3、親子・きょうだいなどの援助をうけるよう努力してください。

4、年金・手当等、他の法律でうけられるものはすべてうけてください。

5、そのほか暮らしに役立つものがあれば活用してください。

〔保護をうけた場合の権利〕

1、一度決定された保護は、正当な理由なく止められたり減らされることはありません。

2、保護としてうけた金や品物、または保護をうける権利は差し押さえられることはありません。

3、保護としてうけた金や品物に税金はかかりません。

〔義務として必ず守ってもらうこと〕

1、保護をうける権利を他人に渡すことはできません。

2、届出をすること。

①住所・家賃がかわったとき。

②仕事・収入（年金等を含む）がかわったとき。

③家族に移動があったとき。

④病院に入院したり、退院したとき、または入院先をかえたとき。

⑤そのほか、家庭にかわったことがあったとき。

3、生活上の努力をして、働ける人は能力に応じて働いてください。毎日の支出について、計画的な暮らしをするようにしてください。

4、福祉事務所の指導、指示にしたがってください。したがってもらえない場合には、保護をうけられなくなることがあります。

〔してはいけないこと〕

1、うその申請をすること。

2、届出を怠ったり、不正な方法で保護をうけること。

3、収入をごまかして申告すること。
このような場合には、罰せられて、うけた保護費は返還させられます。
〔担当員の役割〕
あなたの生活の維持、向上の目的のため家庭訪問などにより必要な指導及び指示をすることがあります。何か困ったことがあった時は担当員に相談してください。
なお、職務上知った秘密は守ります。

この『生活保護のしおり』には、試験場で警部に聞いた〝技能習得費〟の説明がないが、最後のページに「あなたの世帯の担当員（ケースワーカー）は井口久俊です」と記され、福祉事務所の内線電話番号もある。数日前から二回ほど電話したが、外を回っているという理由でつながらなかった。

トイレに行って頭がすっきりした感じなので、福祉事務所へ電話してみた。

「井口先生、お願いします」

「ただいま外出中です」

女子職員が応対して、何時に帰るかわからないと言う。数日前に電話したとき、名前と電話番号を告げておいたのだ。

「こないだ、伝言しちょるよ？」

「メモは本人に渡っているはずです」

「いくら待っても見えないし、電話もないから困っておるんですよ」

「そのうち連絡するでしょう」

「もう四時過ぎだから、事務所に戻っておかしくないと思うけどね」

「井口に聞いてください。私ではわかりません」

「そんな言い方はないやろ。『生活保護のしおり』には、〝何か困った時は担当員に相談してください〟と書いてある」

「ですから、担当員は井口でしょう？」

「…………」

「失礼します」

相手が受話器を置いて、金属音が聞こえるばかりだ。

「木っ端役人が！」

カッと体が熱くなり、改めてダイヤルして交換手に内線番号を告げたら、「ふさがっています」と丁寧な口振りである。福祉事務所に乗り込むことを考えたが、身元引受人の顔が浮かんだ。トラブルを起こせば、弁護士の顔がつぶれる。

その弁護士とも、このところ連絡が途絶えている。気持ちを鎮めて事務所にかけてみたら、久し振りに本人の声を聞くことができた。

「ああ、先生ですか。あのですね……」

手短に経緯を説明して、福祉事務所から技能習得費が出るのは事実かどうかを尋ねたら、思いがけない応対ぶりだった。

「そう先走るものではない。まだ出所して五ヵ月そこそこだろう？」

「しかし自分は、一日も早くですね……」

「今は体の回復が一番なんだよ。強い薬を飲めば副作用で頭の回転も鈍るだろう。ムリをして免許試験を受け、良い結果が出るはずもない」

「ですから、生活保護法の技能習得費がですね」

「私に聞かれても困る。そのためにケースワーカーが付いているんだよ。餅は餅屋というじゃないか」

「実は、もう一つ相談があってですね」

「済まないが、風呂から上がって体を拭いていたんだ。風邪を引きそうだから、またにしてほしい」

「ああ、先生の所は転送電話でしたね。事務所と思い込んでいたものだから、大変失礼しました。これから、お宅へ報告に伺います」

「それは困る。これから古い友人が来て、泊まって行く約束なんだよ。じゃあ、失敬する」

不機嫌な声で電話を切られて、信じられない思いだった。鮫洲の試験場の警部でさえ、生い立ちに同情して親切にしてくれた。いくら多忙とはいえ、久し振りに電話が通じたのだ。

しばらく茫然としたが、頼りはスーパーの主人だ。いつも買物に行く時間より遅いが、着替えてサンダルを突っ掛けて出た。

「社長は居る？」

レジを打っている女の子に聞いたら、事務所の方へちらっと目を遣った。客が混み始める時刻だが構わずに奥へ行くと、夫婦で伝票の整理をしていた。

「相変わらず、忙しそうだね」

「そりゃ月末だもの」

野球帽の主人は上目遣いに無愛想で、奥さんはいつものように無視した。「気にしなくてもいい」と主人が言ってくれるので、気にしないことにしている。

「このところ体の調子が悪くてねぇ。鮫洲へも行く気がせんのよ」

「そりゃ違うだろ」

「えっ、何で？」

問い返したら、主人が邪険に言った。

「あんたにゃ関係ない、女房と仕事の話だ」

「ああ、悪かったな」

「こっちは客商売で、日銭を稼いでいる。来るなら来るで、電話の一本も寄越して都合を聞いてくれ」

「おう、わかったよ」

「その方が、お互いのためだからね。気を悪くするんじゃないよ」

主人の声を背中で聞きながら、屈辱にまみれてアパートへ帰った。

カップ麵に湯を注いで、じっと三分間経つのを待った。最初のうちは待ち遠しく、イライラさせられたものだ。一、二分間で食べてみたら、生煮えのようで美味くない。よく考えれば、待てば美味しく食べられる。癇癪を起こして得することはなく、そのことに気付いただけでもマシだと思うことにしている。

麵をドンブリに移して、ゴハンを入れて生タマゴを掛けて掻き混ぜ、ゆっくり食べてテレビニュースを観終えた。後はベッドに体を横たえ、チャンネルを切り換えながら眠くなるのを待つのだ。

「いや、久美子の件が片づいていない」

電話機が目について、じっとしていられなかった。せっかく知った番号なのだから、一応はダイヤルしてみる必要がある。もしかしたら、間違って教えられたかも知れないのだ。

時計を見ると八時前だった。電話のベルが鳴れば、誰かが取るだろう。七桁の数字を慎重にダイヤルすると、呼出音の五つ目くらいで出た。

「はい、モシモシ……」

静かな声で、明らかに少年だった。こちらが動揺したが、努めて穏やかに話しかけた。

「山川という者ですが、西尾さんですね？」

「はい、西尾です」

「お父さんかお母さんは居られますか？」

「いいえ」

「居られない？」

「はい」

「何時ころ帰られますか？」

「はぁ」

考えている様子なので待ってみたが、なかなか返答がない。

「お母さんは、勤めに出て居られる？」

「はい」

「お父さんは？」

「居ません」

ハッキリした口調で、不貞腐れているのでもない。詰問するのも躊躇われて一呼吸入れていると、電話の向こうは静かである。

「モシモシ？」

「はい」

「お父さんは、勤めに出ておられるの？」

「いいえ」

「だったら、家に居るんじゃないの？」

「はぁ」

考え込んだ様子で、黙ったままである。こういうのを暖簾《のれん》に腕押しというのだろうか。

「モシモシ？」

「はい」

「お母さんが留守なら、お父さんを出して頂戴よ」

「居ません」

「何で居ないのよ。勤めに出てないのなら、家に居るはずじゃないの？」

「今は居ません」

「じゃあ、何時ころ帰るの？」

「はぁ」

「わからない？」

「ええ」

「普段は家に居るんでしょう？」

「はい」

「だったら、何時に帰るかわかりそうなものだけどね」

「はい」

「それがわからないの？」

「はぁ」

「今日に限ってわからない？」

「はい」

「それでは質問を変えます」

思わず法廷における尋問口調になった。同じ質問を繰り返すのはルール違反だから、攻め方を工夫しなければならない。

「お母さんは、何時に帰りますか？」

「わかりません」

「働いている店の電話番号は？」

「知りません」

「昼間も勤めているんだろう？」

「はい」

「そちらの電話番号は？」

「知りません」

悪びれたところがなく、本当に知らないのかもしれない。少なくとも夜の勤め先は、息子に教えないだろう。

「では、住所を教えてくれる？」

「はぁ」

「電話で迷惑かけるといけないから、手紙を書くかもしれない。意味は分かるよねぇ。真夜中に電話が鳴ると、キミだって困るはずだ」

「はい」

「それで、住所は？」

「はぁ」

また黙り込んで、電話の向こうは物音一つしない。一体どういう生活をしているのか。

「お父さんやお母さんが、言ってはいけないと命令しているの？」

「はぁ」

「じゃあわかった。おじさんの住所と電話番号を言うから、控えておいてくれる？」

「はい」

素直に返事をしたから、アパートの部屋番号まで告げて、復唱させたらきちんと答えた。

「では必ず、今の住所と電話番号を伝えて頂戴ね」

「はい」

「じゃあ、頼んだよ」

「それで御用件は？」

「…………」

とっさに答えようがなく、狼狽してしまった。何が用件なのか、自分でも判然としない。

「名前を言えばわかるよ」

「はい」

「うん、うん」

急いで受話器を置くと、用意しておいたコップの水で精神安定剤と睡眠薬を飲み、明かりを消してベッドに上がった。

翌日は早く起きたが、とても体が重かった。夜中に犬の遠吠えで起こされ、ずっと寝つけなかったせいだ。

山川の部屋の東側に、上下八室の二階建て木造アパートがある。こちらとは家主が違い、老夫婦の大家は向こうの平屋に住み、畑など耕して悠々たるものだが、半月ほど前から犬を飼い始めた。茶色のアイヌ犬で、成長した雄で姿も良い。犬は嫌いではないから、散歩させている老人に尋ねてアイヌ犬であることを知った。

この犬には、奇妙な性癖がある。夜中に消防車や救急車の音を聞くと、遠吠えを続けるのだ。なぜ吠えるのか初めはわからなかったが、深夜の異常音に反応することに気付いた。山川自身も、消防車や救急車の音がすると、窓の外を眺めずにはいられない。

それにしても昨夜は酷かった。遠吠えの合間に、犬小屋の板壁を爪で引っ掻く。山川の部屋をガリガリ引っ掻いているようで、起き上がって確かめてみたほどだ。こんな夜が続くと、血圧が余計に高くなるだろう。このアパートの持ち主ではないから、遠慮することはない。やはり注意しておくべきだろう。

大家姓は特徴があり、電話帳で引いてみたら所番地が合った。

「直《じか》に言えば角が立つ……」

さっそくダイヤルしたら、老人の声で応答があった。ここからは見えないが、直線で三、四十メートルの距離だろう。

「近所に住んでいる者だけどねぇ。お宅の犬は何とかならない？」

「あんたは誰だい。まず名乗りなさい」

横柄な口振りなのは、かなりの土地持ちで町内の実力者だからだろう。

「いきなり電話で失礼じゃないか」

「失礼なのはどっちだ？　野中の一軒家じゃあるまいし、東京のど真ん中で犬を飼って一晩中吠えさせるとは、あまりにも無神経じゃないか」

「犬は泥棒避けに飼っている。吠えるのは当然だと思うけどね」

「ふざけるんじゃねぇ。まるで俺が泥棒のような言い方じゃないか。まともな勤め人にとって、睡眠を妨げられるほど迷惑なことはないんだ。さっそく今夜から、犬を黙らせろ」

「あんた、会社から電話しているのか？　何というゴロツキ会社か知りたいものだ」

「そんなことより、お前が飼っている犬だ。飼い主として責任が取れないのなら、保健所に連れていってガス室へ入れてもらえ。それとも代わりに、青酸カリ入りの肉ダンゴでも食わせてやろうか？」

「改めて尋ねるが、あんたはどこの誰だね」

「おお、怪人二十一面相だ」

ガチャリと受話器を置いて、痩せて背の高い老人の様子を想像してみた。向うのアパートは風呂付きで、家賃が五万八千円と聞いている。道楽で畑仕事をしていれば、四十六万四千円の家賃が転がり込む身分だ。

　ここが刑務所なら、〝担当暴言〟で懲罰は必至だろう。いくらか気分が晴れて、ガスに点火して湯を沸かしていると電話が鳴って、ケースワーカーからだった。

「井口ですけど……」

　いつもの優しい声で、ゆっくり話しかける。

「何か困ったことでも起こりましたか？」

「いや、実はですね」

　呼吸を整えていると、相手が先回りした。

「福祉センターの催しで、気に入った相手が見つかったんですか？」

「………」

「でも担当は、結婚相談員ですからねぇ。我々が仲を取り持つわけにはいきません」

「そうじゃないんです。運転免許の件でして、一発勝負はやっぱりダメでした」

　手短に経緯を説明して、技能習得費のことを聞いてみたら、井口は当惑した様子だった。

「そういうケースは、ちょっと知りません」

「鮫洲の警部に、〝福祉事務所に相談してみなさい〟と言われたんです」

「だったら、調べておきます」

「いつわかりますか？」

「その種の規定があったとしても、山川さんに適用されるかどうかは上司が決めることです。即座に返事できる性質のものではありませんよ」

「規定があるかどうかは？」

「これから調べます」

「わかったら、すぐ教えてくれますか？」

「そう性急に言われても……。焦ることないじゃありませんか」

「自分にとって重大な問題です。技能習得費の規定が有るのか無いのか、餅は餅屋で先生にはわかることでしょう。それを教えてもらえれば、将来に希望が持てる訳です」

「ですから、そういう規定があっても、山川さんに適用できるかどうかわからない。そこまで確かめて、私から返事すると説明したでしょう」

「あのですね……」

受話器を畳の上に置いて、ベッドの枕元から『生活保護のしおり』を持ってきて、〔不服のあるとき〕を引き出した。

「いいですか。〝福祉事務所の決定に不服があるときは、決定のあったことを知った日の翌日から数えて六十日以内に東京都知事に対して審査請求をすることができます〟と書いてあります」

「その通りですよ」

「じゃあ、規定がわかったら教えてください」

「山川さん、落ち着いて聞きなさいよ」

怒気をふくんだ声に変わって、いつになく早口にまくしたてた。

「都知事に対する審査請求は、福祉事務所の決定に不服があった時です。決定の前から不服を云々されるのでは、担当者である私の立場がないじゃありませんか」

「いや、そういう意味では……」

「あまり自分勝手に先走らないでください」

一方的に電話を切られて、身元引受人からも同じことを言われたのを思い出し、怒りに体が震えた。一日でも早く自立したい気持ちを、なぜわかってくれないのか……。

ヤカンの湯が沸騰しており、窓の外にぶちまけたい衝動を抑えながら魔法瓶に注いだ。食欲はないが、せめてお茶漬けでも流し込んでおきたい。


翌朝、九時過ぎに電話が鳴った。

「振込入金のお知らせですが、山川さんでしょうか？」

「はい、本人です」

月初めだから、生活保護費の入金案内である。福祉事務所様から……と金額を告げ、「毎度有り難うございました」で終った。今の振り込みには、家賃も含まれている。アパートの大家から銀行振り込みを指定されているから、さっそく手続きをしなければならない。口座番号を確認していると、また電話が鳴った。

「珍しいことがあるものだ」

いそいそと取ったら、スーパーの主人である。こないだは後味が悪かったから、先に謝っておいた。

「いつかは仕事中に悪かったね」

「それは構わないんだが、ちょっと確かめておきたいことがあるんだよ」

「改まって何だい」

「違っていたら申し訳ないが、昨日あんたは、町内の誰かに電話しなかった？」

「町内ねぇ」

ピンときたのは、犬の吠え声に抗議したことだ。町内会長には情報が早いだろうから、隠しても始まらない。

「それが何だって？」

「怪人二十一面相を名乗って、大見謝さんの犬を毒殺すると脅した男がいる」

「…………」

「この時期に、穏やかならぬ話じゃないの。本当にあんたが脅迫電話したの？」

「ちょっと待ってよ、大袈裟なことじゃないんだ。直接行って抗議すれば角が立つけん、

〝近所の者〟と匿名にしておいたんだよ」

「でも、〝怪人二十一面相〟だの〝青酸カリ〟だのと、物騒なものを持ち出したんだろ？」

「軽い気持ちで言うただけよ。こんなことで目クジラを立てられては堪らん」

「こんなこと……では済まない。普通の人が口に出すのとは訳が違うんだよ」

「じゃあ何かい、俺が普通の人じゃないと言うのか。立派に刑期を満了して、保護観察が付いちょる訳でもない。下手なこと抜かすと、あんたを人権侵害で訴えるよ」

「呑気なことを言いなさんな。大見謝さんは一晩考えて、〝脅迫〟で警察へ届けるかどうか、朝早くから相談に来たんだ」

「証拠でもあるの？」

「大見謝さんは、あんたと話したことがあるというじゃないか。声に聞き覚えがあるそうだよ」

「録音した訳じゃないだろ」

「だけど電話した事実は、たった今、私に認めたじゃないか」

「そりゃ、俺たちの仲やけんよ」

「勘違いしないでくれ。私は町内会長の立場で、あんたから事情聴取したんだ」

「…………」

「公私混同は嫌いな性格でねぇ」

「じゃあ、今すぐ警察へ届けるがいい。騒音被害に苦しむ病人が加害者に抗議して、脅迫罪が成立するか？　犬に毒ダンゴを食わせると冗談は言うたが、大見謝さんをどうこうするとは口にしておらんぞ」

「ともあれ、大見謝さんは宥《なだ》めて帰した。苦情を言うなら言うで、今後は筋を通すべきだと思うね。このことは忠告しておくよ」

「おお、わかったよ。立派に筋を通してやる」

「くれぐれも警察沙汰になるようなことをするんじゃないよ。今は開店前で行けないが、夕方までには必ず顔を出すからね」

「大きな御世話だ！」

自分から電話を切って、すぐにでも大見謝の所へ行こうと思ったが、脅えてパトカーでも呼ばれたら面倒なことになる。

「くそったれ！」

手当たり次第に物を壊したい気持ちだが、家賃振り込みのメモを引き裂いて抑えた。

そこで思い立ったのは、刑務所仲間に電話することだった。「必ず連絡してくれ」と言い残した者の住所は、暗記して秘密のメモに控えていた。部屋に電話が付いてから、一〇四番に問い合わせてリストを作成している。

これまで連絡しなかったのは、身元引受人との堅い約束があったからだ。

「堅気ほど薄情なものはない」

一昨日の電話で弁護士は、「風呂上がりで風邪を引く」という理由で耳を貸さなかった。ケースワーカーにしてもスーパーの主人にしても、いざとなると〝立場〟を強調して逃げる。

リストには、当然ながら優先順位がある。真先に電話すべきは、最も古い兄弟分だった。昭和三十五年夏、京都で起こした喧嘩で、共に逮捕された下稲葉雅明とは分離公判になり、服役してからも連絡が絶えていた。しかし、四十九年秋に送られた宮城刑務所で再会した。九州で組を旗揚げして〝下稲葉薬局〟と呼ばれるほど大量に覚醒剤を商って、懲役七年を打たれたのだ。

宮城刑務所で、山川が同囚に対する傷害罪で起訴されたのは、下稲葉を庇ってのことだった。ずいぶん恩に着ていたから、連絡すれば悪いようにはしないだろう。

「五ヵ月以上も、我慢して来たんや」

タバコを吸って決心して、０９３と北九州市にダイヤルしたら、寝惚けたような声で応答があった。

「下稲葉雅明さんのお宅でしょうか」

「あんたの名は？」

「山川一と申します」

「まさか、〝神戸の喧嘩ハジメ〟では?」

「その、まさかよ」

「おお、ワシだよ、ワシだよ。あんたの兄弟分タイ」

「マチャアキ本人やったか」

「おめでとう、御苦労さん、長いあいだ大変やったろ。どこから電話しておる? すぐ迎えを寄越すけん」

「それが東京でねぇ」

「じゃったら、新幹線でも飛行機でも乗れ。小倉まで片道の旅費は持っちょる?」

「それぐらいはあるよ」

「すぐ来い、今すぐ発て。後のことは心配せんでよか。大歓迎するけんのう」

「おう、すぐ行く……」

辛うじて声に出して、受話器を置いた途端に涙が溢れ出た。

5

東京駅の新幹線当日キップ売場で、午後一時発「ひかり9号」の自由席特急券を買った。小倉駅まで運賃一万一千円、特急料金七千四百円で、計一万八千四百円である。朝方に入金通知のあった生活保護費を全額引き出し、家賃を振り込んで来た。

下稲葉に電話が通じて、すぐ身支度を始めてアパートを出た。冷蔵庫の中の腐りそうな物を捨てて、部屋の電源を切っておいた。どれくらい留守にするかわからないが、ムダな電気を使うことはない。前家賃の振込は迷ったが、毎月一日に入金する約束を守っておいた。

早めにプラットホームに並んだので、右側二列の窓際に坐れた。発車しても隣は空いており、ずいぶん気分的に楽である。定刻通りに走れば、小倉には午後七時十五分に着く。それまで誰も隣に来なければ助かるが、屈強な男でも坐れば、〝送り込み〟の気分だろう。

昭和五十二年九月二十一日午後七時、特急「みちのく」で仙台駅を発った。両手錠の紐を手首に巻いた二人の刑務官が、ぴったり付いて交互に仮眠する。移監先から迎えが来ることもあるが、受刑者の性格がわからずに失敗することがあるから、不良押送は〝送り込み〟になる。

列車に乗ると刑務官が車掌に事情を話して、一般の乗客と隔離する。青函連絡船も同じようにして乗り、特急「北海」「オホーツク3号」を乗り継いで、旭川駅に着いたのが翌二十二日の午前十一時四十分だった。

このときの移監は、これから訪ねる下稲葉雅明に原因がある。

宮城刑務所の洋裁工場で、下稲葉は班長をしていた。覚醒剤で懲役七年は重刑であり、早く出所しなければならない事情があった。だから模範囚になって、早期の仮釈放を期待していたのだ。班長の下で六十人余りが作業して、能率が上がれば累進処遇の評価は高まる。

山川は洋裁工場に配属され、京都では弟分だった下稲葉の配下になり、得意の洋裁技術を発揮した。十二歳で送られた宇治初等少年院で、農耕作業がつらいからミシン踏みに精出して上達したのだ。しかし、班長に点数を稼がせたくない者もいる。洋服の仕上げで糸切りを担当する懲役が、ことさら手抜きをして困らせていた。最後の班長点検で注意すると、ニヤリと笑ってやり直す。とうとう下稲葉が、ハサミを手に低く身構えた。腹部を刺せば追刑が重くなるから、とっさの判断で山川がハサミを取り上げ、糸切り担当の耳を切りつけたのだ。

この同囚暴行が、五十二年一月十四日午前十一時過ぎのことだった。山川は鎮静房に入れられ、二月九日に懲罰五十日の言い渡しがあり、懲罰房から出ると仙台地検が傷害罪で起訴した。六月七日が第一回公判で、次の六月十七日の公判で懲役六月を求刑、六月二十八日の仙台地裁判決は懲役三月だった。

三ヵ月は〝ジョンベン刑〟と呼ばれ、追加されても痛痒《つうよう》は感じない。呑気に構えていたら、旭川移監が待っていたのだ。

「マチャアキの舎弟として、世話になるか……」

列車が東京から遠ざかるにつれて、解放感で体が軽くなる。病院で貰ったクスリは残り二日分だが、必要なら九州の薬局でも処方してくれるだろう。ずっと同じ投薬だから、クスリの名も量も暗記している。

下稲葉雅明は同い年で、仙台で別れたとき三十六歳だった。互いに四十五歳になって、九年ぶりの再会になる。下稲葉は筑豊の出身だから、二十《はたち》前から同じ組の若い衆で、京都の撮影所で一緒に仕事をした。下稲葉は筑豊の出身だから、同じ福岡生まれということで仲が良かった。しかし、組長に重宝がられたのは山川のほうだ。

この組長は、旧日本軍の機関銃を持っていた。機関銃があるから、神戸から進出して京都支部長になれたという。古くから京都を支配する組織と臨戦態勢にあり、ボディガードを何人も付けて、山川もその一人だった。濡らした新聞紙を腹に重ね、上からサラシを巻いてきつく締める。濡れた紙は刃物を通さず、銃弾も勢いを失うと聞かされたから、新聞紙が乾くと水を掛けた。体の肉が引き締まって、常に緊張感があった。

当時、山川はピストルを一挺持っていた。正式な名称は知らないが、今は〝ベトコン銃〟と呼ばれている。四角な形をして弾倉が固定し、十二発の弾丸が自動的に下から上に補充される。アメリカ軍から流れたもので、神戸の知り合いから六千円で買った。これをズボンのベルトに差し込んでいた。

山中で試射したことがあり、指導に当たった兄貴連中から「腹を狙わずに足を撃てば未成年者は少年院で済む、止めを刺すとヤバイ刑になるぞ」と教えられた。この試射の後で、実際に使ってみたくなった。狙うなら幼少期から怨んでいる警察官である。派出所に近い暗がりに潜んで、自転車で通りかかった中年の巡査を撃ったら、倒れて足を抱えながら笛を鳴らした。試し撃ちの成功は痛快だったが、身内から密告される恐れがあり、誰にも話さなかった。

下稲葉は口が軽く、組長は大きな仕事をさせなかった。子分たる者は親分の顔色を見て行動し、目の動きから何を命じているか読む。「殺して来い」「殺して来ました」では親分が殺人教唆に問われ、有罪になれば組は終わりである。いわば会社創業者のようなもので、組長の器量次第で組織の消長が決まるから、忠実に手足になった者が幹部に取り立てられる。

十九歳になって間もなく、祇園のクラブで小さな衝突が起こり、ピストルを使う余裕もない肉弾戦になった。山川は滅多切りにされて、『身分帳』に「昭和三十五年七月ころ、京都市内の喧嘩抗争事件において左胸と左背中を日本刀で刺傷され、生死をさまようまでの重傷で京都日赤病院に入院して、四十四針を縫う大手術を受けた」とある。

東京駅で買った新聞の一面トップは、「国鉄〝新会社〟強化へダイヤ改定／東京—新大阪3時間切る」という見出しの記事だった。

このダイヤ改正は、十一月一日から実施される。六十二年四月から分割・民営化が実施されるとすれば、これが最後のダイヤ改正になるという。飛行機に対抗して、東海道・山陽新幹線は最高時速を十キロ速い二百二十キロに上げ、東京―博多は五時間五十七分になり、二十九分もの短縮である。

「時代は変わる……」

トンネルに入ったので、新聞を畳んで目を閉じた。心地よいスピード感を味わっていると、タイムトンネルを遡るかのようだ。


山川の記憶は、福岡市の施設から始まっている。寺の名は萬行寺、施設は竜華孤児院だった。白い割烹着の母親が、何回か面会に来た。ニコニコ笑って手を振りながら帰ったが、いつの間にか来なくなった。前の道をウロウロして待っても、母親は姿を現さないのである。

或る日、住職に聞かされた。

「お父さんは海軍の立派な軍人さんだ。外地から復員したら、お母さんと一緒に迎えに来るよ」

ときどきトラックが横付けにされて、浮浪児狩りに引っ掛かった子どもが運び込まれた。たいていの子は数日で逃げ出すので、全盲の〝お姉さん〟にどんな子どもたちだったたか説明させられた。彼女は何歳上だったろうか。硬い乳房を触らせて、乳首を吸わせてくれたこともあった。

そのうち山川も、浮浪児狩りの子ども達と逃げ出すようになった。あてもなく街をうろついて、気がついたら連れ戻されているのである。

竜華孤児院の近くに、アメリカ軍のキャンプができた。門前をトラックやジープが通ると、皆で並んで声を限りに叫んだ。

「ギブ・ミー・チョコ！」

兵隊がチョコレートやチューインガムを撒き、争って拾うのが面白いのか歓声を上げて走り去る。待つだけでは物足りないから、キャンプ入口まで行って物乞いするようになった。

アメリカ兵たちは、気に入った子をキャンプ内に入れて寝泊まりさせた。山川は靴磨きが得意で可愛がられ、兵舎のベッドの下に潜って寝た。キャンプ内で過ごしていれば、食べ物の心配はない。雑炊や蒸《ふ》かし芋ばかりの孤児院とは大違いだった。

マスコットボーイとしてボーイスカウトのような服装をさせられ、靴も革製である。初めは施設から捜しに来ていたが、兵舎の中に匿われて戻らないから、やがて迎えにも来なくなった。

「ジミー、ジミー！」

呼ばれると、犬のように駆けて行った。使い走りや靴磨きをこなし、愛嬌を振りまいているうちに、カマボコ兵舎から将校宿舎に入り、家族の一員として生活するようになった。

やがて博多駅から、青色の車両に白線の入った進駐軍専用列車に乗った。部隊の移動で神戸へ向かったのである。『身分帳』には「昭和二十三年十二月ころ、アメリカ軍将校の家族とともに神戸イースト・キャンプに移った」と記されており、当時七歳だったようだ。

神戸駅の周辺に広大なキャンプがあり、広い庭付きの平屋建ての家で暮らした。背の高い白人と小柄な日本女性との間に女の赤ん坊が居たが、〝ジミー、ジミー〟と大事にしてくれた。東京へ家族旅行したこともあり、有楽町界隈が記憶に残っているから、今は生命保険会社ビルのＧＨＱ本部に出張したのかも知れない。

イースト・キャンプでの贅沢な暮らしは、束の間だった。将校一家はアメリカへ帰り、戸籍のない〝ジミー〟は取り残された。『身分帳』の記述は、そのとき預けられた「神戸少年の町」に照会したものだから、養子縁組が流れた経緯は事実だろう。カトリック教会での別れで、白人将校が涙を流して頰ずりしたのを覚えている。

フラナガン神父が経営する「神戸少年の町」は、垂水区の塩屋にあった。淡路島を眺める高台に位置し、二十数人が収容されていた。混血の幼児も居て、山川は年長のほうだった。この教会から近くの小学校に通ったが、ほんの短期間だった。

黒い詰襟の職員を「童貞さま」と呼んだ。「童貞さま」の躾《しつけ》が厳しかった訳ではないが、キャンプ暮らしに馴染んでいる。教会が窮屈で学校通いも嫌だから、たちまち抜け出したのだ。

神戸駅をはさんで、イースト・キャンプは海岸通りと多聞通りに拡がっていた。部隊の移動で福岡キャンプの頃の兵隊は居ないが、会話はそれなりに通じるから、キャンプ内で靴磨きや走り使いをする生活に戻った。

この頃から、新開地や福原町の闇市にも出入りした。キャンプ内と違って物乞いしても通じないから、手っ取り早くかっぱらうのだ。逃げ足には自信があり、捕まっても泣き真似は得意だった。稀に大人から「腹一杯食べなさい」と、食堂で御馳走された。闇市の食堂には銀シャリもステーキもあり、カネさえ払えば何でも手に入る。

駅の構内や百貨店のウィンドウで寝るうちに、グループで行動するようになった。「おじさん」なる元締がおり、その支配下に入って靴磨きや新聞売りをした。

靴磨きは、ブラシとクリームと羅紗《らしゃ》布があればできる。数人でガード下に並んで、パンパン連れのアメリカ兵に、「ワンハンドレット」と手を出した。百円は法外だから値切られたが、横から女が口添えして気前がよかった。浮浪児の唯一の味方は、パンパンと呼ばれる街娼だった。

新聞売りは、主に電車の中だった。三部セットの二十円で、バラ売りはダメと厳命されていた。大人たちは施しの気持ちも手伝ってか、よく買ってくれた。

この新聞売りのついでに、座席の羅紗布をカミソリで切り取り、靴磨きの道具にするのだ。上品な婦人に見咎められて、意趣返しに着物を切り裂いたこともある。

売上は全部「おじさん」に渡した。数人単位で行動して相互監視の仕組みで、売上を誤魔化す知恵はなかった。七、八歳のグループなのだ。売上に応じて分け前をくれるから、闇市の食堂でウドンやスイトンを食べ、銀シャリで焼き魚の日もあった。持ち合わせがあれば、皆で簡易宿泊所にも泊まった。

稼ぎはあっても、闇市でのかっぱらいは続けた。リンゴやパンを盗んで年下の者に分けたりしたが、ときどき浮浪児狩りに引っ掛かった。パンパン狩り同様に、一網打尽に警察へ連行される。二十四時間以内に児童相談所に送られるが、ここには塀も鉄格子もない。係員に事情を聞かれて身寄りのない子とわかると、一週間以内に施設へ送られる。逃げ出しそうな子は、衣服や靴を取り上げて鍵のかかる「救護室」に入れられるが、天井裏や床下から抜け出せないことはない。倉庫の錠前を釘で開けて自分の衣服や靴を捜し、他に良い物があれば持ち出す。

繰り返し引っ掛かると、児童相談所で殴られたりする。同じ場所で捕まるから、同じ相談所に送られるのだ。神戸駅界隈が危なくなると、大阪へ移動した。梅田には大きな闇市があり、浮浪児狩りも頻繁だから、何度か引っ掛かると京都に行った。

グループで行動するとは限らず、一人で足を伸ばすこともあった。腹が減ればかっぱらって喰い、眠くなれば神社の軒下などで寝る。他の街へ移るときは、駅の改札口で大人にくっついて親子を装い、肩に掛けた靴磨きの道具を見咎められたときは、駅長室に連れて行かれた。「お父さんは?」「知らん」「お母さんは?」「知らん」「どこで寝るの?」「駅とか……」というような問答で駅前交番に引き渡され、児童相談所送りになる。どこの児童相談所でも、最初に風呂に入れられた。疥癬に罹《かか》った子が多く、たいてい栄養失調だったが、山川は福岡のキャンプ時代から食事に不自由していない。病気をしたことがなく、浮浪児同士の喧嘩でも負けなかった。

やがて神戸児童相談所から、「天王谷学園」に送られた。カトリック系の施設で六甲山の中腹に近い。神戸駅から北へ上る国道四二八号線は、有馬温泉に通じて有馬街道とも呼ばれる。天王谷川に沿って行くと洪水調節のダムがあり、少し先の左側の民家を学園にしていた。時折バスや荷馬車が通る寂しい場所で、混血児をふくむ幼児が中心の施設で、「神戸少年の町」と違って家庭的だから落ち着くことができた。

兵庫区下三条の平野小学校まで、片道四十分かけて六、七人が通った。上級生と下級生は下校時間がズレるが集団通学した。校門で見送る教師が、「道草したらあかんぞ」と注意したのは、「脱走するな」の意味だったのだろう。荷馬車の後押しで駄賃を貰ったり、夏は天王谷ダムで板片をつないだボート遊びをした。遊泳禁止でボート遊びもいけないが、施設の子を叱る大人は居なかった。道筋に大きな祇園神社があり、縁結びの神様が居るとのことだった。上級生の女の子が、「お願いするとお父さんやお母さんに会えるのよ」と言い聞かせ、並んで手を合わせたこともある。白い割烹着の母親が明日にでも迎えに来るような気がしたが、御利益はなかった。

ときどき里親が現れ、気に入った子を選ぶ。連れて行かれそうになった子は庭に面した廊下の柱にしがみつき、「行きたくない」と泣きわめく。それをシスターが「美味いものを食べたくないの？」となだめ、里子に出すのだった。天王谷を上り切ると、広大な面積の北区が広がる。里親は農家で、施設と違って白いゴハンが出て果物も与えられる。それでも『身分帳』にあるように何度も逃げ帰ったのは、同じ境遇の子と一緒に暮らすのが安心だからだ。

その「天王谷学園」に居付かなくなった。『身分帳』には「小学校六年生ころから放浪癖が生じ、学校をずる休みして施設を無断で飛び出し、大阪、名古屋、東京などの盛り場を転々としている」とある。西は広島、東は東京まで行動範囲は広がったが、結局は神戸に戻った。

何かのきっかけで、新開地の暴力団事務所に出入りするようになった。浪曲や歌謡ショーなど手掛けており、「ポスターを貼ってもらえ」「切符を届けろ」と使い走りをさせられた。気まぐれに野良犬を飼うような扱いだから、拘束されることはない。嫌になれば何時でも逃げ出すことができた。

タバコを覚えたら、やめられなくなった。「おい坊主、ポンを打ってやろう」と、覚醒剤を注射されたこともある。最初はショックで倒れたが、高揚感が持続して怖いものがなくなる。自分からせがむようになり、製造現場のあばら屋でバケツの中で混ぜるのを見た。〝シャブ〟という俗称は、しゃぶしゃぶ混ぜる音からきているという。

酒には馴染めなかったが、性経験は早かった。親切だったパンパンが部屋に誘い、明かりの下で解説しながら体を観察させ、位置を変えて射精に導いた。体が空いたときに誘ってさまざまな技巧をこらし、女の性感が男に数倍することを教えた。

そのうち警官隊が組事務所に踏み込んで、一緒に居た兄貴分と共に捕まった。『身分帳』には、昭和二十八年六月で十二歳とある。

「チビ、年なんぼや？」

「十四や」

体が小さいから、自分でも十四歳にみえるとは思わなかった。そう答えたのは、兄貴分と別れたくなかったからだ。小学生の年齢なら児童相談所送りだが、十四歳の兄貴分は少年鑑別所に送られる。

「名前は？」

「ジミー・田村」

「住所は？」

「ない」

「そんなら、ゴハン食わせてくれるとこへ行こう」

決まり文句で少年鑑別所へ送られ、虞犯少年として神戸家裁の審判に付された。〝グハン〟の意味が、犯罪を起こす虞《おそ》れと知るのは、ずっと後のことである。

初等少年院送りが決まって、朝鮮籍の李賢明と手錠で繋がれ、電車で宇治初等少年院に護送された。京阪宇治線の黄檗《おうばく》駅で降りると、左は万福寺の賑わい、右は京大グラウンドで、五ケ庄への坂道を登ると少年院で茶摘みの最中だった。

宇治初等少年院は、五雲峰を背景に広大な敷地である。収容人員が六十人で、建物は陸軍弾薬庫を転用していた。寮長、主任教官、平教官三人の計五人が配属され、収容者と一緒に食事をする。夜はコンクリート造りの倉庫に布団を並べて敷き、宿直教官に監視されて寝る。午前中は義務教育の授業で、午後は農作業だった。戦時中そのままに射撃場があり、警察官や刑務官がピストル射撃訓練を受ける。五雲峰の斜面に標的が置かれ、土中にめりこんだ弾丸を少年たちが掘り起こした。

山川は小柄で、力仕事の農作業は負担が大きい。器用さを買われてミシン縫い専門になり、雑巾作りや作業着の修理を任された。

食事は当番制で配食して、古参の者から順に注ぐ。新入りが温和しくしていると、食器の底にしか入らない。教官は見て見ぬふりをするから、李の庇護がなければ過ごせなかった。就寝時には、綿の多い布団を奪い合う。コンクリート床にゴザを敷いただけだから、冬の冷え込みは厳しい。力のある者が布団を選んで中央に陣取り、力の弱い者は隅っこで抱き合って寝る。

ここで既に、〝アンコ・カッパ〟の習慣があった。河童は川で人間の尻から腸を抜くから、肛門を提供するのがアンコである。「あいつは俺のもの」とカッパが誇示して、アンコは軽蔑されねばならない。いつまでもアンコでは肩身が狭く、李に反抗するようになった。いくら殴り倒されても突進して熟睡中に首を絞めたりしたから、根負けした李から解放された頃には、皆から一目置かれるようになっていた。

射撃訓練で残された弾丸は、魚釣りの重りにもなる貴重品である。多く掘り当てた者には、教官が蒸かしパンをくれるから、ここでも器用さを発揮した。

少年院では、耕地面積を増やすために五雲峰を開墾していた。京都刑務所から懲役が駆り出され、少年たちは雑役として手伝った。このとき看守に反抗した懲役囚が、殴り倒されて踏みつけにされるのを目撃した。教官の体罰とは、比較にならない暴力だった。囚人たちに「懲役にだけはなるなよ」と声をかけられたが、保護処遇の少年院から刑務所に行くまで、さほど年月を要さなかった。

三十年五月、十四歳で仮退院したが、引き取った保護司の家に落ち着かず、放浪生活に戻ったのだ。

その年の暮れに赤城初等少年院に送られたのは、横浜駅近くの街頭補導で、肩に掛けた高級カメラを見咎められたからだ。盗んだライカは、名古屋の街頭補導で連れて行かれた児童相談所にあった。珍しいから肩に掛けていたのであり、撮影することなど考えなかった。

横浜家裁で少年院送りが決まって、前橋から迎えに来た教官が話を聞いて笑った。

「ガキがドイツ製のカメラを持っていれば、怪しまれて当然じゃないか。なぜ早く、カネに換えなかった？」

「カネなら持っている」

上野駅から高崎線に乗り、発車時刻を待つとき駅弁売りの声が聞こえた。

「弁当を買って、ミカンも食べたい」

「鑑別所で昼食が出たじゃないか。お前の電車賃しか預かっていない」

「カネを出すから、先生の分も買えよ」

片手錠なので、帽子を脱いで千円札を取り出した。学生帽の内側の縁に、折り畳んで隠していたのだ。

「器用なヤツだな」

四十歳ぐらいのメガネをかけた教官は、すぐ話に乗って弁当とミカンを買った。一緒に食べて秘密を共有して、大宮駅で停車中に向こうから切り出した。

「いくら入っている？」

「四万円はある」

「先生の月給の半年分じゃないか」

大仰に驚くので、あやうくズボンの中の三万円も明かすところだった。前ボタンの部分とベルトを通すところに、小さく折り畳んで隠しているが思い止まった。錠前を開けるのが得意だから、商店などに忍び込んで盗んでいた。

「途中で逃がしてくれないか？　帽子の中のカネは先生にやるよ」

「それは出来ない。責任問題に発展してクビになり、家族が生活できなくなる」

大宮駅は停車時間が長かったが、ハネつけて厳しい顔になった。しかし、列車が動き出したら言った。

「向こうに着いたら、検査でカネは没収されるぞ」

「先生がバラすのか？」

「そんなことはしない、弁当を奢ってもらったんだ。でも最近、帽子に粉末ヒロポンを隠したのが居て、赤城では特に学生帽の検査が厳しい」

「…………」

「何なら先生が、預かってやってもいい。没収されてしまえば、元も子もないだろう？」

こう持ち掛けられては、応じない訳にはいかない。帽子の中の千円札を全部渡したら、教官が念を押した。

「男と男の約束だから、絶対に誰にも言うな」

「もし面倒見てくれなかったら、俺にも考えがあるからね」

「出来るだけのことはするよ」

教官が約束して、高崎駅から両毛線に乗り換えた。前橋駅に近づくと、赤城山が見えた。

「赤城山の麓に少年院があるんだ」

浪曲の国定忠治で、赤城山の名は知っている。複式休火山で標高千八百二十八メートル、上には大沼があって、成績の良い者は遠足に行けるという。

赤城初等少年院は、黒土の畑の中にあった。ここでも農耕作業が中心だが、迎えに来た教官は分類担当だから、希望通り洋裁に回してくれた。帽子のカネはそれなりに効果を発揮して、隣接する官舎から持参した弁当を食べさせてくれ、チョコレートをポケットに突っ込まれた。少年院の教官は、可愛い子が収容されると稚児にしたがる。教官の稚児と見られて、古参の者から手出しされずに助かった。金銭が介在していることを勘づかれた気配はない。

洋裁工場には縫い針があり、彫物師に弟子入りしていた少年が、山川に桜吹雪を施した。左肩から始めて背中一面に拡げる予定だったが、三十一年夏に山川が多摩中等少年院に移されたので、未完成のままだ。

就籍決定された本籍地は、天台宗の寺院という。幼稚園も経営していると聞いたが、一度も行かないうちに不良移送され、タライ回しの始まりだった。

小倉駅には、定刻に着いた。福岡市と違って土地カンがないから、すぐ電話する約束である。高架のプラットホームから降りて、長いエスカレーターに乗り換えるところの公衆電話からかけたら、下稲葉の妻が出た。

「これはこれは山川さん、私が家内でございます。遠いところお疲れさまでした。今どこですか?」

説明すると呑み込みが早く、新幹線改札口で特急券だけ渡して待てと言う。

「若い者を行かせますので、目印になる持ち物を教えてください」

「文明堂のカステラの袋を……」

「お迎えに行く高橋は、白い上下を着た背の高い男で、当年二十三歳でございます」

指定の場所に居ると、数分もしないうちに声をかけられた。

「山川の叔父貴でしょうか?」

なるほど背の高い青年で、眉に刺青があるから一目でやくざ者と分かる。

「早すぎるので驚いた。こんなに事務所が近いのか？」

「構内で待機しちょったらポケットベルが鳴ったもんで、姐さんの指図で来ました」

ポケットベルとは意外で、仕組みについて聞きたかったが、軽く見られそうなので止めた。

「叔父貴、腹の減り具合は？」

「広島の手前で駅弁を食べたよ」

「それじゃ申し訳ないですが、ちょこっと歩いて貰いますけん」

山川の荷物を持つと、先に歩いて案内した。駅の表玄関を出ると、線路に沿った飲食店街を抜け、暗くなりかけた道を横断する。

「やっぱり近いんじゃねぇ」

「いいえ、事務所は遠いですが、先に一風呂浴びてもらいます」

何のことはない、界隈にソープランドが密集している。高橋はスタスタ歩いて、「深海族」というネオンの店に入った。

突然の事態で動悸が高まったが、ついて行くしかない。出所して五ヵ月半、こんな所は初めてだから、明るいロビーに入ったとき眩暈《めまい》をおぼえた。

「叔父貴の好みは？」

「別に……」

長旅で疲れているから、普通の入浴でも遠慮したいところだが、尻込みすれば笑いものにされる。鷹揚に構えて、成り行きに任せることにした。

「こちらが待合室です」

ボーイに案内されて行くと、テレビのある部屋に先客が二人居た。高橋はロビーに残っているので、手前の席に坐った。

「水割りでも作りましょうか」

「いや、冷たい麦茶がいい」

体が求めているものを注文して、テーブルに並べてある雑誌類に手を出した。刑務所の図書室はもちろん、一般の書店にもないような種類の雑誌ばかりだ。サラリーマン風の二人は何やら喋っていたが、急に黙ってテレビ画面に視線を向けた。雑誌のグラビアページをめくると、SM風のヌードが多い。一応は眺めて見るが、ほとんど目に入らなかった。

これから本物の裸体に向かい合うのだ。

ボーイが茶を運んで来て、喉を潤したところで、黒スーツの男が来た。

「お待たせ致しました。ご案内します」

先客より早く呼ばれ、出たら高橋が耳打ちした。

「前金で払っちょるので、女には渡さんでください。ナンバーワンやけん、サービスはよかですよ」

「済まんなぁ」

「どうぞごゆっくり。ここで待っちょります」

背中を押されるように行くと、バニーガールの恰好をした小柄な女が、階段の降り口に額ずいていた。

「リリーさんです」

黒いスーツの男が紹介して、女に腕を取られて階段を降りた。地下の個室だから「深海族」のようで、降りきったところで女が尋ねた。

「お手洗いは?」

「いや、大丈夫だよ」

胸の動悸は収まっている。キャバレーの店長時代に吉原のトルコ風呂に行き、良い女をスカウトしてアルバイトさせた。

個室は広く、天井から下がった照明はシャンデリア風である。全体的にゆったりした造りで、最高級の店なのだろう。金色の浴槽の蛇口をひねりながら、白い肌の女が問う。

「熱め、温め?」

「熱くないほうがいいね」

答えながら、手早く裸になった。こういう所の女が刺青や傷痕に驚くとは思えない。

「先に入っててね」

幼児をあやす口調で、女も脱ぎ始めた。

「歯ブラシ使う?」

「ああ、自分でやる」

すぐに浴槽は一杯になり、さっそく入って手足を伸ばした。しばらく浸かって歯を磨いていると、全裸になった女は髪を後ろに束ね、洗い場にしゃがんで洗面器でシャボンを泡立てた。

「泡踊りの支度?」

「そう、最初にマット洗い」

「要らない、要らない。面倒なのは嫌いなんだ」

「じゃあ、遠慮なく省略します」

小柄な割りには乳房が大きく、黒々と深い陰毛も印象的だ。

「私も入るかな」

向かい合って浸ったが、湯にのぼせた山川は先に上がった。

「ダメよ逃げちゃあ。潜望鏡してあげたのに……」

「高血圧で長湯は禁物なんだ」

「それじゃ、セックスは?」

「四十五歳というのに、医者に禁じられている」

「リリーさんに任せなさい。看護婦さんの気持ちで、安全第一に満足させたげる」

飛沫を立てて浴槽から出て、バスタオルで山川の体を拭いた。日頃のコインシャワー入浴に比べると、まさに夢のようだ。

「ベッドで休んでてね」

「一服させてもらうよ」

テーブルに各種のタバコが置かれている。マイルドセブンライトを吸っていると、女も並んで腰掛けた。

「どこから来たの？」

「東京だよ」

「私は埼玉の生まれよ」

「埼玉のどこ？」

「ずーっと遠い越谷」

「遠いって、春日部の手前じゃないか」

「嬉しい。ダ埼玉の越谷って、東京でさんざんバカにされたもん」

「年はいくつだ？」

「二十三よ」

「この仕事は何年になる?」

「吉原を振り出しに、満四年かな」

「それにしては綺麗な体をしている。子どもを産んでないだろう」

「ピルのせいで太ったけど、満期になったら産むって彼氏と約束してるの」

「満期って?」

「あと半年の辛抱……」

「もう直きじゃないか」

こういう満期もあるのかと横顔を見たが、これ以上は聞くべきでない。灰皿に吸殻をねじ込んでいると、女が束ねた髪を解いた。

「暗くする?」

「そうだな」

細かく観察したい気もするが、飢えてガツガツしていると思われたくない。女はドアを開けて、廊下側のスイッチを切った。

「はい、横になるのよ」

子どもをあやすように寝かせて、唇と舌を用いて様々な試みを始めた。だが体は、まったく反応しない。次第に女が汗ばんで、息遣いも荒くなってきた。

「疲れたやろ。もう、いいんだよ」

「まだ時間はあるから……」

並んで女も仰向けに寝て、山川の手を握り締めた。ナンバーワンというのは本当だろう、顔や体が美しいだけで指名客は付かない。

「ここの時間は？」

「九十分よ」

「そんなに長居はせん」

「ダメダメ、早く帰したら私が叱られる。今度は明るくして、お医者さんゴッコしよう」

「後でよかよ」

「遠慮するところが可愛い。キスしてあげるね」

体の向きを変えて唇を重ね、長い舌をからませて唾液を送り込んでくる。夢中になって応えるうちに、かすかに勃起したように感じたが、やはり不可能だった。

「有り難う、十分に満足した」

「何か飲物を取る？」

「じっとしておるよ」

「お話しをしましょ」

天井を見上げて手をつなぎ、あれこれ喋った。

ムチとロープを持参して、強く打ってくれとせがむ客は少なくない。カバンから取り出した下着を付けて、女装して喜んだ若者もセックスをして帰る。指名客の最年長は七十二歳で、持参した塗り薬の効果を信じて目的を遂げる。車椅子の客がボーイに抱えられて個室に入り、苦心して交わるのは修行僧のように見える。小便を飲ませろとせがむ客、まったく女体の知識がなく震えるばかりの学生、インスタントカメラを持ち込む教員、寝込んでしまう酔っぱらい……。

「面白いのは、小指を詰めた人は精力が減退してるんだってね」

「本当かい？」

「実際に本人から聞いたのよ。連結していた神経系統が切れて、おかしくなるんだって」

「知らなかったよ」

「お客さんは、指を詰めてないでしょ。そのうち精力が回復するから、またリリーさんとここに来てね」

「そうだな。そろそろ行くか」

「お医者さんゴッコの約束よ」

こうして時間ギリギリまで過ごして、帰りがけに一万円札を渡さずにはいられなかった。

「もう、頂いているわ」

「いいんだよ、俺の気持ちだ」

強引に渡して階段を上がり、別れ際に手を振る女がとても愛おしかった。

下稲葉雅明の自宅は、周防灘《すおうなだ》に面した海岸にある。大きな民家に土木建築の看板を掛けて、表向きは暴力団とは関係がない。しかし、若い者を六、七人かかえて、不動産取引のトラブル処理を主な収入源にしているという。

しかし、本人に会ったのは三日目だった。

「ゆっくり寛いでくれ。ずっと居てくれたら、ワシは心強いんだ」

山川が到着した日の昼間に、緊急事態が生じて遠出した。途中で電話は寄越したが、なかなか帰れなかったのである。ようやく戻って、遅い朝食になった。疲れ切った様子の下稲葉は、太った体にビールを流し込んだ。

「ハジメちゃんも少しは付き合えや。今日は特別じゃやけんねぇ」

豪勢に盛り合わせた刺身には、余り箸を付けない。冷房のよく効いた部屋で、しきりに汗を拭いた。山川としては、精一杯飲んでいるのだ。

「いや、酔っぱらってしまった。もう止めておかないと、ぶっ倒れてしまう」

「何を言うか、ハジメちゃん。昔はトコトン飲んで、女郎屋で轟沈した仲じゃないか」

「情け無いことに半病人だ。ようやく退院して、今でも寝たり起きたりやけん」

「そやけ言いよるやろ。東京の病院にも、公衆電話ぐらいあったはずや。早う知らせてくれたら、コレを見舞いに行かせた。水臭い話じゃないか、半年以上も前に満期したちゅうのに」

傍らの妻にビールを注がせて、下稲葉は大仰に顔をゆがめた。四十前後の妻は派手な顔立ちだが、化粧っ気は見られず服装も地味である。到着した夜から、山川のために空けた部屋にくつろがせて、なにかと世話を焼いてくれた。

その妻が言う。

「二月二十日の満期出所なら、まだ五ヵ月ちょっとでしょう。あんたの言う半年以上は、ちょっとオーバーのごたる」

「そぎゃんこつなかろう。二、三、四、五、六、七、八月と七ヵ月になる」

「八月ちゅうても始まったばかりよ」

「ワシ流に数えれば七ヵ月は七ヵ月。それぐらいハジメちゃんが待ち遠しかったんじゃ」

折って見せる右手の小指は、第三関節から先がない。宮城刑務所では揃っていたのに、出所してどんな不義理があったのか。

「ハジメちゃんには大きな借りがあるけんのう」

「マチャアキ、それを言うなや。今回こうして歓迎してもろうて、俺がどんなに感激しておることか……。親分も無けれは子分も無い、女房も無ければ子どもも無く、親兄弟もわからん俺なんだよ」

「いやいや、兄弟がここに居る」

「そやけ嬉しいっちゃ」

「よーし、これからソープへ繰り込むぞ。元を正せば、ワシらは祇園で摩羅兄弟じゃ」

「こげん時間に、姐さんの前で何を言うか」

「こげん時間がええんじゃ、早番の子が処女の体で待っちょる。おい、高橋はどこに居る？　高橋、高橋はどこじゃい」

小倉駅に出迎えた若者の名を連呼するので、すっかり慌ててしまった。

「ダメ、ダメ。三日前に御馳走になったばかりやけん」

だが、単にからかわれただけのようで、夫婦で顔を見合わせて高笑いする。

「ナンバーワンが付いたそうじゃが、どげん具合じゃったか？」

「こっちは半病人やもん」

「役に立たんかった？」

「それでも十三年振りに観音様を拝んで、気持ちがゆたーっとなったよ」

「おお、信心深いこっちゃ。お百度を踏めば、御利益があるぞ。ムラムラッと信心する気になったら、高橋に言うて案内させるがよか」

小倉駅に着いたとき出迎えた高橋は、駅裏の駐車場にクライスラーを停めていた。ソープランドを出て軽快なハンドルさばきで海岸の道を走り、三十分余りでこの家に着いた。

下稲葉土建は他にも外車一台とトラックやライトバンを所有しているから、頼めば路上練習をさせてくれるのではないか。

「実はマチャアキ……」

なかなか取れない運転免許のことを切り出そうとしたら、プッシュホンの呼出音がけたたましく鳴った。長いコードの電話機は、最初から膝の辺りに置いており、下稲葉が取って性急な話しぶりだ。

「よしわかった、これからワシが行く。よく見張って油断するな」

何が起こったのか、残ったビールをぐいと一飲みして立ち上がった。

「ハジメちゃんにゃ悪いが、ちょこっと野暮用じゃ。コレに何でも言い付けて、待っちょってくれや」

「取り込み中に悪いな」

「何の何の……」

別な部屋に居た連中も飛び出して、二台の乗用車を急発進させた。

それから三日経っても、下稲葉は帰らなかった。七月末から鹿児島と熊本で連続発砲事件があり、抗争事件に発展する可能性があるとテレビが報じている。

妻のほうは、何でもなさそうな口振りだ。

「お恥ずかしい話ですが、身内の若い衆が一人、ケツを割ってしもてですねぇ」

組員同士が喧嘩して、一人が「堅気になりたい」と筑豊に逃げ出した。連れ戻しに行かせたら、帰りたくないと逃げ回っている。迎えに行った者が〝逮捕監禁〟の現行犯で警察に逮捕されたから、組長が後始末に追われているという。

「ミイラ取りがミイラになるとは、こげん状態をいうんでしょうねぇ」

妻は開けっぴろげな性格で、読書好きだから話が合う。彼女自身も覚醒剤事犯で服役した経験があって、女子刑務所の話をさせると面白い。もともと小倉出身で、土建業者の長女だった。サラリーマンと結婚していたが、賭場に出入りして下稲葉と知り合い、昭和四十五年ころ所帯を持った。宮城刑務所で模範囚になった下稲葉は、刑期を二年近く残して仮釈放になり、妻の実家を継ぐ形で現在の組を興した。

「お定まりの人手不足は、この稼業とて例外じゃなかけん。どの組も若い衆の確保に苦労しちょるようです」

「喧嘩の原因は何ですか？」

「逃げた者は酒飲みで、三十そこそこでアル中の始まりです。身内の者に面倒をかけ、ちょっと痛い目に遇わせようものなら〝堅気になりたい〟とゴネる。今回は英彦山の親類に小遣いをせびりに行き、向こうも迷惑してウチに連絡をくれたけん、迎えに行かせたら警察に逃げ込んだとですよ」

「そういう男は、連れ戻しても使い物にならんのと違いますか」

「使い物にはならんバッテン、下手に泳がせておけば何を喋るかわかりません。近頃の警察は、何年前のことでもほじくり返して事件に仕立てます。暴力団壊滅作戦の大義名分で、〝日の丸組〟は無法者になりますもんねぇ。そやけウチの人も、今のうちに手を打っておるんでしょう」

「そりゃ、急いだほうがよか」

この場合は、逃げた男を説得して連れ戻すしかない。本人の意志で帰ってしまえば、先の逮捕監禁罪も成立しなくなるだろう。恫喝では〝説得〟にならず、情にからめてその気にさせるのが親分たる者の器量だ。

それにしても組長が駆けつけ、これだけ時間をかけているのは、余程の秘密を握られているのだろう。

「せっかく山川さんが来られたのに、早々と身内の恥をさらすことになりました」

「いやぁ、極道の宿命です。本心は誰だって、この稼業から足を洗いたいんじゃなかですか」

「まぁ、そういうことでっしょや」

「名のある親分衆はともかく、末端の者は刑務所から出るとき、今度こそは……と組織に戻らぬ決心をするのが普通ですけん」

「そうそう、その通りです」

「ところが本人が堅気になろうとしても、刑務所帰りにはロクな仕事がない。仮にあっても馴染むまで時間がかかって、周りの冷たい目に耐えられない。あれよあれよという間に、元の極道に戻っておる」

話しているうちに、自分の現在を愚痴っているようで情けない。こうして下稲葉を頼って来たのも、身の振り方を相談するためだが、一週間経っても話し合えないのだ。

「そういえば山川さん、クスリが切れたちゅう話でしたねぇ」

「はい、二日分しか持って来んかったです」

「大丈夫ですか？」

「気のせいか血圧が上がっておるようで、体がだるうしてですねぇ」

「元気の出るクスリを入れますか？」

「………………」

「いや、冗談ですよ。ウチはもう、シャブを扱うておりません」

高笑いしたが、目は笑っていない。山川が望めば注射器を持ち出し、覚醒剤を打ってくれるだろう。こう気が滅入ったとき、久し振りに高揚感を味わうのも悪くないが、この種の借りを作ると引き返せなくなる。

だから、冗談で応えた。

「私も若い頃は、ありとあらゆるクスリをやったバッテン、今じゃ血圧降下剤が一番の御馳走です」

「その御馳走を、何とかせにゃなりませんねぇ」

下稲葉の妻は、真顔になった。

「一緒に病院へ行きましょうか？　それとも一旦、東京へ帰りますか？」

「いや……」

高い旅費を使って東京の病院へ行くことはないだろうが、彼女にとって長逗留は迷惑なのかも知れない。夫も組員も出払った家で、ずっと二人きりなのだ。宮城刑務所で下稲葉が気を揉んでいたのは、妻に新しい男が出来ることだった。若い頃から嫉妬深いところがあり、今も出先で疑っている可能性がある。


その翌朝、二人で食事していたら電話が鳴って、「高橋か？」と応じた下稲葉の妻が、悲鳴に近い声を上げた。

「そげんバカな話があるね！」

電話機を抱くようにしゃがみこんで、やりとりから異変が起こったようで、終わると大きく溜め息をついた。

「ウチの人が、連れて行かれてしもた」

「逮捕ですか？」

「いや、事情聴取中……」

「どこの警察署です？」

「それを山川さんに言うても、仕様のなかでっしょ」

思いがけず、厳しい言葉が返ってきた。

「喧嘩出入りと違うて、相手は警察ですよ。事を荒立てちゃならんのです」

「だから様子を……」

「成り行きを見て、必要なら弁護士の先生に相談するですよ」

言われてみればその通りである。黙って食器を片付けようとしたら、相手は急いで笑顔を作った。

「飛んで火に入る夏の虫ちゅうでしょう？　〝神戸の喧嘩ハジメ〟が飛んで行けば、結果は目に見えちょる」

「しかし姐さん、私は実用的に法律をかじっておるですよ」

「そりゃ、分かっております。聞かせて貰うたように、旭川では一審の一年六ヵ月を、二審で四ヵ月も減刑させた人ですもん」

「今はマチャアキの身が心配で……」

「ようわかっております。バッテン、大した騒ぎにはならんと思います」

「いったい何で、こげん長引いておるですか。身内の揉め事でっしょ？」

「それを聞かんでつかっせ。お互いのためです」

「姐さんが〝聞くな〟と言われるのなら、ムリには聞きません」

「そげん気を悪うせんで、散歩でもして来たらどげんです？」

「…………」

「生まれ故郷の博多へ行ってみたいと、あれほど言うておったじゃなかですか。高橋でも付けて案内させるつもりでしたが、これじゃ何時になるかわかりません」

さっそく箪笥の引出しから祝儀袋を取り出し、恭しく差し出すようにした。

「主人が渡すつもりでおりましたが、どうか収めて下さい」

「有り難うございます」

素直に受け取ったら、指先の感触でかなり入っているのがわかる。

「お取込みのときに、済まんことです」

「クルマで案内できないのは残念やけど、新幹線なら博多まで二十分ちょっとやけんね。日帰りも出来るバッテン、何なら泊まってきてもよかですよ」

「さっそく行ってみます」

居ると邪魔になる事情もあるようだから、言われた通り出掛けることにした。

博多駅の西方にあった竜華孤児院は、今は県立の精神薄弱児施設である。以前に二度ほど訪ねているから、駅前のバスターミナルで路線図を確かめて乗った。

最初に行ったのは四十一年で、福岡市でキャバレー勤めの頃だ。マイクロバスを運転していたから、仕事のない昼間に行ってみた。次は四十七年で、佐世保刑務所を出て同じキャバレーに復職してまもなくだった。二十四歳と三十一歳のときで、二回とも門前で建物を眺めただけで帰った。

「こんどは違う。自分のルーツを探る」

バスの窓を開けて風に当たりながら、ポロシャツの上のボタンまで嵌めた。服装を整えて紳士的に振る舞えば、施設側も事情を聞いてくれるはずである。施設の記録に母親の住所氏名があれば、戸籍原簿に辿り着けるに違いない。

西鉄バスに二十五分ほど乗ると、施設の前が停留所だった。大きな通りを横断して行き、小川に架かる橋を渡ったら正門である。昔は周囲が田圃だったが、今はぎっしり家が建ち並ぶ。施設の佇まいは、建物が木造からコンクリートになっただけで、あまり変わらないような気がする。裏山はこんもりした繁みで、賑やかな蝉時雨も懐かしい。

広いグラウンドに人影はなく、建物の中も静かだった。昼休み前で、今は授業中なのだろうか。思い切って敷地内に入ると、正面の二階建てに受付があった。窓口に人は居ないが、緑色の表紙のパンフレットが置かれている。手に取ってみると、最初のページは「施設の目的と概要」である。

当園は、福岡市博多区にあります萬行寺住職が古くから経営されていた「竜華孤児院」の土地建物等を、昭和二十二年一月に恩賜財団同胞援護会に寄付されたので、同年二月から福岡県立の施設となり、二十三年一月に近隣の浮浪児一時保護所も県に移管されて合併したものです。

現在は、児童福祉法第四二条により精神の発育がおくれている児童を入園させて、これを保護するとともに、生活指導と職業指導を通じて独立自活に必要な知識と技能を与え、社会参加を促進します。

入園定員　一一〇名
経営主体　福　岡　県
敷地面積　一一、三二三㎡
建物延面積　三、六〇八㎡
建物構造　鉄筋コンクリート二階建（冷暖房付）

以前に来たときは、建物の中に入る気さえ起こらなかった。住職の姿でも見えれば駆け寄っただろうが、早くから県立の施設に変わっていた。

『身分帳』には、「昭和二十年末ころ終戦直後の社会混乱の中で母親が生活事情から本人を孤児院に預けて音信を絶ち、近くの進駐軍キャンプ兵舎のアメリカ軍将校宅に里子として引き取られて約二年間を過ごし、二十三年十二月ころ将校家族とともに神戸市へ移った」とある。

パンフレットと自分の記憶とも付き合わせてみた。

二十年十二月＝竜華孤児院に預けられる。

二十一年十二月＝アメリカ軍人の里子になる。

二十二年一月＝萬行寺が施設を同胞援護会に寄贈。

二十二年二月＝施設の経営が県に移管される。

二十三年十二月＝アメリカ軍人と神戸市へ移る。

四歳半のとき預けられ、五歳半でキャンプのアメリカ軍将校宅に引き取られている。その翌月、萬行寺が孤児院を公的な財団に寄贈して県立施設になった。

「ここに入る前、どこに居たのか？」

独りごちてボールペンで印を付けていると、背後から男の声がした。

「どちら様でしょうか？」

開襟シャツの胸に施設のマークが入っており、六十年配の職員である。

「お尋ねしたいことがあります。孤児院当時に世話になった者でして、自分に関する記録を見せてもらいたいと思って来ました」

率直に用件を伝えたら、相手は困惑したような表情を見せた。

「そりゃ古い話ですなぁ。どげなもんでっしょや」

「当時の記録が、当然あると思いますが？」

「孤児院当時のものは、まったくないですなぁ」

「ここは公立の施設でしょう？　記録は残しておくべきだし、古参の職員の方ならわかるんじゃないですか」

「私が最古参ですバッテン、竜華孤児院の頃のことは、直接は何も知らんですもんねぇ。間違いなく、ここに居られた？」

疑うような目を向けられ、たちまち体が熱くなった。四十年前に田村明義の名で収容されたことは、まぎれもない事実なのだ。

「あのですね……」

抗議するつもりで切り出したら、職員はズック靴を脱ぎ、スリッパを二足揃えた。

「とにかく上がらんですか。冷たいものでも召し上がって行きなっせ」

「済みません」

親切に迎えてくれたのに、何を勘違いしていたのかと自分を叱りつけたい気がした。こういうとき大声を出すのは簡単だが、鬱憤晴らしで終わるだけだ。

「どちらから見えたですか？」

応接室に通して冷えた麦茶を出しながら、改めて職員が聞いた。

「東京から来たです」

「それはそれは……。早くに福岡を離れられた？」

「五つ半の頃に、竜華孤児院から米軍キャンプの里親に引き取られ、その二年後に神戸へ行きました」

「というと、ここに何年まで？」

「昭和二十一年十二月と思います」

「ちょうど四十年前ですなぁ。当時は子どもの出入りが多うして、トラックで送り込まれては逃げる繰り返しやったもんねぇ」

「しかし自分は、一年間は居りました」

「ああ、そげん子も居たでしょう。中国や朝鮮から次々に引揚船が博多港に入り、一家離散した孤児も多うしてですなぁ。施設の給食ではひもじゅうして飛び出し、ヤミ市でかっぱらいを働いて店の者に捕まり、皆の見る前で引っぱたかれよった。可哀相に思いながら、こっちも南方ボケの復員兵ですけん、どげんしてやることも出来んやった」

椅子に腰掛けて腕組みして、天井を見上げるようにして黙りこんでしまった。どんな経歴の持主かはわからないが、山川も同じように天井を見上げた。

しばらく経って、職員は立ち上がった。

「ちょっと待っとってくれんですか？」

「はい」

記録を探しに行く気配なので、ホッとして見送った。少年院や刑務所で、『少年簿』や『身分帳』が移動することはあっても、収容者の名簿は永久保存のはずである。ここに「田村明義」の名前さえ記してあれば、手掛かりは摑めるのだ。

ふと思い付いて、パンフレットの裏に孤児院の見取図を描いてみた。

「俺がここに居た証拠だ」

正門から真っ直ぐ柴の垣根が続き、右側が広い野菜畑だった。垣根の左側は桜並木で、講堂の入口に面していた。講堂の正面には仏壇が安置されて、早朝からお経を唱和させられた。講堂の裏手が運動場になっており、裏山の近くに砂場や滑り台やブランコがあった。その右手が二棟の男子寮、左手に二棟の女子寮で、防空壕をはさむように職員住宅が建っていた。

「ほう？　詳しゅう記憶しておられるですなぁ」

いつのまにか引き返していた職員が、図面を覗き込んで感心した。

「私も古い施設を知っておるですが、この通りでしたよ。バッテン、男子寮の裏にあった池が、この図面には抜けちょるごたるですなぁ」

「ああ、忘れていた！」

急いで楕円形の池を付け加えて、ついでに「昭和六十一年八月七日・田村明義作成」と記入した。取調室で見取図など書かされると、任意で作成した証に署名を求められる。

「田村さんと言われますか？」

「事情があって今は山川姓ですが、本当の戸籍では田村明義と思います」

「実は田村さん……」

向かい合って坐ると、気の毒そうな顔をした。

「さっき断ったごと、当園には孤児院当時の記録は県に引き継いで、何も残しておりまっせん。今しがた私が、県庁の担当部署に電話してみたところ、萬行寺から引き継いだ記録が、あることはあったそうです」

「あったですか？」

「バッテン、十年ほど前に焼却処分したちゅうです。役所の書類には、保存期間がありますけんねぇ」

「焼いた……」

「惜しかったですなぁ。十年前に来んしゃったら、手掛かりが残っておったかも知れん」

しかし十年前は、宮城刑務所の洋裁工場でミシンを操作していた。その翌年に旭川へ送られて出自が気になり始めたが、来たくても来れないから福岡市長宛の照会手続きを取ったりしたのである。

「まぁ、会社三十年ちゅう言葉もあるです。三十年経てば会社組織といえども、多くは消滅しますけんねぇ。記録類が消滅して不思議はなかバッテン、惜しいことをしたですなぁ」

すっかり同情した口振りなので、むしろ救われる思いがした。裁判の記録にしたところで、判決が確定すると公訴提起した検察庁に保管されるが、一定期間が過ぎると処分する。どんなに有名な大事件の記録でも、公に三十年間も保存されることはない。むしろ残されるのは、個人の記録としての『身分帳』だろう。

「わざわざ県庁に確かめてもらって無いのなら、もう諦めるしかありません」

「バッテン田村さん、県庁の人が言いよりました。ひょっとしたら記録が、萬行寺に残っちょるかも知れんです」

「住職はお元気ですか？」

「当時の住職は亡くなられて次の代やけんど、ひょっとして記録が残っちゃおらんか、と」

「はぁ」

「行かっしゃるなら、電話しておきますよ。私の知り合いで古い方がおられる」

「お願いします」

さっそく立ち上がって、望みを捨ててはならないと思った。

浄土真宗の普賢山萬行寺は博多区祇園町にある。本願寺から寺号を許されたのは、天文十（一五四一）年という。広い境内の右手奥の寺務所に行くと、紹介された職員は使いに出ていた。

「すぐ戻ってくると、これを置いて行きんしゃった。そこへ掛けて読んでおられるがよか」

蓮華の造花が飾られた窓口で、若い僧侶からコピー資料を渡された。売店前の椅子に坐って見ると、昭和五十四年一月一日付の『萬行寺新聞』だった。

福祉事業のパイオニア

竜華孤児院の足跡

萬行寺の境内に、かつて西日本随一の規模を誇る大きな孤児院が存在していた。

草創は実に明治三十二（一八九九）年七月のことで、最初に収容されたのは、県下浮羽郡からの一名であったが、大正九年迄には延べ二百六十九人を収容して、常時八十数名がいた。日露戦争下には児童百数十名を抱え、経営困難に陥ったこともあるという。

概ね満五歳以上十二歳以下で、真に無告の孤児であることが市町村長より証明されるのを基準としていた。

朝五時半、拍子木の音を合図に床を離れて室内の掃除をなし、一同仏壇の前に集まり勤行した。朝食（米七・麦三の飯）を済ませて学習を行い、登校時間がくると〝お母さん〟と呼ばれる保母さんから弁当を貰って、市内の尋常・高等小学校などに向かった。

毎日曜日には法話会が催され、慈悲あふれる院長の話が、天の恵みや世の情けを院児に暖かく伝えた。

成績が乙以上の子で、上級の学校に進む者もいた。その外は農商工実業の見習生として修業させ、独立が出来るようになると退院して行った。

大正から昭和初期にかけて大きな所帯となった孤児院は、敷地と院舎が狭くなってきた。移転が計画されていた住吉町の一万坪の予定地は、近くに柳町遊廓が出来たために中止になった。しかし昭和五年、市内若久に敷地九千五百四十五坪、建物四百五十坪という広大な規模の下で移転を完了した。

その後、戦争が拡大して深刻化するにつれて、孤児院は辛酸をなめた。戦後も戦災孤児を収容したが、全国的な食糧欠乏によって諸般の事情が悪化する一方で、大きな使命を負いながら悪条件を如何ともするを能わず、将来の発展を願いつつ福岡県に移管されることになった。

現在、萬行寺の鐘楼に吊られた梵鐘は、戦争中に供出させられて空隙になっていたところを、昭和二十四年に寄進されたものであるが、この鐘が鳴り続ける限り、当山で燃え続けた社会事業の愛の灯がよみがえることだろう。

この寺に孤児院から、集団で来た記憶がある。大きな鍋から掬《すく》ったスイトンを、施設以外の子と一緒に食べたのだ。引率の保母を「お母さん」と呼び、日曜の住職の法話のとき行儀が悪いと、仕置きを受けたこともある。

コピーを読んで気になるのは、「概ね満五歳以上十二歳以下で、真に無告の孤児であることが市町村長より証明されるのを基準としていた」という箇所だ。白い割烹着の母親が面会に訪れたのは確かだが、孤児が入院の条件なら赤の他人だったのか。孤児だったとしても、市町村長の「証明書」に出自が記入されていたのでは……。

そんなことを考えていると、七十年配の職員が戻って来た。

「おたくが田村明義さん？」

「はい、山川とも申します」

「せっかく東京から来られたのに気の毒ですが、竜華孤児院の書類は、ここには何も残っておらんですよ」

戦前から萬行寺に居るが、孤児院は別経営だから一切タッチしていない。県が収容児ごと施設を引き継いで、記録類もすべて渡したという。孤児院が別経営なら、寺に記録が残るはずもない。

「バッテン書類は県庁にあるものと思い込んで、処分されたとは知らんかった」

「やっぱり無いですか」

もしやと思って来たのだから、特に気落ちすることはなかった。『萬行寺新聞』の記事の気になる箇所について尋ねたら、小柄な職員はしばらく考えて答えた。

「この〝真に無告の孤児〟は、どこにも苦しみを告げる所のない、頼りとする所のない子という意味ですなぁ」

「捨て子とか？」

「いや、親が死んで引き取る親類縁者もない……と、市町村長が証明した子やねぇ」

「私が預けられたのは四歳半のときで、白い割烹着の母親に手を引かれた覚えがあります」

「昭和の何年？」

「二十年十二月……」

「じゃったら敗戦直後で、目茶苦茶な時期やけん。この頃は、証明書も何も関係なかぁ。ここに書いてあるのは、戦争前の話ですバイ」

「ああ、そうですね」

「おたく、汽車や船に長いこと乗った記憶は？」

「全然ないです」

「ふーん」

職員が想定したのは、中国大陸や朝鮮半島からの引揚船だろう。命からがら戻り、足手まといな子どもを一時的に預けた可能性もあるからだ。

「お母さんの記憶は？」

「名前は田村千代で、博多芸者をしておりました」

「お父さんは？」

「山川という名の海軍大佐と聞きました」

「誰から？」

「確か住職から……」

「大佐ちゅうたら大したもんで、次は少将やけんねぇ」

「偉い人と芸者の間の子だから、認知されなかったと聞かされました」

「そりゃそうでっしょや」

職員は首を振って、何も言わなかった。

いつか看守に身上話をしたら、「そりゃフィクションじゃないの」と一笑に付された。

戦後の混血児の多くは父親がわからず、子どもに問いただされた母親が「アメリカ軍の将校だったが朝鮮戦争で死んだ」と答えるケースが多く、「話として似ておる」と言われた屈辱が甦った。

「済みません、お邪魔しました」

居たたまれない思いで腰を上げたら、相手も引き止めなかった。

「役に立たず申し訳のなか」

「このコピーは、頂けますか？」

「どうぞどうぞ、新しい新聞も上げます。おたくは萬行寺に縁の人やけん、遠慮なしにいつでも来なっせ」

わざわざ見送って、門の手前まで歩いて尋ねた。

「小さい頃に、明月信尼の話を聞かんやった？」

「………」

「萬行寺に縁の女子が、死後に白蓮華の花を咲かせたちゅう有名な話」

「いいえ、知りません」

「毎年五月十五日には、当山で明月信尼の追悼法要があって、大変な数の信徒が西日本全域から集まる。もう少し早う、五月に来られるとよかった」

それよりも、十年早く来るべきだったのである。挨拶もそこそこに表通りへ出て、少しでも早く小倉に戻りたいと思った。

帰りも新幹線にして萬行寺でもらった新聞を読み、「明月信尼追悼法要」の謂われを知り、車中で涙を流してしまった。

萬行寺に縁の明月信尼は、備中国の郷士の一人娘だった。父親は浄土真宗の門徒で、天正年間に十五歳の彼女を連れて上阪して石山本願寺に仕えた。石山本願寺は元亀一（一五七〇）年以来、しばしば織田信長の軍勢と戦っている。この戦のため父親は戦死した。その遺骨を持って帰郷すると、母親は病死していた。許嫁は仇討ちのために九州へ向かっていた。そこで彼女は、筑紫国へ後を追った。許嫁は仇討ちを果たしたが、自ら重傷を負って死んでいた。悲しんで博多湾に身投げしたところ、人買いが救出して女郎屋に売った。

こうして遊女になり、許嫁の供養のために萬行寺に参詣を続けた。このときの住職が、石山合戦における父親の戦友だった。大いに同情して、信仰するよう励ました。しかし、結核に罹った明月は二十二歳で死んだ。住職が萬行寺に葬ると、明月の口から蓮華の茎が伸びて、七十七日目に土饅頭の黒土を割って白い花を咲かせた。

――蓮華の花は、汚濁された泥沼の中から、比類なき高貴の花を咲かせます。浮世の泥中に薄幸悲運に哀しく生きてきた明月の二十二年の生涯も、真実に弥陀本願を信じて如来に縋ることが出来たが故に、死してついに口蓮華となって信仰の花を咲かせたのです。

萬行寺では「明月追悼法要」の五月十五日に限って、秘蔵の口蓮華を開帳する。その茎は、今日も浅い緑色をたたえているという。さらに〝明月信尼宝物〟として、明月の肖像画や錦の帯で作った七条袈裟の拝観が許され、甘酒の接待もあるから毎年大賑わいとか。

「惜しいことをした」

五月に来ていれば、宝物殿に秘蔵の口蓮華を見ることが出来たのだ。

「俺自身が、泥の中から生まれた……」

なぜか母親の姿に重なるようで、明月信尼の肖像画を見るために新聞を広げたら、列車が小倉駅のホームに停まった。

慌てて飛び降りて、東京から到着したときと同じように、プラットホームからエスカレーターで下ったところの公衆電話から下稲葉宅へかけた。

「モシモシ、姐さん？　いま新幹線で小倉に戻ったところです」

これから直行すると伝えようとしたら、遮るように早口でまくしたてられた。

「済まんバッテン、こらえてつかっせ。ちょっと取り込んでおってですね、身動きが取れんとですよ」

「私は山川……」

「わかっちょるです、申し訳のなかぁ。きちっと埋め合わせをしますけん、来月か再来月に来てくれんですか。詳しい事情は、後で説明します」

「姐さんのそばに敵が居って、もしかしたら脅されとるのでは？」

「いいえ、いっちょん心配のなか。ご禁制品がありゃせんかと〝日の丸組〟の方々が、丁寧に調べよんしゃる最中ですけぇ」

「ガサ入れですか？」

「置いてある荷物は、折りを見て送り返すですよ。体に気をつけて、帰ったらすぐ病院に行きんしゃい。ほんじゃ、失礼しますバイ」

一方的に電話を切られて、山川が近づくのは迷惑な様子である。貰った祝儀袋には十万円入っており、帰りの旅費の心配はない。掲示板で確かめると、東京行きの最終は午後四時五十九分発だから、ゆっくり間に合う。

6

九州から帰って、体調を崩してしまった。体が重く感じられ、食欲がないのである。病院へ行ってクスリをもらい、アパートの部屋に籠もって過ごし、夜は早めに睡眠薬を飲んで寝た。

暑い日が続くが、扇風機を掛けっぱなしにして、昼間はテレビの高校野球を見た。四十一回目の終戦記念日に、群馬県代表の前橋商高が南北海道代表の東海大四高に三対一で勝った。本籍地の高校だから身を入れて応援して、ゲームセットで校歌が流れるのを聞き、目頭を熱くしてしまった。

しかし、二日後の三回戦では、鹿児島商高に十一対三で大敗した。がっかりして階下のトイレに行き、郵便受けを覗いたら山川宛の封書が届いていた。福祉事務所からである。

「ヤバイな……」

特徴のある表書きの丸い文字は、ケースワーカーの筆跡だ。こないだ怒らせてしまい、その後は電話をかけていない。ためらいながら開けると、福祉事務所長の公印がある書類だった。


【保護（変更）決定通知書】

生活保護法によるあなたの保護を、次のとおり決定しましたから通知します。
1、保護の種類・程度および方法
　生業扶助　三〇、〇〇〇円
2、保護を変更したとき
　昭和六十一年八月十六日
3、保護をきめたわけ
　技能習得費を支給します

思いがけない朗報で、何度も読み直した。必要な金額からすると小額だが、分割払いの頭金になるかも知れない。なによりも役所が認めてくれたのが嬉しかった。

「シャブを打ったみたいや」

遥か遠い日に、覚醒剤を注射した感覚を思った。下稲葉の妻に水を向けられ、冗談でかわして断ったことが決定につながったのかも知れない。

気力が充実して、急に空腹を覚えた。冷蔵庫の中は空っぽで、カップ麺を味噌汁がわりに電気釜に保温したゴハンを食べた。

「買物に行くか？」

スーパーの主人とは、九州から帰って会っていない。やはり〝怪人二十一面相〟の一件で、顔を出しにくかった。

だが、朗報は伝えておきたい。パジャマを脱いで、顔を洗って髭を剃って出掛けると、相変わらず野球帽をかぶってレジの脇に居た。

「こんな書類が来てねぇ」

いきなり「決定通知書」を見せたら、スーパーの主人は無表情に目を通して、意外なことを言った。

「三万円じゃ、心細いだろう？」

「でも、分割払いの頭金にはなる」

「私が十万円を追加しようじゃないの。生業扶助の技能習得費ならば、一肌脱がないわけにはいかない」

「本当ですか？」

「ただし、働くようになったら返してもらうよ」

初めて笑顔をみせると、肩をすくめて店内の奥を窺った。

「でも女房には内証だよ。私のヘソクリから都合つけるんだからね」

「言わん、言わん。俺は口が堅い」

「自動車学校で話が付いたら、いつでも現金で渡してあげるよ」

「有り難うございます。きちんと借用書を入れさせてもらうけん」

「それで、大見謝さんのことだけどね」

主人は町内会長の顔になって、手短かに説明した。

アパートの近くに貸家を持っている老人は、海外旅行に出掛けた息子夫婦からアイヌ犬を預かっていた。夜中に遠吠えしたのは、急に環境が変わった所為と思われる。いずれにしても、息子夫婦が帰国して引き取ったという。

「道理で静かだと思ったよ」

「それにしてもムチャだ。あんな脅し方をしちゃいけないよ。大見謝さんは悠然と構えているが、あれで気の小さい人だからね」

「俺としては、事を荒立てないために匿名で電話したんだ」

「あんたは軽い気持ちでも、相手方はビビッちゃうよ。そのことはわかるだろう？」

「はい、気をつけます」

素直に頭を下げて、肉や野菜を買い込んで帰り、野菜炒めを作って食べた。

久し振りに満腹して、ベッドに横たわって自動車学校との交渉について考えていると、電話のベルが鳴って弁護士からだった。

「体の調子はどうだね」

「お陰様で元気を取り戻しました」

九州へ行ったことには触れず、福祉事務所の技能習得費と、スーパーの主人の約束について報告した。

すると弁護士が尋ねた。

「自動車学校の経費は、全部でいくらかかる？」

「スムーズに規定時限内で卒業なら、合計二十二万四千八百円です」

「じゃあ、一括払いにしなさい」

「最初に十一万八千八百円を納めて、途中で後期分を入れて合計二十二万四千八百円なんです。そやけん、今すぐ入学できます」

「とはいえ、途中で後期分が払えない事態も起こり得る。最初に全額払い込みなさい」

「しかし……」

「私が十万円足すと言っているんだよ。それで計算が合うだろう？」

あまりにも意外で、問い返さない訳にはいかなかった。

「先生が私に、十万円も貸して下さるんですか」

「最初に全額払い込むのが、私の貸付条件だよ。手元に余分なカネを置いていると、ロクでもないことに使いたくなるからね」

「わかりました。さっそく自動車学校へ行って書類をもらい、先生のところへ伺います」

「その自動車学校だが、鮫洲の試験場に知り合いが居ると言っていたね」

「はい、警部さんです」

「やはり世話になったほうがいい」

「急いで連絡してみます」

すぐに電話をかけたら、しばらく待たせて警部の声がした。

「珍しいじゃないか。何事かね？」

「お陰さまで、月賦にせんでも入学することができそうです。言われた通り、正直に福祉事務所に相談したら、トントン拍子に話が進みました」

一連の経緯を説明したら、フンフンと相槌を打って聞いた警部は、苦笑した様子で尋ねた。

「すると君は、私の先輩がおられる教習所へは行かない？」

「いいえ。警部さんに紹介して頂ければ、こんな心強いことはありません」

「よしわかった。山川君の熱意に応えて、ボーナスを付けようじゃないか」

「…………」

「規定時限内で卒業できるのは、稀なケースだからね。ハミ出た分は無料にしてもらえるように、私から先輩にお願いしておく」

「有り難うございます。入学させてもらえたら、絶対に揉め事を起こさんですよ」

「善は急げだ。さっそく電話しておくから、早めに手続きを取りなさい」

「すぐ行きます」

警部のいう自動車学校の無料バスは、アパートに近い環状線を通る。そこまで調べてくれていたことに感激して、さっそく申し込みに行った。

気力が充実していると、睡眠薬に頼らなくても眠れる。自動車学校の入学手続きを取った夜、テレビを早めに消して体を横たえて異変に気付いた。

「おい、おい？」

信じられない思いで指で確かめると、明らかに勃起している。暗がりの中で扇風機の回転音だけして、首を振りながら硬直した部分に風を当てる。それに合わせて断続的に指を動かしたら、遠くから祭り太鼓の音が聞こえてきて、次第に響きが高くなった。

「…………」

いったい何年ぶりだろうか。オルガスムスが訪れて、射精に至ったのである。あわてて掌で受け止めて、茫然としてしまった。

ようやく起き上がって、流し台で手を洗った。途中で匂いを嗅ぐと、やはり栗の花が放つ香りだ。宇治初等少年院時代に口で奉仕させられて、どうして同じ匂いなのか不思議でならなかった。そんなことを思い出して、突然の回春に陶然とした。

ベッドに戻っても、心地好い痺れが下肢の隅々に残っている。すっかり忘れていたが、快感は射精で終わりではない。余韻を味わっていると、旭川の〔受刑者遵守事項〕が頭に浮かんだ。

第五章は、「風紀を害する行為」である。

【性的行為】他人との間で、又は他人に対し、性的行為をしてはならない。

【猥褻な露出等】故意に猥褻な、又は嫌悪の情を起こさせるような行為をしてはならない。

【猥褻な絵画等】猥褻な絵画、又は文章を他人に見せ、若しくは見得る状況に置き、又はそれらの行為をすることを企ててはならない。

【同衾】就寝に当たっては、他人と同衾してはならない。

【文身等】文身を施し、若しくは髪や眉を著しく特異な形に変え、又は身体に異物を埋め込んではならない。


最後の〝身体に異物〟は、陰茎に真珠状のプラスチックの球を埋め込むことだ。歯ブラシの柄を切り取り、コンクリート床や壁で研磨して粒状にして、鋭利な刃物で表皮を切り裂いて入れる。激痛を伴って、黴菌が入ると化膿して大変だが、癒着すると突起が生じる。その突起による刺激で女性の快感を高めると信じられているから、懲罰の対象になっても試みる者が後を絶たない。

山川は懲罰の回数で人後に落ちないが、この誘いには乗らなかった。

「俺は硬派やけん」

しかし、何という心地良さだろう。十代の終わりに、一度だけヘロインを経験したことがある。薬効中はオルガスムス状態が続いて、譬えようもない恍惚だったが、その直後に喧嘩で大怪我をしたのだ。そのヘロインを連想するほど快感が持続して、桃源郷に入るように眠りに落ち、艶やかな色彩の夢を見た。

自動車学校へは、毎日スクールバスで通った。学科教習を受けながら、技能教習は模擬運転からAT車、マニュアル車へと段階を踏んで進むことになる。教習はすべて予約制だから空いた時間帯に合わせた。ただし、技能教習は一日二時間が限度である。

八月の下旬に下稲葉の妻から宅配便が届き、ショルダーバッグに魚の乾物や菓子が添えてあった。

――遅くなりましたが忘れ物を送り升。主人は大嵐の故に家に近づけませんが無事に過ごしており升。他事ながら御安神下さい。尚、当分は電話を頂いても通じません。嵐が過ぎるまでの心棒です。貴男様に置かれては暮々も養生千一になさる様に影ながら祈っており升。マス子より。

誤字は多いがなかなかの達筆で、マス子という名前であることを初めて知った。東京に帰って何度か電話したが、信号音がするだけで通じなかった。何が起こっているのか、まったくわからない。ただ、山川が小倉駅から電話したとき、警察の家宅捜索が行われていた。〝下稲葉薬局〟と異名を取ったほどだから、相変わらず覚醒剤を商っているのだろう。

「マチャアキには悪いが……」

身を案じて行ったところで、何の役に立つものでもない。むしろ下稲葉の妻には、迷惑な存在だろう。今は何よりも、自動車の運転免許取得が先決だ。

それでも気になってダイヤルし、信号音を数えていたらドアをノックされた。返事をしたらケースワーカーの井口が顔を見せたので、慌てて電話を切った。

「ちょっと寄っただけです。すぐ帰りますから」

汗を拭きながら入り、ニヤニヤ笑っている。柔和な青年だが、こういう笑い方は珍しい。

「いいんですか、今の電話？」

「何回鳴らしても出らんもんで、切ろうとしちょったんですよ」

「お邪魔したようで申し訳ない。すぐ帰りますから、ゆっくり掛け直して下さい」

「相手が彼女ならともかく、掛け直すような電話じゃなかです」

「そうかなぁ。山川さんは隅に置けない」

井口は照れ笑いを浮かべて、福祉センター管理事務所の封筒を取り出した。

「こないだ、集団見合いがありましたね」

「七月二十日のパーティのことですか？」

「だいぶ時間が経っていますけど、果報は寝て待てとはこのことでしょう」

回りくどい言い方をして、封筒から簡単なメモを取り出した。

九月六日（土曜）午後一時〜四時。

七日（日曜）午前十時〜四時。

「どっちか都合のよい方を選んでほしいということです。場所は福祉センターで、結婚相談員の立会いで懇談して頂きます」

「またパーティ？」

「違いますよ。帰りがけに、気に入った相手の番号を記入したでしょう」

「…………」

「山川さんは、三番を選んだそうですね」

「一応は印を付けといたけど、半分イタズラみたいなもんですよ」

「ところがピタリ、三番の女性が八番の男性を選んでおりました」

男はブルーの番号札で、山川が〔8〕を付けていたのは確かである。

「一ヵ月以上も前のことで、もう忘れてしもたけどね。そげん番号じゃったような気もする」

「とにかく、ピタリ賞とでも申しましょうか。遅くなったのには理由があって、相手の女性が夏休みで旅行に出ていたそうです」

「何をしておる女子？」

「公立病院の看護婦さんです。三十九歳で離婚歴はあるそうですが、子どもを産んだことはない、と」

「…………」

　このとき戦慄を覚えたのは、こちらの経歴も相手に伝わっている可能性があるからだ。言葉を失っていると、井口が真顔になった。

「福祉センターから山川さんに直に連絡しなかったのは、ワンクッション置くためです」

「それで相手に、私のことを何と？」

「虚偽を報告する訳にはいきません。今年二月に矯正施設を出所したことは、相手の女性も知っています」

「プライバシーは保護されるべきじゃないんですか」

「しかし、事は結婚ですからね。公的な結婚相談員としては、ある程度の事実を伝えるのがルールです」

「…………」

「ここで考えて頂きたいのは、山川さんの事情を知った上で、相手の女性が会うということです。フェアーにやっておいたほうが、後々のためにもなります」

「わかりました。考えてみます」

　頭が混乱して、息苦しくなった。罪名を知りながら敢えて会うという看護婦は、どんな過去を引きずっているのだろうか。三十五、六歳に見えた痩せた女は、カラオケではしゃぐ女たちに比べて控え目で、むしろ陰気な印象だったが、番号に印を付けるとすれば

〔3〕しかなかったのだ。

「若僧が生意気なことを言うと思われるか知れませんが、聞いて頂きたいんです」

すぐ帰ると言ったくせに、井口は座り込んで動かなかった。

「山川さんが旭川から帰って、もう半年を超えましたね。いろいろ大変だったでしょう?」

「そりゃ人間は、どこに居ても大変ですよ。特に自分なんかは、一匹狼やけんねぇ」

「どういう点で大変なんでしょうか」

「何もかも大変ですよ。いちいち腹の立つことばかりで、これじゃ自爆も時間の問題やないか、と」

「自爆ですか……」

タオル地のハンカチでしきりに汗を拭いて、井口は口籠もるように言った。

「それは山川さんが、自分を取り巻くあらゆるものに接点を持とうとするからじゃないですか?」

「いや、社会や他人と接点を持つために、苦労しちょるんです」

「僕は違うと思う。むしろ山川さんが、何事に対しても真剣であろうとするから、いつも怒っていなければならない」

「真剣で悪いんですか?」

思わず突っかかる調子になったが、井口は構わずに続けた。

「たぶん僕自身は、要領よく生きているんでしょうね。社会や他人との関係で、自分に必要なもの以外は切り捨てているんです。それをしないで、すべての事柄に接点を持って対応していたら、本当に大変だと思います」

「そうすると先生は、不要なものは切り捨てるんですか？」

「切り捨てるというと嫌な感じでしょうが、何かを切り捨てないことには、自分を守れないと思う。あらゆるものに対応できるほど、人間はパワーを持っていないんですよ」

「ちゅうことは、いい加減に生きろと？」

「失礼な言い方になると思いますが、山川さんにとって本当に大切なものが何であるのか、あなた自身に見えていないのかも知れない」

「…………」

「これまでの人生で、あまりにも社会や他人との接点がなかった。だから今、山川さんにとって大切なものが必要だと思うんですよ」

よく理解できないが、真剣な気持ちは伝わる。水一杯出していないことに気付いて冷蔵庫を開けたら、井口は急に立ち上がった。

「御免なさい。余計なことを口にしてしまいました。福祉センターの件は、その気になったら電話下さい」

そそくさと帰ったが、見合いを勧めに来たのである。

スーパーで買い物のとき結婚相談室のことを告げたら、わざわざ主人がアパートの部屋に来た。

「良い話だと思う。ぜひ行って会いなさいよ」

「会いなさいよって、俺の身にもなって貰いたいね。ムショ帰りってことをバラされちょるんやけ」

「それは仕方ないだろう。こういう事実は隠し通せるものではない。事は結婚だもの」

ケースワーカーと同じことを言って、身を乗り出すようにした。

「よく考えねばならないのは、相手の女性があんたの過去を承知で、会おうとしていることだ。こういうチャンスは滅多にあるもんじゃない」

「冷かしのような気もするんよ」

「公的機関の結婚相談員が立ち会って、冷かしはないだろう。ここで弱気になるのは、山川さんらしくないな」

「それにしても、物好きな女が居るっちゃ」

「そういう言い方は止めなさい。相手の女性に対して失礼じゃないか」

いつもの蒼白い顔に赤みが差して、ひどく興奮しているのが分かる。

「立場を代えて考えてみようじゃないか。何か訳があって殺人罪で服役した女がいたとする。出所しても身寄りがなく一人暮らしで、何とか立ち直ろうと健気に生きて、できれば結婚したいと思っている……。山川さん、見合いする気はないかね？」

「まぁ、相手次第やろ」

「そうだろう。それが見合いってもんだ。前科が〝殺人〟といっても、動機に同情すべき点があったり、犯行が偶発的なものであったり、人間として生まれ変わっていたり、いろいろな面がある。何よりも人間同士、それも男と女じゃないか。過去を云々するより、生身の体を抱き締めてしまえば、わかりあえるかも知れない」

聞きながら〔3〕の女について想像を巡らせてみた。一度結婚に失敗しながら、福祉センターの結婚相談室に入会して、再婚の相手を探しているのだ。看護婦といえば堅い職業で収入も悪くないだろうに、刑務所を出て生活保護を受けている男と会おうとしている。いったい過去に、何があった女なのか……。

「聞いているのか、山川さん？」

「はい、聞いています」

「私は本気に話しているんだよ」

ポンと十万円貸してくれたのも、運転免許を取ろうとする努力を認めたからという。直ぐカネを出すのではなく、町内会長の目で観察していたのだ。

「親身になってもらって、感謝しておるです」

「そんな口上はいい。会うか会わないか、イエスかノーかを聞きたいね」

「こっちは無職で、相手は看護婦。提灯に釣鐘で、やっぱり釣り合わんよ」

「情ないことを言いなさんな。瓢箪から駒ともいうじゃないか。初めてならともかく、一度は顔を合わせて気に入った間柄なんだ」

「言われてみれば、その通りだね」

ようやく山川は、笑顔で応じることができた。スーパーの主人の熱気に圧倒されて、かえって萎縮していた。

「ダメで元々、会ってみるか……」

「そうそう、見合いなんてダメモトと思えばいい」

持参した缶ジュースを一気に飲み干して、主人は急に話題を変えた。

「下の部屋を借りていた男が、今月末で契約解除して、もう荷物を運び出したの知ってる?」

「下の部屋というと?」

「自称コピーライターだ。一時期、あんたの部屋に入り浸っていたというじゃないか」

「あの兄さん、ピタリと来なくなったよ」

そばの棚から、角田龍太郎の名刺を取った。編集プロダクションに山川を紹介して、体験記を新聞か雑誌に連載するような話が立ち消えになっている。

　そのことを話したら、スーパーの主人が苦笑した。

「正直な話、あんたが怖くなって引っ越したんだよ」

「えっ、何もしちょらんのに？」

「刑務所の記録とか、あれこれ見せたそうじゃないか」

「そやけん、記者を紹介するとか言いよった」

「彼の奢りで駅前の焼肉屋へ行って、ビールを飲んだんだったね？」

「…………」

　こんな話をスーパーの主人にした覚えはない。

「イッパイ機嫌で焼肉屋を出て、派手な立ち回りを演じたそうじゃないの。相手は二人とも、大怪我をしている」

「警察から聞いた？」

「そんなことを警察が知ったら、あんたは今ごろ留置場だよ。角田龍太郎から聞いたんだ」

「チンコロしやがって！」

　思わず電話機に目を向けたら、卓袱台に置いた名刺をスーパーの主人が胸ポケットに入れた。

「これは私がもらっておく。電話なんかかけて脅すと、本当に警察に通報するよ」

「どげんなっちょる?」

「角田龍太郎は、あんたが怖くなったんだ」

「バッテン、角田には何もしちょらんよ」

「そりゃそうだろうが、あんたの喧嘩ぶりを見て、縮み上がったんだよ。まさにプロの手口で、成り行き次第では相手を殺したかも知れないという。これこそ、百聞は一見に如かずだね」

「ようわからん」

山川としては、堅気に絡んで迷惑をかけているチンピラを叩きのめして、久し振りの爽快感を味わった記憶しかないのである。

「何で挨拶もなしに、コソコソ引っ越したんやろ?」

「だからさ、日頃は何でもないが、いったん事が起こると何をするかわからない。そういう人間と付き合うのが怖くなったんだよ」

「情ないやっちゃ」

「でも山川さん、それが小市民というものさ。角田龍太郎の目には、〝虞犯中年〟に映ったんだよ。犯罪を起こす虞れがあり、いつ牙が自分に向けられるかわからない、と」

「参ったなぁ」

「引っ越して行くにあたり唯一の気掛かりは、あんたに渡した一枚の名刺だ。妻子が居る住所も印刷しておるから、いつ脅されるかわからない、と」

「何で脅す必要がある？」

「そんなこと知らないよ。彼が勝手に思い込んでいるんだ」

スーパーの主人は高笑いして、ちらっと腕時計に目をやった。そろそろ店が混む時間である。

「ところで山川さん、受け取ってもらいたい物があるんだけどね」

小さな茶封筒に包んだものを差し出して、表情を引き締めた。

「死んだ親爺の形見というか、正確には意味が違うか知れないけど、とても大切にしていた品物なんだよ」

「そげん大切な物を、受け取るわけにはいかんです。あんたには大金を借りたり、これまでも迷惑をかけちょる」

「とにかく、開けて見てよ」

「はい」

手に取るとずっしり重く、覗いて見ると銀色に光った手錠だった。

「むろんオモチャだけど、親爺が大切にしていた理由を聞いてほしい。……保護司だったことは話したね？」

「最初に聞いたよ」

「ずいぶん前だけど、殺人で懲役八年を打たれ、刑期を二年以上も余して仮釈放になった男がいた。保護観察期間を親爺が担当し、とても素直だから親身になって面倒を見ていた。その男が一人暮らしの部屋に、オモチャ屋で買った手錠をぶら下げていたんだね」

「何のために？」

「倉庫会社に勤めていたけど、前科者ということで白い目を向けられる。悔しい思いをする度に、自分の部屋でオモチャの手錠を嵌めて、〝我慢しなければならん〟と自分に言い聞かせていたそうだ」

「そういう手錠ですか……」

「でも残念ながら、保護観察の期間中にまた殺人事件を起こした。単純な喧嘩だったけど、無期刑を打たれてしまってね。控訴もせずに、今は服役しているよ」

「喧嘩で無期はないと思う」

「その男は、親爺に泣いて詫びたそうだ。控訴を勧めても聞き入れず、自分のような人間は一生刑務所に居たほうがいいと言ってね」

「親爺さんを裏切ったのが、よほど辛かったんやねぇ」

「まぁ、そういう曰くの手錠だから、親爺は仏壇の引出しに入れて大切にしていた。迷惑かも知れないが、山川さんに預かってもらうと、あの世で親爺も安心だと思う」

「迷惑だなんて、とんでもない」

改めて押し戴くように持ち、とても重く感じた。

九月の第一日曜日、福祉センターの結婚相談室へ弁護士にもらった夏物のスーツを着て出掛けた。相手の女性はブルーのワンピースで、埴輪のような形のイヤリングを付けているが、ほとんど化粧をしていない。

七月の「つどい」で愛嬌をふりまいた結婚相談員の沢崎ヒロ子が、衝立で仕切ったコーナーで説明した。

「お互いに大人同士ですから、介添人は要らないと思います。私は向こうの席に居るので、用があったら呼んで下さい。念のために申し上げますと、今日の話し合いで交際しても良いと思ったら、私のほうに知らせて下さい。そのとき相手の方の住所と電話番号を教えますから、後は自由に交際して頂いて結構です」

それだけ言うと、さっさと行ってしまった。テレビのお見合い番組は司会役が居るのに、二人きりにされて山川は困惑した。

しかし、相手が先に尋ねた。

「趣味は何ですか?」

「あのですね、読書です」

「私も本はよく読むんですよ」

瓜実顔《うりざね》で顎の形がよく、切れ長の目で上目使いに見る。声の調子は低いが、甘い響きがある。

「どちらかといえば、翻訳ものが好きですけどね」

「僕は日本の現代小説が多いです。小説でありさえすれば何でも読みます」

「若い頃から?」

「はい。手当り次第に何でも……」

こういう答え方は、軽率に思われるかも知れない。しかし、弁護士やスーパーの主人に、自然体で接するよう励まされたのだ。

「読書の次に好きなのは、何か作ることですね。大工仕事なんかさせると、時間の経つのを忘れてしまいます」

自己PRに当たっては、手先の器用さを強調するよう弁護士に言われた。

「女の人に笑われるか知れんけど、ミシン縫いなんかも得意なほうです」

「私は苦手でしてね」

ニッコリ笑ったから、奥の金歯が見えた。歯並びが良く、笑うと薄い唇がめくれて愛嬌があった。「つどい」で陰気な印象を受けたが、二人きりになると違うようだ。

相手は口元の緩みを気にしたのか、キュッと真一文字に結んで言った。

「でも、一番の趣味は旅行です」

「夏休みに旅行したそうですね？」

「インドに行って来ました」

「外国旅行ですか……。やっぱり女の人は、独身貴族なんですねぇ」

「女性について、どう思いますか」

いきなり切り込まれて、驚いてしまった。予想していたより、理屈っぽい女のようだ。

「きのうでしたか、社会党の委員長に女の人が選ばれましたね。ああいうのは、素晴らしいと思いますよ」

「そう、土井たか子さんが委員長になりましたから。時事問題にも関心があるんですか？」

「人並み程度です」

「宗教はいかがですか？」

「いや、無宗教でしてね」

「私はインドで、ヨガの修行をしてきました」

「それでインド？」

「もう、四回行きました」

意表を衝かれて、何と答えてよいか分からない。それで思い出したのが、福岡市の萬行寺である。明月信尼は阿弥陀如来を信じて、死後七十七日目に土饅頭の上に白蓮華を咲かせた。掘り返してみたら、葬られた明月の口から真っ直ぐ茎が伸びていたという。

「阿弥陀如来は、インドの人でしたね？」

「仏教の起源は紀元前五世紀、ガンジス川の中流と言われています」

「やっぱり蓮華の花が咲いていますか？」

ついでだから萬行寺で聞いた話をしてみると、途中で遮られてしまった。

「そういう迷信より、生きている私たちが大切なのではないでしょうか。そこが問題なんですね」

「…………」

話の腰を折られたのは構わないとしても、相手の口振りが気になってきた。刑務所でもお経ばかり唱えて、こういう口振りで教誨に誘い込もうとする受刑者が居る。

やはり相手は切り出した。

「信仰を持てば、勇気が湧いて来ますよ。世のため人のために生きる勇気です」

「そうですかね？」

「すべての悩みが解決します。過去に悪行の数々ある人で、今は仏のような仲間も居るんです」

「前科者のことですか？」

「だから、気になさることはありません。仲間の輪に入れば、皆な平等なんですよ。私は准看護婦だから、いつまで経っても〝婦長〟になれないけど、その悩みも入信して解消しました」

急に声をひそめると、聞いたことのない宗教団体の名を上げて、訳の分からない理屈を並べ始めた。辛抱して聞いたが、甘い響きの低音がインチキくさく感じられる。

今度は山川が、話の腰を折った。

「あのですね、ここは結婚相談室でしょう？」

「もちろんです。結婚を前提にした話ですからね」

「入信すれば、結婚してくれる？」

「仲間も祝福すると思います」

「もし入信しなかったら？」

「そう性急に結論を出すものではありません。時間をかけて話し合いましょう」

ニッコリ笑った顔が薄気味悪かったので、立ち上がって結婚相談員に声をかけた。

「済みません、終わりました」

「ハイハイ。今日のところは、別々に帰って頂きますからね」

むろん望むところなので、新聞雑誌のあるコーナーへ行って時間をつぶした。

自動車学校の技能教習は、修了検定（仮免）の直前で足踏みして、卒業検定（路上試験）に進めない。

「これだけ時間をかけて、まだダメなのはどういう訳なんだ」

三十半ばの指導員が、校内コースでエンストを起こしたとき舌打ちした。

「欠陥車というのはあるが、人間の場合は何と呼ぶべきかな」

キックボクシングをやっていたといい、精悍な体つきをしている。まともに渡り合ったら、とても勝てる相手ではない。警察ＯＢの常務は前科について伏せてくれているから、指導員は山川の過去を知らないようだ。

「どうも済みません」

「済みませんでクルマは動かないだろう。何をボケーッとしておる」

「…………」

体が熱くなったが、黙って耐えて発進させた。九月末までには、何としても免許証がほしいのである。

「あんたも嫌だろうが、こっちだっていつまでも付き合うのは御免だ。可愛い子ちゃんが横に居るほうが、仕事をしていても励みになるんだよ」

練習が終わって追い打ちをかけられ、思わず怒鳴ってしまった。

「この野郎、のぼせやがって！」

手を出すつもりはないから、早口にまくしたてた。

「俺だって月謝を払っておる。お前にとって、客はメシの種だろう？　それとも教習所の指導方針で、若い女にはデレデレして、男には厭味を言うことになっとるんか」

「ムキになるな、単なるジョークだ」

「冗談じゃなか。お前じゃ話にならん、責任者を出せ！」

しかし、指導員は控室に入ってしまい、回りは静まりかえった。バスが出る時刻で、主婦たちが黙って乗り込んだ。スクールバスの中で、女たちはいつも賑やかである。お喋りに加わる雰囲気ではないが、聞いているだけで心が和む。亭主の悪口を言ったり、子どもの成績を自慢したりする普通のおばさんと机を並べているのだ。

そのバスに最後に乗り込んだが、誰も口をきく者がいない。白け切った沈黙が続いて、早く自分が降りるところへ着くのを祈るだけだ。降りてしまえば何を言われても仕方ない。所詮こんな男なのだ……。

福祉センターの見合いを断ったと聞いて、スーパーの主人は「惜しいことをしたなぁ」と笑った。結婚を前提に話し合うと言うのなら、デートを重ねているうちにラブホテルへ行けたかも知れず、入信するフリをして男女関係を楽しみ、潮時を見て断る方法もあったと言われて、「俺はそんな悪党じゃない」と山川はムキになった。

七月の「つどい」には、山川より年上で気の良さそうな女もいた。右を向けと言えばいつまでも右を向いて、腹が減ったといえば直ぐメシを作ってくれる。そんなタイプに見えたが、「女であればいいってもんじゃない」と無視したのだ。

「俺は理想が高い？」

ケースワーカーが言った「山川さんにとって大切なもの」とは、女と所帯をもつことだったようだ。自分でもハンディを背負った者同士が、ひっそり暮らす日々を思ったりする。見てくれのいい〔3〕を選んだことを後悔しているうちに、山川のためにバスが停まったので、降りるとき勇気を出して言った。

「さっきは迷惑をかけました」

「何の何の、よくあることですよ」

初老の運転手が慰めてくれたのが嬉しく、歩いていると涙が滲み出た。

スーパーの主人から預かった手錠は、壁際に吊るしている。オモチャとはいえ重量は本物と同じで、カギを掛けて放置されたら普通の者は外せないだろう。

倉庫会社に勤めていたという男は、なぜ再び殺人を犯したのか？　スーパーの主人は、「詳しいことは聞いていない」と多くを言いたがらない。コピーライターの角田ではないが、あのときの二人組に連繫して襲われたら、逃げ場を失って殺したかも知れない。

「明日は我が身か……」

　ふと、段ボール箱の訴訟記録を読む気になった。

　昭和五十五年八月、旭川刑務所で起こした公務執行妨害、暴行、傷害事件の公判は長引き、控訴審の札幌高裁で精神鑑定にかけられた。このとき裁判長が、証拠として『身分帳』の提出を刑務所側に命じたから、被告人の権利で写し取ることができた。

　同じように公判調書も請求して、ノートに写し取った。旭川地裁の裁判官は、四十八年四月の殺人事件について、被告人質問をしている。

問　被告人は今、殺人罪で刑に服していますが、そのことは知っていますか。
答　はい、知っています。
問　被害者の名前は覚えていますか。
答　柳田とか……。
問　姓が柳田で、名は何というの？
答　名前はわかりません。
問　いくつだったか覚えていますか。
答　わかりません。
問　四十歳にも五十歳にもなっていましたか。
答　いや、そんなにはなっていません。

問　それでは二十歳くらいかな。
答　いや、三十歳くらい……。
問　被害者は二十四歳で、柳田賢一という人だ。この人を殺したことについて、今どう思っているのかね。
答　あのとき、相手がやって来たから、やったんです。相手が死んだかどうか、自分はわかりませんでした。向こうが襲って来たから、日本刀を取り上げて逆にやったと思うけど……。
問　相手が死んだということは、裁判のとき聞きましたね？
答　それについては申し訳ないし、それだけの罰を受けなければならないと言われました。
問　言われたというのではなしに、被告人自身がどう思っているかを尋ねているのです。
答　申し訳ない、と。
問　本当に申し訳ないと思っているのですか。
答　はい。
問　この人の冥福を祈る気持ちになっていますか。
答　いや、そういうことはないです。
問　冥福を祈る気持ちになっていないのですね？

答　全然考えたことはありません。どうしてこういう事件になったのか……。
問　なぜ冥福を祈る気持ちになれないのですか。
答　あのとき自分がしなかったら、逆に殺されたかも知れません。しかし、自分が殺されていた方が良かったと考えたり……。でも、相手が死んだのだから、申し訳ないと思うことはあります。
問　申し訳ないという気持ちを、自分の生活に表したことがあるのですか。
答　(答えない)
問　一人の人間が死んでいる訳だ。被告人の手によってね。
答　(答えない)
問　自分が今どうしたら良いか、考えることはあるのですか。
答　それはしょっちゅう考えています。
問　ところで被告人は、どうして刑務作業をしないのですか。
答　できないんです。
問　どんな理由で？
答　旭川刑務所で作業をしたことはあるんですが、イライラしてペケの品物を窓から捨ててしまい、「損になる作業はさせられない」と言われて……。それに血圧が高くて、頭がガンガンする訳です。他にいろいろ考えると、長く続かないんです。

問　心理的か肉体的かは別にして、刑務作業が苦しくて続けられない訳ですね。

答　はい。だけど体調が良かったら、ずっと寝ているより仕事をしたほうがいいと思います。

問　いつ頃から作業をしていないのですか。

答　昭和五十三年五月に病舎に入ってから……。現在、血圧が二〇〇もあって、痔が悪くて長く座っていられないので、体を直さなければ作業させてもらえないんです。

問　今回のような事件を起こして、裁判になって有罪判決を受けると、刑罰を受けることはわかっていましたか。

答　冷静なときはわかっているのですが、カッカッしてしまうと何が何だかわからなくて……。どうしてやってしまったのか……。

問　殺人の刑が終了するのはいつですか。

答　昭和五十八年四月十六日です。

問　それが終わっても出所できませんね。

答　はい。宮城で増えた刑とか、旭川で増えた刑とか残っているから……。

問　どんどん刑が増えていくということは、被告人にとって損なことではありませんか。

答　カッカッしたりイライラしたり、何が何だかわからなくなるんです。

問　いずれにしても、死んだ人の冥福を祈る気持ちがあったら、もっと刑務所できちんと暮らしているのではありませんか？

答　（答えない）

弁護人は控訴趣意書で、「少年時代に医療刑務所に収容されるなどして爆発性・てんかん性の病歴があるのに、症状に適合した治療・投薬がおこなわれていなかったから、犯行当時は心神喪失または耗弱状態にあった」と主張している。

これに対して、検察官は反論した。

——被告人は、殺人罪により懲役十年に処せられ、現在その刑を服役中の者である。本来なら、人ひとりの生命を奪った罪の重さを感得し、受刑を通して贖罪と更生のために懸命に努力すべき立場にあるにもかかわらず、受刑態度は非常に悪く、贖罪の意識も更生の意欲もまったく認められない。本件犯行はまことに卑劣で悪質であるが、当公判廷においても虚言を弄して狡猾な態度に終始している。改悛の情は微塵も見出すことができず、再犯の虞れも否定できない。その生い立ちにおいて不幸な境遇にあったとはいえ、少年時代から犯罪を重ね、成人近くなってから今日までの人生の大半を刑務所内で送ってきて、矯正に対し、ことさらに反抗的なだけの現状のままでは、真の社会復帰を果たしてなし得るのか、多大な不安を感じざるを得ない。被告人もすでに不惑をこえている。本件を契機に厳しく自省自戒を促すべきであり、被告人に対しては厳罰をもって臨む必要がある。

しかし、札幌高裁の裁判長は、「形成された人格のすべてを被告人の責に帰せしめることができない一面があり、加えて被告人が犯行の一部について反省の情を示すに至っている」と一審の懲役一年六月を破棄、一年二月に減刑したのだ。

「反省の情か……」

オモチャの手錠を嵌めながら、決まり文句について考えてみた。

【受刑者所内生活心得】

一、はじめに

この心得は、所内生活を送るにあたって、受刑者として知っておかなければならない権利・義務、心得・処遇の概要その他、必要な事項をまとめたものです。これをよく読んで理解し、定められたとおり生活できるようにしてください。

所内生活は、監獄法令に基づき自由が制限されているので、いろいろの制約を受けることになります。また、共同生活ですから、きまりを守って規則正しい生活をしなければなりません。心配ごと、なやみごと、わからないことは、すすんで職員に相談して、その助言指導に基づき正しく解決して、不自由なことなどは自ら耐えぬき、所内生活を明るく、正しく、強く過ごして受刑者としての義務と責任を果たしてください。

一日も早く健全な社会人として復帰することが目的ですから、学習・修養に励み、改善更生のための計画を真剣に考え、それを確実に実行してください。

二、基本的心構え

①再び罪を犯さないよう、性格・生活態度および生活環境の改善に努力してください。

②更生のための生活設計をたて、それを確実に実行してください。

③健全な社会生活をするための意志および能力を養成してください。

④法令、規則をよく守り、職員の職務上の指示に従ってください。

⑤作業に励み、職業についての知識・技能を身につけてください。

⑥礼儀正しく、仲よく生活し、他の人に迷惑をかけないよう行動してください。

⑦あらゆる機会をとらえて学習・修養に励んでください。

⑧保健衛生に注意し、健康の増進を図ってください。

⑨被害者への謝罪の気持ちを忘れず、過去を反省してください。

⑩家族との感情融和に努め、精神的・物質的に負担をかけないようにしてください。

三、入所時処遇

入所して約一週間は、独居室において就業し、所内生活に必要な知識、生活態度および行動様式についての教育などを行ないます。

心得ておかなければならない権利・義務、改善更生のための心構え、受刑者所内心得、受刑者遵守事項、各種処遇の内容などの教育を行うので、よく学習して正しい生活ができるようにしてください。

この時期は、過去を反省して、所内生活の心構えをつくり、社会への更生復帰の決意を固める大切な時期ですから、自分をしっかり見つめてください。

所内生活を意義あるものにして、健全な社会人として復帰するためには、改善更生への自覚と意欲をもち、適切な改善更生計画をたて、それを確実に実行することがなによりも一番大切です。自分および家族のことなどを真剣に考えてください。

四、分類調査

入所時教育が終了するまでに、身分、犯罪歴、生育歴、教育歴、職業歴、精神・身体状況、改善更生への意欲の程度、将来の生活設計などについて「入所時調査」を行ないます。この調査は、改善更生に必要な処遇計画をつくるためのものですから、調査に協力し、正確に答えてください。

出所までのあいだ分類審査会において、「入所時調査」の事項について「再調査」

を行ないます。この調査は、改善更生のための努力の程度に応じて、最もふさわしい処遇をするためのものです。

努力している人は、それに応じて処遇が緩和向上し、社会復帰も早くなるのです。

五、保護

社会復帰を円滑かつ適正にするためには、身元引受人が必要です。分類調査の結果に基づき、帰住先を保護観察所に通報すると、いつ出所しても引受人のもとに帰れるよう受け入れ態勢を整えるため、保護観察官あるいは保護司が、調査・調整を行ないます。

引受人は、妻・父母・兄弟等の親族が望ましいのですが、事情によっては知人や雇い主などを引受人とすることもできます。

六、累進処遇

まじめに改善更生しようと努力し、よい成績をあげている人は、それに応じた処遇を受けることになります。入所当時は第四級ですが、努力の程度に応じて第三級、第二級、第一級へと進級できます。

進級するにつれて、自己用途物品の購入範囲の拡大、面会および信書の発信回数の増加、所持品検査等の免除、外出および集会の実施または増加、開放的な処遇が受けられるなど緩和向上します。

これに伴って、責任も重くなります。各級にふさわしい行動をして、それぞれの級に課せられた責任を果たしてください。

累進処遇から除外されるのは、懲役受刑者でない者、懲役受刑者であっても刑期六月未満の者、六十五歳以上で立業ができない者、長期休養中の者、共同生活不適の者などです。

七、仮釈放審査

刑期の三分の一以上（無期の場合は十年以上）経過し、過去の罪に対する反省が十分なされていて、改善更生の意欲があり、出所後再犯のおそれがなく、社会の感情が仮釈放を相当と認めた場合に、刑期終了前に仮に出所することが許可されます。

審査事項は、遵法精神、責任感、協調心、勉学の意欲・努力、勤労意欲、職業能力、家庭環境、犯罪の動機・原因、被害の弁償状況、社会感情、引受人の状況、交友関係、不良集団からの離脱見込、釈放後の生計見込などです。

仮釈放になって、一日も早く社会復帰ができるよう、入所時から行刑成績の向上、問題の解決などに努めてください。

仮釈放は、北海道地方更生保護委員会によって決定されます。刑務所長が仮釈放の申請をすると面接調査が行われ、その他を総合して仮釈放の可否が決定されます。面接の際は、要領よく正確に答えてください。

八、居室内生活

余暇時間は、定められた位置に座り、勉学、読書、ノート記入、信書の作成、ラジオ聴取、囲碁、将棋などで有意義に過ごしてください。

九、刑務作業

受刑者は、作業を義務づけられていない禁固・拘留受刑者を除いて、作業しなければならない義務があります。また、禁固・拘留受刑者も請願すれば作業できますが、この場合でも、理由もなく勝手に作業をやめることはできません。

いずれの場合でも、一生懸命働いて忍耐心と勤労意欲を養い、規律ある生活を維持して共同生活への順応を図るとともに、職業についての知識と技能を身につけて、出所後の生活に役立てることが大切です。

就業者には、作業賞与金を計算します。作業等級別の基準額に一ヵ月の就業時間をかけたものを基本にし、作業成績、行状による加減を行なって算出します。

作業賞与金は、原則として出所するとき給与しますが、所内生活に必要な自己用途物品を購入するとき、累進級別に使用を許可します。

十、生活指導

生活指導は、健全な心身を培い、情操を豊かにし、自立心および遵法精神を涵養するとともに、健全な社会生活を送るために必要な知識と生活態度を身につけるために行うものです。

体育、宗教、道徳、文化、職業についての講話、その他の訓練、指導、助言を通して積極的に学習し、次に掲げる生活目標を達成する努力が大切です。
①社会性＝自己の人格や行動を、社会生活に正しく適用できるようにしよう。
②適応性＝他人や集団の中できまりをよく守り、調和できるようにしよう。
③責任感＝自己の義務をやりとげ、責任を果たすようにしよう。
④協調性＝他人の立場を理解し、皆で助け合って仲良く生活しよう。
⑤持続性＝まじめに努力を続け、多少の困難にあっても挫けずやりとげよう。
⑥自主性＝人に頼らず自分の力で正しい生活をしよう。
⑦自制心＝我儘、短気、欲望、誘惑を抑えて生活できるようにしよう。
⑧自律心＝自分の意志で正しい生活ができるようにしよう。
⑨遵法性＝きまりをよく守り、規則正しい行動をしよう。
⑩反省心＝過ちや落度は素直に反省し、良心に従って間違いのない行動をしよう。
⑪設計性＝将来を考えて自分にふさわしい生活設計をたて、その実現に努力しよう。
⑫意志性＝良いこと、正しいことを率先して実行、誘惑に負けない強い意志を育てよう。

⑬勤勉性＝何事も熱心に取り組み、忍耐と努力で仕事をやりとげよう。
⑭奉仕心＝奉仕の精神を持ち、皆のために公益と公徳を実践しよう。
⑮礼儀心＝礼儀作法をわきまえ、時と所に応じて正しく振る舞える習慣を身につけよう。
⑯感謝心＝自分に寄せられた励ましや思いやりを理解し、感謝の気持ちを表そう。

「俺は十分に努力しちょる」

山川は①から⑯までチェックしたが、各項目いずれも自分に欠落していると思えない。それでいて検察官は、「受刑態度は非常に悪く、贖罪の意識も更生の意欲もまったく認められない」と断言しているのだ。

「連中に迎合せんかっただけじゃ」

手錠を嵌めた手首の傷跡を見ると、感情が昂ってくる。あのとき自殺に成功していたら、こんなに苦しむことはなかった。しかし、今なら死ぬのも自由だ……。そう思ったら身震いを覚え、手錠だけ見るようにした。

この手錠を買った男は、刑務所で模範囚になったから、刑期を二年余りも残して仮釈放になったのだ。更生保護委員会は、刑務所側の申請を受けて検討する。受刑者は「判決書」を示され、罪となるべき事実を全面的に認めた上で、被害者の冥福を祈っている……

と答えて合格である。

「俺は満期だ」

刑期を満了したことで、処罰は消えたのだ。改悛の情を示して慈悲にすがり、被害者の冥福を祈るポーズを取らされることもない。刑期の満了で禊《みそ》ぎを済ませたことになる。

「こんなもの、要らない」

オモチャの手錠など嵌めるのは、仮釈放の者のすることだ……。そう思ったとき、ドアをノックする音がした。午後六時だからスーパーは忙しく、主人が来るはずはない。

「はい。何の用？」

セールスが迷い込むこともあるので無愛想な声を出したら、ドア越しに名乗った。

「大見謝です」

東側のアパートの大家だから、驚いてしまった。〝怪人二十一面相〟の一件から、まだ顔を合わせていない。

「ちょっと待って下さい」

手錠を外そうとしたら、あいにくカギを掛けていた。簡単に開けられるが、どうしたことかカギが見当たらない。自分で掛けたのだから、そばにあるはずだ。

「おい、おい？」

焦っていると、余計に見つからない。釘のようなものでも開けられるが、手元に適当なものがなかった。

「お邪魔はしません。ちょっと物を持って来たんです」

遠慮がちな声なので、かえって気になる。思いついて立ち上がり、流し台の水道の蛇口をひねった。

「どうぞ開けて下さい。カギは掛かっていません」

とっさの判断で洗い物をするふりをしたら、老人が顔を見せた。

「山川さん、酒は飲まないんでしょう?」

「ええ……」

「でも薬用酒は別でしょう」

ドアを半開きに壜を差し出し、見ると大きなヘビが入っている。

「沖縄から届きましてね。泡盛のハブ酒だから、精がつくと思います。山川さんには迷惑をかけたし、早く元気になって頂きたいんですよ」

「これはどうも。ちょっと手が放せんのでね」

「それじゃ、ここに置いて行きます」

そそくさと大見謝は帰り、四リットルは入るだろう壜の中のヘビが、見上げるように目を向けていた。

すぐ手錠は外れたので味見してみた。朝鮮人参酒に比べて生臭いが、体が熱くなって効き目がありそうである。前触れもなく持参した真意を測りかねていると、まもなく大見謝から電話がかかってきた。

「さきほどは、お忙しいところを失礼しました」

「こちらこそ高価なものを頂いて、恐縮しちょるです」

「それを聞いて安心です。世の中にはヘビの嫌いな人もいるから、突っ返されるんじゃないかと心配になって……」

だが大見謝は、それを言うために電話を寄越したのではない。天候の話などして、おもむろに切り出した。

「実は山川さん、お願いがありましてね」

「何事ですか？」

「年寄りを助けると思って聞いてください。もはや思案に余って、あなたの侠気にすがるしかないんです」

「お役に立つなら、何でも致しますよ」

自分でも声が弾んでいるのがわかる。スーパーの主人は〝用心棒〟として使ってくれないが、思いがけぬ相手からの依頼である。

「アパートの入居者に面倒なヤツが？」

「さすが山川さん、図星ですねぇ。以前から苦情が殺到しておるけど、私なんかが注意しても話が通じません」

「相手はやくざ者ですか」

「いいえ、そんなのじゃありません。あなたの部屋の下に居る、そば屋の倅ですよ」

「ちゅうことは、阿部クン？」

大見謝のアパートではなく、こちらの住人のことを言っている。引っ越した角田龍太郎の隣室に寝泊まりしているのは、町内で老舗のそば屋の次男だ。温和そうな青年は、生まれつきの聾唖者で、山川と顔を合わせるとペコリと頭を下げる。こちらは手話ができないから、精一杯の笑顔で応えるだけである。

「阿部クンが、何ぞ迷惑をかけたですか」

「ちょっと言い難いことでしてね。ウチの店子は女子学生が中心で、親御さんは地方の議員さんとか経営者でしょう。大事なお嬢さんを預かっている立場として、あの青年にはホトホト困り果てています」

「すると阿部クンが、覗きを働いておる？」

いつか角田は、自分の部屋に女性が打合せに訪れると、阿部が窓側から覗き込むので困ると話していた。

「聞き捨てならん話です」

「それが山川さん、〝覗き〟じゃなく〝覗かせ〟なんですよ。そっちは一階の部屋なので、こっちの全室から丸見えです」

「何を覗かせます？」

「早い話が自慰行為です。電気を点けっ放しに窓を開け、素っ裸になって一晩に何回もやるそうです。やられる方は、多感な女子大生ですからね」

東側のアパートに、地方出身の女子学生が多いのは知っている。風呂付きの一DKで、月額五万八千円の家賃を払うのだから、親に資力があるのだろう。

しかし、大見謝の話を聞くうちに、受話器を持つ手が震えてきた。

「阿部クンは二十歳の男ですよ。一晩に何回マスをかいても、不思議はなかでしょう？」

「それは本人の自由ですが、これ見よがしにやることはないと思いますがね。この夏から狂ったような〝覗かせ〟です」

「おたく、自分の目で確かめたですか」

「そうじゃありませんが、〝何とかして欲しい〟とお嬢さんから苦情が殺到しているんですよ。そちらの大家さんに掛け合ったら、直接話してくれと言われたので、私から本人に注意したが反省の色がない」

「私にどうしろと？」

「同じアパートの住人として、恥ずかしいと思いませんか。山川さんの迫力で注意されたら、いくらなんでも反省するでしょう」

「あのですね、大見謝さん……」

気持ちが昂ぶって声も震えている。急いでコップ一杯の水を飲み、呼吸を整えた。

「阿部クンは温和しい青年で、ハンディを背負いながら家業を手伝って、健気に生きておるんです。そういう弱い者を脅すようなことは、私にはできません」

「いや、注意してもらいたいんです」

「じゃけん、何を注意するですか？　悪いことは何もしておらんでしょうが。今時は刑務所でも、〝陰部摩擦〟は規則違反じゃなかですよ。他の若者と違って楽しみの少ない阿部クンが、自分で楽しんでいるだけのことやろ」

「山川さん、わかりました」

「いや、わかっとらんですね。大見謝さん、落ちついて聞いてくださいよ」

言いながら滲んでくる涙を拭った。こんなことで〝用心棒〟を持ち掛けられたのが、我ながら情ない。

「おたくのアパートは二間ある。見たところ全室クーラー付きで、夏場に窓を開ける必要もなかでしょう。自分の部屋のカーテンを閉めれば、外を見ないで済むんですよ。それを恥ずかし気もなく女子大生ともあろう者が覗いて、一晩に何回……と数えちょる。どこの令嬢か知らんが色情狂のごたる」

「それは言い過ぎですよ」

「何が言い過ぎなもんか！　おたくが女子学生を〝預かる立場〟なら、私も阿部クンを〝預かる立場〟です」

「すると山川さんが、『月照庵』から頼まれておられる？」

「たった今、自分で決めたですよ。よう覚えておいてください」

言い放って受話器を置き、壜の中の毒蛇を睨み付けた。


十月の初め、普通自動車運転免許証を取得した。技能は規定時間を大幅にオーバーしたが、鮫洲の警部が約束した〝ボーナス〟で、追加料金を取られることはなかった。

「山川さん、ハブ酒が効いたのか？」

スーパーの主人が牛肉と野菜を持参して、スキヤキで祝ってくれた。

「大見謝さんは沖縄の人だから、熊本の第六師団の歩兵として、ノモンハン事件で九死に一生を得た人だよ」

「ノモンハン事件？」

「昭和十四年に満州で日本軍がソ連と国境紛争を起こし、敵の機甲部隊にさんざんな目に遇わされた。大敗したことは極秘にされ、除隊になっても大見謝さんは箝口令を守って沖縄へ帰らなかった」

「それは気の毒やねぇ」

「でも結果的に良かった。沖縄へ帰っていたら、あの戦争で無事だったとは思えない」

「玉砕の島やけんなぁ」

「もっと良かったのは、下積みで働いてコツコツ貯めて、この辺りに土地を買ったことだよ。戦後まもなく安い時期だったからね」

「それで地主さんか」

「実勢価格で、十億円は下らないだろう」

「そんなに金持ちなの？」

改めてハブ酒を見て、複雑な思いである。わざわざ高価な薬酒を持参したが、大見謝の依頼は突っぱねたのである。しかし、経緯については何も説明していない。

するとスーパーの主人が笑った。

「要するに、金持ち喧嘩せずだよ」

「こんなことをされると、文句も言えんようになる」

「そういうこと。さすが大見謝さんだな」

持ち込んだビールを飲んで、スーパーの主人はよく食べる。山川はハブ酒を氷水で割って飲み、負けずにどんどん食べた。旭川から帰った日、スキヤキにほとんど箸を付けなかったのとは大違いだ。

「俺も免許を取ったし、コツコツ働かんといかん。あんたには借金もあるしねぇ」

「それを言いなさんな。体と相談しながら、徐々に仕事を身につけることだ。焦っては元も子もないよ」

「求人広告を見ておると、日雇い運転手というのもある。ちょこっと働くぶんには、福祉事務所に断る必要はないやろ？」

「それぐらいは大目に見てくれるよ。大事なのは働く意欲だからね」

「俺は恵まれておる。皆さんのお陰で、正業に就けることになった。感謝の心を大事にせんといかん」

「おやおや、新興宗教に入信したような口振りだ」

スーパーの主人が話を逸らし、福祉センターの見合いの件でからかわれてしまった。


十一月の初め、近所の運送店にアルバイト運転手として採用された。新聞のチラシ広告を見て面談に行ったら、日給六千五百円で即決だった。

「履歴書のようなものが要りますか？」

「住民票と認印があればいいよ」

五十代の店主は、さっぱりした気性のようである。トラックを十数台保有して、近距離が専門という。山川にはうってつけで、二十三区の地図を買って一晩中眺めて過ごした。免許取得の苦労が報われた興奮で、なかなか眠れなかった。

スーパーの主人には黙っておくことにした。町内会長を務めて、民生委員と連絡が緊密である。いつか「公私混同は嫌いだ」と言ったことだし、福祉事務所にアルバイト収入が伝わるかも知れない。

初仕事として、アルミバン二トン車で建築資材を運んだ。材木屋が運送店に来て助手席に乗り込んだから、道に迷うことなく建築現場に届けることができた。荷物の積み卸しを手伝うだけだから、疲れることはなかった。

帰りがけ六十前後の材木屋がボヤいた。

「運転手に辞められて、リヤカーで配達する訳にもいかんのでね」

「すると募集中ですか？」

「いやいや、運送屋に頼んだほうが安くつく」

聞いてみなければ分からないもので、材木屋の配達も下請けに出す時代だ。

二回目の仕事は、引っ越しだった。一戸建ての借家から荷物を二ヵ所に運ぶが、家具類は積み込みに一苦労である。夫婦が別居するようで、小学生の子を連れた女は冷蔵庫など持ってアパートに入り、酒の臭いがする男は狭い路地の奥に間借りだ。

最後の荷物を運ぶとき、紐で括った本が三束残った。

「途中でゴミ捨場に置いて行くかな」

なんでもなさそうに男が言うので、山川は尋ねた。

「そんな勿体ない。私がもらっていいですか？」

「引き取ってくれるなら面倒がなくていい。他に欲しい本があれば持って行きなさいよ」

三十半ばの男は、投げ遣りな口振りだった。言われて本の束を見ると、音楽関係のものばかりで翻訳書が多い。もらっても仕方ないので遠慮したが、別れ際に男は意外なことを言った。

「あんた、女に不自由している？」

「…………」

「もし不自由しているなら、さっきの女の部屋に行くといいよ。誰とでも寝る女で、タダだからさ」

何のつもりかわからないが、聞いて反吐が出る思いがして、本をゴミ捨場に置いて帰った。

運送店は繁盛しているが、運転手はほとんどアルバイトだった。店主が配車を取り仕切って、専務と呼ばれる二十代の息子が先頭に立って荷物を運ぶ。控室で運転手同士が会話するのを嫌って絶えず雑用を言いつけるが、山川は苦にならない。あてがわれたアルミバン二トン車を、丁寧に水洗いして磨き上げた。

三日目の午後、病院へ荷物を取りに行くように言われ、雨の中を急いで出掛けた。山川が二月下旬に入院した総合病院である。

入口の交差点を曲がろうとしたとき、駐車中のトラックに接触してしまった。見るとウインカーミラーが壊れている。商店に品物を運び込んでいた学生アルバイト風の青年は、大仰に悲鳴を上げた。

「参ったなぁ。どうしてくれますか？」

「ちょっと待ってね」

そのまま車を運転してアパートへ帰り、弁護士にもらった小型カメラやノートを取って、すぐ現場へ引き返した。

接触したトラックは、そのまま置かれていた。運転手は居なかったが位置関係がわかるように撮影して、壊れた部分を接写しておいた。

こうして自分の車に戻って、ノートに下書きした。

事故発生報告書

運転者　山川一

私儀、このたび昭和六十一年十一月五日午後二時四十五分ころ、鎌谷交差点（鎌谷病院入口近く）新宿行き左側路上に駐車中のボンゴ車右側ウインカーミラー前後を、それぞれ二ヵ所破損いたし、事故を起こしましたのでご報告申し上げます。

なお、私が運転していた車は、鎌谷運送のアルミバン二トン車で、私はアルバイトの運転手として作業に従事していた者です。

　右の通り、事故発生報告書を提出いたします。

昭和六十一年十一月五日
右　山　川　一

警　察　署　長　殿

目撃者が居たかどうかはわからないが、明らかにこちらのミスである。事故発生現場の番地を記入しなければならないと思っていると、運送店の店主が運転席のガラス窓を叩いた。

「おい、何をしておる」

「済みません。接触事故を起こしてしまいました」

見ると相手方の運転手が、店主のそばに青ざめて立っている。こちらのトラックに運送店名が大きく表示してあるから、直接行ったようなのだ。

「お前が逃げたと言うから、驚いて来たんだよ」

「冗談じゃない。待っておれと断ったやろ！」

若い運転手を怒鳴りつけたら、ずんぐり太った店主の後ろへ逃げた。

「俺は逃げ隠れする男やない。事故発生報告書を書いておったんじゃ」

「お前、何処へ行っていた？」

店主に問われて、アパートへカメラとノートを取りに帰ったことを告げ、警察署長への報告書の下書きを見せたら怒鳴られた。

「バカ野郎。事務所に報告するのが先じゃないか」

「済みません」

「何が警察署長殿だ」

ノートを路上に投げ捨てられたが、順序を間違えたのは確かだから黙って拾った。

すると店主が、相手方の運転手に説明した。

「これで分かっただろう、決して逃げた訳じゃない」

「はい。警察には通報しませんが、ウチの担当者と相談します」

「宜しく頼みますよ」

名刺を渡しながら、山川を叱った。

「お前、ちゃんと謝らないか」

「ぶつけたのは間違いなく俺だ。申し訳ないね。あいにく名刺は持たないが、逃げも隠れもしないからな」

相手は逃げるようにボンゴ車に乗り込み、すぐに発進させた。

それから店主と帰ったが、事務所で意外なことを言われた。

「ウチは対物保険を掛けていない。事故を起こした場合、損害は運転手が弁償することになっている」

「そんな話は聞いていません」

「聞くも聞かないも、そういう仕来《しきた》りなんだ」

対人保険は強制加入で、物件に対して任意であることは知っている。国鉄や日通など超大手も、自前で損害賠償していることを新聞記事で読んだ。

「ウチの車も修理に出さないといけない。二十万円は覚悟してくれ」

「従業員に負担させるのは、おかしいんじゃないですか。事故を起こしたことは申し訳ないと思いますが……」

「そう思うのなら、弁償することだ」

「日給六千五百円のアルバイト運転手に、支払い能力はありませんよ」

「それじゃ弁償金額に達するまで、引続き働いてもらうしかないね」

賃金は月末払いの約束で、まだ三日目である。引続き働いて差し引かれるのでは、何のためのアルバイトかわからない。新たに事故を起こせば、また借金が増えることになる。

「どうも納得いかないですね。弁護士に相談して善後策を講じます」

「弁護士に相談？　生意気なことを言う男だ」

店主はせせら笑って、かかってきた電話に愛想よく応対している。弁護士に無断でアルバイトを始めたから、いきさつを話せば叱られるに決まっている。スーパーの主人は町内の顔役だから運送店主も一目置くだろうが、今になって打ち明ける訳にはいかない。息苦しい思いでいると、専務が仕事先から帰って、父親の話を聞いて笑った。

「やれやれ、気がきいて間が抜けているというか……」

「申し訳ありません」

「謝ることはない。損害額二十万円を払ってくれればいいんだよ」
二十七、八歳の専務はエネルギッシュな働きぶりでアルバイト運転手を圧倒している。体は大きくはないが、重量物も軽々と持ち上げる。
「いつ支払ってくれる？」

「そんな約束はできんね。そもそも対物保険に加入しとらんのが、納得いかんのよ」

山川は身構えて言い返した。ここで弱気になっては、これから先タダ働きになってしまう。

「面談即決の採用で、何かウラがあると思っていたら、経営者の責任を放棄しておるじゃないか」

「何だ、その口の利き方は？」

いきなり専務が胸倉を摑んだので、呼吸を整えて待った。事務所の隅の道具箱に、スパナやハンマー類と一緒にノミが置いてある。

「鎌谷運送をナメると、痛い目に遇うぞ」

ようやく専務が手を放したので、ゆっくり運送店のネーム入りジャンパーを脱いだ。

「おい、勝手に辞めるのか？」

「その前に、しておくことがあるんじゃ」

道具箱に突進してノミを掴むと、シャツの襟を引きちぎって肩の刺青を露出させた。

「専務さんは、一億円の生命保険に加入しちょると言いよったな？　俺のお陰で親孝行できるやろ」

にじり寄って行くと、店主が息子の前に立ちはだかり、声を震わせて止めた。

「そういう真似はやめろ。互いに為にならない」

「先に手を出したのは、専務やろが？」

「その通りだ。……謝れ」

店主が息子に命じたら、深々と頭を下げた。

「手を出して悪かった」

「いつでも相手になってやるが、半端じゃ済まんよ」

ノミを道具箱に放り投げて表へ出ると、雨の中を破れたシャツ一枚で自転車に乗って帰った。

数日後、スーパーの主人がアパートの部屋に来て、呆れ果てた表情である。

「まるで町内の鼻つまみ者で、もう誰も相手にしちゃくれないよ」

運送店主が相談に来て、ノミで息子を脅したいきさつを話したという。

「これじゃ私が、山川さんの身元引受人みたいだ。平謝りに謝って、警察沙汰にしないように頼んでおいたけどさ」

「警察に行かれても、俺は困らない。真っ先に事故発生報告書を作成したんやけ」

「またまた先走って……。事故を起こした車を運転して現場を離れれば、誰だって逃げたと思うさ」

「写真を撮って、現場の見取図も書く必要があるけんよ」

「それが警察の仕事なんだが、小さな物損事故なんかに構っちゃいられないよ」

ともあれ運送店側は、接触事故について相手方に弁償を済ませた。山川が運転していたトラックの疵も修理したという。それで終わりにして、もう出入りしないでくれとのことだった。

「まったく、損ばかりしてさ」

「そやけど、俺が体を張って抗議せんかったら、二十万円を弁償させられちょる」

「バカなことを言いなさんな。故意があったのならともかく、仕事中の事故で弁償はないよ」

「…………」

「刺青なんか見せたばかりに三日分の日当をフイにして、お払い箱になったじゃないか。なぜ私に相談してくれなかった？」

そう言われると、返答に窮してしまう。しかし、あの場合は仕方なかった。世話になった人に迷惑をかけないために、体を張る以外にないと思ったのだ。

「結局、あんた自身が損をしているんだよ」

「損得勘定で生きてる訳じゃない」

「それは私に対する皮肉かね？　小さな商いで日銭を稼いで、損得勘定ばかりしているからなぁ」

「いや、そういう意味では……」

「もっと自分を大切にしなければダメだ。今のままでは、自滅してしまうよ」

「それでよか。こげん人間やけん」

「情ないことを言いなさんな。自分のルーツを探る目的はどうなった？」

「…………」

「以前から、聞いてみたいと思ったことがある。山川さんは、この二月に何で出所したの？」

「満期やけんよ」

「でも中で事件を起こせば、また刑が追加されたんだろ。急に温和しくなったのは、どういう訳なのかねぇ」

「五十八年三月に札幌高裁が、一審の一年六月を破棄して一年二月に減刑した。俺の言い分がある程度は認められたけん、安心したちゅうか……」

「言い分が通って、反省の情も認められた訳か。その〝反省の情〟だけど、そもそも服役するきっかけになった殺人について、今どう思っているの？」

「あんた、裁判官みたいな口振りやないの」

「だって運送屋の息子を、ノミで殺したかも知れないんだよ。そばに居る人間として、聞かずにはいられないよ」

「ちょっと脅しただけやけん」

「もし、向こうも刃物を持ち出したら？」

「どうなったか分からんなぁ。亀有では向こうが日本刀を持って殴り込んだから、結果的に殺してしもうた」

「だから、そのことなんだよ。経緯はどうあれ、人ひとりの命を奪ったことの意味を考えなきゃ」

「そやけ裁判でも、殺したことは申し訳ないと言うた。ただ、冥福を祈る気持ちがあるかと聞かれて、全然考えたことはないと答えた。俺は宗教を持ち出されると、カッとなるっちゃ」

「冥福を祈るのは、宗教とは関係ないよ」

「そう？　何か嘘っぽい気がする」

「そういう言い方が理解できない。〝嘘っぽい〟とは、どういうことなのさ。あんたに殺されなかったら、相手はこの世に存在するんだよ。確か二十四歳といったね。生きていれば、幾つになるだろう」

「事件は四十八年四月やった」

「十三年前だから、生きていれば三十七歳か。普通に結婚していれば、小学生か中学生の子どもが居ておかしくない。山川さん、そうだろう？」

「…………」

「あんたは心の中で、相手はやくざ者だから殺されて当然と思っているようだね」

「それは言い過ぎやろ。俺自身が社会の吹き溜まりで生きてきたけど、やくざ者の命が吹けば飛ぶようなものとは思うてはおらん。やくざ者やろが総理大臣やろが、神から授かった命であることに変わりはなか。それを世間の人は、総理大臣を崇め奉って、やくざ者は人間のクズのように言う。バッテン、命の尊さに変わりはない」

「そこなんだよ、山川さん。その視点で、被害者のことを考えてみようじゃないか」

「考えておるけん、殺したことは申し訳ないと言いよる」

「冥福を祈る気持ちは？」

「ない訳じゃない。そやけ裁判でも、〝自分が殺されていた方が良かったと考えたりする〟と答えておる」

「しかし、山川さんは生きているよ。東京拘置所で自殺を図ったとはいえ、現にこうして生き延びているもんね」

「あのとき死んでいれば、こうして責められることもなかった。生き恥をさらすとは、今の俺の姿やろ。満期まで務めて禊《みそ》ぎを済ませたちゅうのに、過去を云々されんといかんのか」

「聞き捨てならんことを言うね」

スーパーの主人の顔が紅潮してきた。九月に見合いの話をしたら、ひどく興奮して勧めてくれた。あのときに似ているが、やはり様子が違う。

「私は過去を云々しているんじゃない。つい先日、あんたが人に刃物を突きつけた事実を、現に問題にしているんだよ。そのことは、わかるだろう？」

「それは、わかります」

「あんたは今、〝満期まで務めて禊ぎを済ませた〟と言った。確かに刑罰は終わったかも知れないが、また同じことを繰り返すのでは、あまりにも悔しいじゃないの。何のために苦労して運転免許を取ったかわからないよ」

「焦ってアルバイトしたのが間違いやった」

「問題をすり替えなさんな。あんたの生き方、考え方を改めるべきなんだよ。口先だけなら、誰でも〝命の尊さ〟を言える。本当に命の尊さがわかる人間なら、簡単に人に刃物を突きつけたりしないはずだ」

「その点は、反省しています。カッとなると、どうにでもなれ……と思う性格やけん」

「本当に反省しているのかね」

「ヘタをすると、町内会長の顔を潰すところやった」

「また、そういう言い方をする。私の体面じゃない。あんた自身の体面なんだよ。二度と刑務所へは戻らないと自分に誓いながら、カッとなったという理由で人を傷つけて舞い戻ったりすれば、それこそ男が廃るよ」

「そうだね。俺も四十五歳やけん」

「忘れてはならないのは、被害者も生きていれば三十七歳ということだ」

「…………」

再び十三年前の事件を持ち出され、ますます息苦しくなった。せっかく反省しているのに、なぜ執拗に追い詰めるのか。イライラが嵩じてタバコに火を点けたら、スーパーの主人はようやく腰を上げた。

「すっかり長居してしまった。きょうばかりは山川さんに、突っ込んで聞かずにはいられなかったのでね」

「俺も聞きたいんやけど、お説教をするちゅうのは、やっぱり気分がええもんやろ？」

「…………」

相手は急に黙り込み、元の蒼白い顔に戻って部屋を出ると、足音も荒く階段を降りて行った。

万事が裏目に出るときは、じっとしているに限る。部屋に籠もって鬱々として、まどろんでいるとき何度も久美子の夢を見た。いつか家に電話が通じて、息子に住所と電話番号を告げておいたのに連絡がない。しかし、運転免許証を取得した今は、会う必要もなかろう。

「バッテン、何で夢に出る？」

午後三時ころ、思い切って手帳の番号をダイヤルしてみたら、女の声で応答があった。

「山川一という者ですが……」

「ああ、イッちゃん？」

久美子は昔から、そう呼んでいる。思いがけず本人が出たので、絶句してしまった。するとと早口に、向こうから言った。「一度会わんといかんね。今は、どげん生活？」

「どげもこげもなかよ。運転免許は取ったバッテン、体が本調子に戻らん」

かいつまんで説明したが、自分でも声が弾んでいるのが分かる。思えば二十年前からの知り合いだから、懐かしさが先に立つ。

「息子さんに、伝言しといたんやけどね」

「イッちゃんから電話があったことは聞いたけど、住所とか電話番号とかは言わんかったよ」

「あんとき、きちっと書かせたちゃ」

「優しい子やけ、母親の前の夫と分かって、父親のことを考えたんやろ」

「そういうもんかねぇ」

別に腹も立たないのは、久美子のほうが懐かしそうな声だからだ。過去を蒸し返しても仕方ないので、弁護士やスーパーの主人との付き合いを強調して、仕事には就いていないが充実した日々だと話した。

「羨ましかぁ。ウチはすったりよ」

さっぱりダメだと溜め息をついて、愚痴をこぼすばかりだった。それでも夫はビルの清掃に出て、彼女は夕方からレストランの皿洗いという。

「下旬やったら都合がつくけど、イッちゃんは時間が取れる?」

「取れるも何も、こげなふうやけん」

二つ返事で承知して、勤労感謝の日に重なる日曜日に会う約束をした。

久美子と会う約束ができて、アルバイトニュースで見つけた警備会社のガードマンとして、昼間の仕事に出た。日当は五千五百円で運転手より安いが、道路工事で片側通行の現場で車の誘導をする。別れた妻とはいえ女性に会うのだから、気のきいた店で食事をするカネを作らねばならない。

雨が降った日、アパートに帰って冷えた体を温めていると、久し振りに弁護士から電話があった。

「きょう何回か電話したが、日中は留守だったようだね」

「ちょっと用がありまして……」

アルバイトについて報告しなければならないかも知れないが、何か言われそうで切り出せない。口籠っていると、弁護士が用件を告げた。

「近く国を相手取って、損害賠償請求の訴訟を起こすことになった。そのことで、山川君に協力してもらいたいと思ってね」

「どんな訴訟でしょう」

「旭川へ無期刑で送られて四年間も独居拘禁されて、精神的苦痛を被ったから慰謝料を請求する民事訴訟だよ」

「あの人のことでしたか」

「知っている？」

「会ったことはありませんが、話は聞いていますよ」

昭和五十四年六月に東京で起きた「浅草山谷マンモス交番警官刺殺事件」の被告人は、無期懲役が確定して五十七年九月に旭川刑務所へ送られた。だが刑務所側は、工場へ出役させると他の服役者を煽動するという理由で、ずっと独房で作業させている。

「私より三つ下と聞いたから、もう四十二歳ですね。いつまでも独居拘禁では、老け込んでしまいますよ」

「そういうことなんだ。訴状で次の点を不法行為とするから、聞いてくれないか」

弁護士が読み上げるので、山川は急いでメモした。

①工場に出役させないで、独居房内で安座姿勢をとらせて膳紙に割箸を入れる雑作業をさせている。

②作業時間内は、用便などのほかは同一姿勢をとることを命ぜられ、壁によりかかったり房内での運動はすべて禁止される。

③昼夜ともほかの在監者とは厳格に隔離され、交流や会話は一切禁止されて、所内のレクリエーションや教育行事に参加させない。

④戸外運動はフェンスに囲まれた運動場で一人でやり、ほかの者が室内運動になる時は独居房内の体操になる。

⑤そのほか入浴、診療、理髪、接見、教育もすべて分離されて実施される。

「日常的に狭い室内に拘束され、他人との会話や交流から絶縁されていると人間的社会性と共同性を奪われて著しい精神的苦痛を受ける……との主旨だよ」

「その通りです。私は何を協力すればいいのでしょうか」

「いずれ弁護団が連絡すると思うから、旭川の実情を話してもらいたい」

「わかりました。思想は違っても、人間の権利は同じです。刑務所がいかに囚人を不当に扱っているか、知ってほしいです」

「おそらく山川君を証人申請するから、採用されたら旭川地裁から呼ばれることになる」

「私でよければ行きます。旅費は裁判所から出るんでしょう？」

「そういうことだろう」

もう旭川へ行くことはないと思っていたら、意外な話が持ち上がったのである。山川は確かめずにはいられない。

「いつごろ行くことになりますか」

「これから提訴するんだよ。証人申請は先の話で、裁判所が採用するとはかぎらない」

「そのとき私は、東京以外に住んでいても構わないのでしょうか」

「勿論、どこに居ても構わないが……。引っ越す計画でもあるの？」

「先生に相談しようと思っていたんですが、九州へ移れないかなと。私は福岡生まれですから、自分のルーツを探りたい希望もあるです。東京は寒いし、体のためにも九州が良いような気がします」

「ケースワーカーに相談してみなさい」

最後は事務的な口振りになって、弁護士は電話を切った。


約束の日が来て、身なりを整えて出掛けた。久美子が指定したのは、常磐線の亀有駅の改札口である。

朝から快晴だが、風に当たると肌寒い。待ち合わせ時間の三十分前に到着して、店長を務めていたキャバレーに行ってみると、ソープランドになって昼間から営業していた。

「いい子が居ますよ」

客引きに声をかけられ、苦笑して手を振った。

「カネがないよ」

しかし、懐は暖かい。道路工事は七日間続いて、交通費や食費を引いて三万円になった。

約束の正午に、久美子はホームの階段を降りて改札口に現れた。相変わらず細身で、思ったほど老け込んでいない。向こうもすぐ、山川に気付いた。

何と声をかけたものか迷っていると、久美子が振り向いて言った。

「こっちへ来て、挨拶しなさい」

すると背の高い少年が、ペコリと頭を下げて寄って来た。銀縁のメガネをかけて、なるほどオール5のような顔をしている。

「ハハハハ、ガードマン付きか」

ひどく可笑しくて、咳き込むほど笑ってしまった。少年は照れ笑いを浮かべて、パンタロンスーツの久美子は澄ましかえって通りへ出た。

「どこへ行く？」

「天気のよかけん、散歩しましょう。それから昼ゴハンでも遅うはなか」

「そやね」

並んで歩き始めると、少年は少し後ろからついて来る。この年齢のころ、山川は宇治初等少年院にいた。差支えなければ自分の経験を話して、「おじさんのような道を歩まないため勉強に精出しなさい」と、お説教でもしてやりたいものだ。

「お店はあっちやったねぇ」

「子どもの教育に悪かけん、寄らんほうがよか」

すでに下見したことを話したら、久美子は体をすり寄せるような仕種で言った。

「さすがイッちゃんやね」

何がさすがだと思ったが、悪い気はしなかった。十四年前に東京へ出て来て、暇さえあれば二人でブラブラ歩いたものだ。

「先月ウチは、法事で九州へ帰ったんよ。相変わらず暴力団が、派手にドンパチやりよるねぇ」

「抗争が始まっておる？」

「ようわからんけど、覚醒剤のルートで揉め事が起こって、大きな抗争に発展する雲行きのようよ。久留米とか北九州で、発砲事件が続いておるけん」

「やっぱりシャブが原因か……」

「イッちゃん、出所して九州へ行った？」

久美子に問われて反射的に頷いたが、下稲葉を頼って行ったことは隠した。最初の電話で、弁護士や町内会長との付き合いで充実した日々を送っていると話している。

「俺は八月初めに行ったよ」

竜華孤児院や萬行寺の話をしたら、久美子がしんみりした口調になった。

「イッちゃんのお母さん、どこにおらっしゃるんやろ。何とか今のうちに巡り合えんかねぇ」

「ムリとは思うけど、そろそろ博多へ引っ越して、ルーツを探すつもりでおるタイ」

「博多で運転手をしたら？　親戚にそういう仕事をしよる人がおるけん、紹介してもよかよ。宅配便が増えて運転手不足を嘆きよった」

「そんときゃ頼むけん」

調子を合わせたものの、山川は狼狽してしまった。いつの間にか、二人が住んでいたアパートに近づいている。

「久美子？」

「ここら辺が寮やったねぇ。贅沢な生活で、やっぱりあの頃が花やった……」

店長とママで暮らし振りは良かったが、住んでいたアパートは事件の現場でもある。どんな神経をして、連れて来たのか？

「バッテン古ぼけて、昔の面影はなかねぇ。あの頃はマンションみたいやったけどね」

都営アパート群のはずれに、古い住宅が密集している。久美子が指差したアパートは、確かにキャバレーが寮として借り切っていたものだ。通りから見て二階の右端の部屋に、山川夫婦は住んでいた。その手前がオデン屋で、日雇労働者や職人に安い酒を飲ませていた。キャバレーの連中は寄りつかなかったが、あの晩は山川が飛び込んで電話を借りて、救急車を呼んだのだ。

よく見るとオデン屋は、今も営業している。昼間だから表戸は閉まっているが、赤提灯が軒先に吊るしてある。

「もうちょっと、近づいてみる？」

久美子がささやくので、山川は後ずさりした。

「白い菊の花でも買うて来るんやった」

「イッちゃん、何ば言うちょるね。洗濯物が干してあるから、誰か人が住んでいる証拠やろ。勝手に花なんか供えたら、昔のことがわかるやないの」

「…………」

さきほどからの身震いは、冷たい風の所為ではない。逮捕直後から一貫して、「襲われて無我夢中で何も覚えていない」と供述したが、あの晩のことは忘れていない。

いったん帰った男が引き返して、玄関先で刀の鞘を払った。ママが競争相手のキャバレーに、客を装って乗り込んでホステスを引抜いた。店長の山川とは話がついても、ママを脅しておかないと気が済まなかったのかも知れない。

気が強い久美子は、刃物を突きつけられたくらいで悲鳴を上げたりはしない。「こげなもんが怖くちゃ水商売は務まらんよ、馬賊芸者は博多のおなごやけんね」と言い返したから、相手は激高した。しかし、女を刺すつもりはなかったようだ。山川が刀を取り上げようとして、揉み合いが始まったのだ。

狭い玄関で争って、奪い取った刀で相手の足を狙った。動きを封じるのが喧嘩の鉄則で、よほどの遺恨でもないかぎり殺すことはない。山川に殺意はなかったが、足を刺すつもりが逸れてしまった。すぐに逆襲されて、喉頸を摑まれた。あわてて刀を突き出したら、脇腹を刺して抜けなくなった。相手はひるまずに捩じ伏せにかかったので、抜いた刀で滅多切りにしたのだ。そうしなければ、逆に殺されると思った。

腹部と胸部に十一箇所の傷で、死因は出血多量だった。救急車が到着したとき、被害者の意識ははっきりしていた。自首したとき山川は両手の人差指に軽傷を負っており、亀有署に「傷害」で緊急逮捕されたが、罪名は「傷害致死」から「殺人」へ変遷する。

公判で久美子は、「私が殺されかけたので主人が止めに入った」と証言した。刀を突きつけられたのは事実だから、とりたてて嘘を言ったことにはならない。しかし、山川が凶器を取り上げようとせず、穏やかに収めればよかった。刑が確定してからも、そのことはずっと気になっていた。もう少し度量があれば、若者を死なせることはなかったし、自分も長期刑に苦しむことはなかった。

「俺が悪かった」

つぶやいて素直に打ち明けようとしたら、久美子はアパートに向かって合掌していた。その後ろ姿を、息子が離れた所から怪訝そうに見ている。いっそ久美子に倣《なら》ったら、山川も気持ちが楽になるかも知れないが、ただ佇んでいるほかなかった。

十二月に入って、血圧が上がってきた。やはり寒くなると、自分が病人であることを思い知らされる。それでも防寒を心掛け、道路工事現場の誘導で縁が生じた警備会社で、週に一回ぐらいアルバイトをした。いきなり自動車の運転をすれば、この東京で無事に済むはずはない。

アパートの部屋に居ると、ときどき久美子が電話して来る。夫が仕事に出た昼間、長電話で愚痴をこぼすのだ。日当たりの良い部屋で、別れた妻の愚痴を聞くのも悪くはない。

「人間万事塞翁が馬というやろ。人間が生きておると、良いこともあれば悪いこともあるっちゃ」

いつかの弁護士の話を受け売りしていると、ドアがノックされて大見謝が顔を覗かせた。

「ほんじゃ、またね」

急いで電話を終えて部屋に入れたら、老人は居住いを正して頭を下げた。

「町内会長さんに相談したら、直接あなたに話すように言われました」

「何事です？」

「はなはだ申しにくいことですが、実はマンションを建てる計画でしてね」

大見謝のアパートは老朽化していることだし、思い切って五階建てのマンションにする。そうなると日当たりが悪くなるから、早目に山川のところへ相談に来たという。

「こちらの家主さんには、事前に了解を得ておりますが……」

「日当たりの良いのが取柄の部屋ですけんねぇ」

「よくわかっております。そこで他の部屋の方々には内密に、山川さんに対しては、立ち退き料を払わせて頂きたいと思いましてね」

「はぁ」

「もちろん、福祉事務所にも内密です。六十万円で承知してもらえませんか？」

いきなり金額を提示されて、額が多いので驚いてしまった。年内に引っ越す約束をすれば、今すぐにでも現金で支払うという。

「ちょっと待って下さい。相談してみます」

久美子に電話して、亀有で聞いた九州の親戚の運送店について尋ねたら、渡りに船で採用するだろうという。これから交渉してくれるように頼んで、大見謝に確答した。

「わかりました。引っ越しましょう」

「金額に異存はありませんか？」

「よろしいでしょう」

「さっそく現金を持参しますから、念書に署名捺印して頂けますか」

「構いません」

大見謝が部屋を出たので、福祉事務所に電話してみたら、担当の井口が居合わせた。

「九州は暖かいから体にも良く、仕事ができるような気がするんです」

「そういうことなら、転宅費用など援助できますよ。所長に相談してみましょう」

「さっそく福岡へ、面接を受けに行きたいんですが？」

「山川さんの自由です」

「有り難うございます」

にわかに忙しくなり、旅行の準備を始めていると、久美子から電話があった。

「すぐにでも来てほしいちゅう話やった」

「今日の夜行寝台で行くけん」

「相変わらずせっかちやねぇ、あしたの朝の新幹線にしたら？」

「それやったら、面接を受けるのが午後になる。善は急げというやろ」

「頼むけん、短気を起こさんでおくれ。堅気として働くんやけ、絶対に〝マル暴〟に近づいてはダメよ」

「わかっちょる、わかっちょる。相変わらず口やかましい女房じゃ」

「イッちゃんは私のことを、〝お母さん〟と思いなさい」

「そうか、人妻やったなぁ」

「メモの用意は？」

福岡の運送店の所在地や電話番号をメモしたところへ、大見謝が顔を出した。約束通り現金を持参したので、文末に「昭和六十一年十二月三十一日迄に必ず転居することを約束します」とある念書に署名捺印した。

「常識的にいうと、立ち退き料を払う義務はないんですけどね。山川さんは特別だから、決して口外しないでくださいよ」

「わかっています」

「金額が金額だから、大きな問題になりますからね」

くどくど念を押して、大判の領収書にも署名捺印させ、ようやく現金を渡した。

「六十万円というと、やはり迫力があるでしょう？」

「そうですね」

「大事にしてくださいよ。山川さんにかぎって、特別に渡すんですからね」

「はい、はい」

今から十七年前、群馬県のスーパーマーケットに警務司令として派遣されたときは、八百九十万円を横領したのだ。貨幣価値からいって、このカネの何十倍だろう。大見謝に話して驚かせてやりたい気もするが、有難味において重みがあるのは、目の前の六十万円である。

「ところで山川さん、お荷物はどうなさいますか」

「年内に引っ越しますよ。ひとまず福岡へ、求職活動に出かけるんです」

「話が決まれば、福岡で働くわけでしょう？」

「そりゃそうです」

「荷物をまとめに戻れば、二度手間になるんじゃないですか。旅費にしたところでバカになりませんよ」

「…………」

「向こうで話が決まったら、電話一本寄越しなさい。私が引越屋に頼んで、新しい住所に発送してあげますよ」

「すると運賃は？」

「心配しなくても大丈夫です。着払いにしますからね」

ニコニコして大見謝は帰ったが、旭川駅で見送るときの分類課長の笑顔と重なる。しかし、就職のために引っ越すのなら、福祉事務所が転宅資金を出してくれる。そう追い立てられるように急ぐことはない。

暗くなりかけた頃、ショルダーバッグを持ってスーパーへ行き、十万円入りの袋を主人に渡した。

「運転免許証のために借りたカネです。元金だけの返済で申し訳ないけど……」

「働くようになって返す約束だよ」

「そやけ、九州で働きます。宅配便の運転手やけど、東京と違うてのんびり仕事できるのが取柄です」

「いつ決まったの？」

「これから夜行で面接を受けに行くけん」

「バカだねぇ、海のものとも山のものともわからない話だ」

スーパーの主人は呆れ顔で、カウンターに置いた袋を見た。

「大見謝さんから、立ち退き料を受け取ったんだろう？」

「実はそうです」

「あの人のやり方に賛成できないから、私は仲介を断った。それを何だって相談なしに決めるんだ」

「あんたが断ったと聞いたからよ」

「それで幾ら受け取った？」

「即金で六十万円」

「バカだなぁ。私には百万円を覚悟していると言ったんだよ」

「そやけど、もう念書を入れたけん」

「いつ引っ越すのさ」

「十二月末までの約束やけど、就職が決まって住む部屋を見つけたら、大見謝さんが荷物を送ってくれると言うた」

「弁護士の先生は知っておられるの？」

「正式に決まったら事後報告するつもりやけ」

「バカなことを言いなさんな。あれだけ世話になって、しかも身元引受人の先生だよ。九州に移りましたと事後報告では、まるで筋が通らないじゃないの。必ず戻って了解を得ないことには、あんたの男が廃るよ」

「わかりました。必ず戻るですよ」

時間が気になるのでスーパーを出たら、主人が十万円入りの封筒を持って追いかけてきた。

「これを持って行きな。邪魔になるもんじゃないからね」

「いや、いったん返したカネや」

受け取っては男が廃ると思い、振り切って駅の方へ走った。

行路病死人——小説『身分帳』補遺

平成二年十一月上旬から十二月下旬にかけて、わたしは自作の小説の〝関係者〟に、次のような内容のワープロ文書を届けた。追い追い加筆して数十人に送ったから、後になるほど説明が多くなった。以下、最終的にフロッピィに残ったものである。

御報告

拙著『身分帳』(本年六月─講談社刊) の主人公・山川一のモデルであった田村明義氏が、福岡市南区のアパート自室で急逝されましたので、取材などでお世話になりました方々に、ひとまず経緯を御報告致します。

十一月一日(木曜)

午後三時五十分ころ、福岡県警南署の派出所巡査から拙宅に電話が入り、アパートで一人暮らしの田村氏が、自室で死体で発見されたことを知らされました。

今年四月初め、田村氏は東京から福岡市へ引っ越しています。このとき、わたしがアパート入居契約の保証人になっていたので、第一報を入れたとのことです。

田村氏との係わりを問われただけで、死因については捜査中とのことで、こちらからの連絡先を問うと、「南署の刑事課」と告げられました。

しばし茫然として、すぐ福岡へ行けるかどうか思案していると、福岡県警南署の刑事課から連絡が入り、「強行犯係が捜査中」と言われました。〝強行犯〟は殺人・強盗・放火・強姦など凶悪事件を指し、その線の捜査なら、田村氏は何者かに殺害されたことになります。

わたしは「今夜中に行きます」と答えて電話を切り、田村氏の身許引受人である庄司宏弁護士に、死亡した事実を知らせたところ、「後始末は一任する」との返事でした。庄司弁護士とは『身分帳』の取材当初から、連絡を取っています。

わたしの旧友の籠島信也氏（籠島商事社長）が、福岡市で田村氏の社会復帰に尽力してくれているので、さっそく知らせたところ、一緒に警察署へ行ってくれることになりました。

あいにく家内が外出中なので、慌ただしく喪服の準備などしながら『身分帳』の担当編集者に異変を知らせて、午後七時十五分発のＡＮＡ２６５便に搭乗しました。

定刻どおりに福岡に着くと、出迎えてくれた籠島氏が、「人手があったほうがいいだろう」と、若い社員二人を同行してくれていました。

午後九時すぎに南署に着き、二階の刑事課大部屋に籠島氏と二人で入ると、強行犯係のT主任（巡査部長）から、最初に説明がありました。

この日の午後、アパート大家から一一〇番通報があり、パトカーが急行したところ、他殺の疑いがあったので強行犯係が出動したとのこと。わたしがT主任に詳細の説明を求めたら、「あなた方と死者との関係を聞きたい」と、〝事情聴取〟されたのです。


わたしは家を出るとき、田村氏が旭川刑務所を出所するとき交付された更生緊急保護法の「保護カード」、本人が獄中で綴った「裁判調書」を用意していた。旭川刑務所を満期出所したのが昭和六十一年二月二十日で、「引受人の許に短期間しか居住できず、援護してくれる親族もなく、釈放時の所持金も不十分で生計の見込がないので、更生保護の必要があると認める」と、保護カードを交付されている。その年五月、田村氏がわたしに「身分帳」の写しを郵送してきた。正式には「収容者身分帳簿」で、生育歴から受刑状況まで一切の記録だから、プライバシーの最たるものである。門外不出とされるが、田村氏が刑務所内で起こした事件の裁判に証拠として提出されたから、被告人の権利で写し取った。それが「裁判調書」であり、わたしは四年近く田村氏と接触して、『身分帳』を書いた。途中で福岡市へ移転し、また東京へ戻った田村氏は初出の『群像』平成二年四月号を読み、「とても不思議な気がする」と感想を述べた。それから一ヵ月後に、「生まれ故郷の福岡市で暮らしたい」と、引っ越したのである。

T主任から「作家とモデルの関係ですか?」と念を押され、そう割り切れる関係ではないけれども、とっさに「そうです」と答えました。尤も、捜査側の関心は、〝死んだ人物と最後に会った日時〟のようで、その点を細かく尋ねられました。

わたしは十月二十三日(火曜)、福岡市天神の籠島商事社長室で田村氏に会い、籠島氏を交えて就職の件で話し合っております。彼は福岡で生活保護を受けていますが、「仕事を見つけたい」が口癖になっており、わたしが籠島氏に頼み込んで、就職先を見つけてもらったのです。

明日からでも来てほしいという話なので、籠島氏とわたしが保証人になることにしました。わたしは「アルバイトのつもりで通いなさい」と励まして、夕刻の便で空路東京へ帰り、それが田村氏と会った最後で、電話の会話もありません。

籠島氏の説明は、次のようなものでした。

「十月二十五日(木曜)の昼前、田村君が予告なしに現れたとき、商談で外出して不在だった。このとき受付の女子事務員に、『紹介された会社の仕事は肉体的に耐えられないので辞める、自分にはタクシー運転手が向いていると思う』と言って帰り、その後は連絡がない」

この事情聴取は、正式に調書化されていませんが、若い刑事がメモを取っておりました。

わたし達が引き続き事情を聴かれていると、籠島氏の指示で花と線香を買いに行った社員二人が大部屋を訪れ、それを汐に尋問が終わったのです。

それからT主任は、初めて死因を明かしました。

「検屍官と医師の死体検案で、病死と判明しております。明らかに脳内出血ですから、司法・行政解剖の必要がなく、遺体を斎場に安置しました」

死体発見の状況は、アパート一階の田村氏の居室庭側の窓が数日前から開きっ放しだったので、不審に思った隣人が覗いたら窓の近くに足の裏が見えた。それを知らされた大家が部屋に入ると、仰向けに倒れて顔から頭部に吐瀉物が溢れ、冷たくなっていたそうです。

警察が他殺の疑いを持ったのは、田村氏はアパートの隣人たちと争い事が絶えず、ヤクザ風の連中が部屋に出入りしており、数日前も居室で来客と激しく口論していたとの証言もあったからだとか。

アパートの居室にあった田村氏の貴重品は、警察が領置していました。現金七万七千円をはじめ、銀行のキャッシュカードやパスポートが入ったバッグを見せられ、「遺体の引取人になることを承諾すれば、この場で渡します」と告げられたのです。

このときT主任は、「旭川刑務所を出所時の身許引受人の弁護士先生に連絡したら、あなたに一任していると言われた」と言いました。しかし、わたしは即答することができず、「福祉事務所の担当ケースワーカーと相談して決めます」と答えました。

刑事課長のH警部に挨拶して、強行犯係の刑事数人に案内され、南署から近い斎場「飛鳥会館」へ向かいました。まだ新しい立派な斎場で、冷房装置のある二階の霊安室で、田村氏の遺体に対面しました。

白い布に包まれた体は意外に小さく、大きく口を開けた顔は「やれやれ……」と吐息しているかのようで、わたしも感無量です。

田村氏が郵送してきた「身分帳」の写しに関心があり、初めて会ったとき、「どうせ死んでも無縁仏として葬られて終るが、それではあまりにも悔しいから、自分のことを一冊の本にしてほしい」と言われた。やがて彼の戸籍謄本を見ると、昭和十六年五月二日生まれで、本籍は前橋市と記され、父母の欄は空白で、「男」とあるだけである。天涯孤独で戸籍がなく、物心がついたのは福岡市の孤児院で、そのとき保母から「お母さんは博多芸者で名は田村千代、お父さんは海軍大佐」と聞かされたという。赤城初等少年院に収容中、戸籍がないのでは不都合とあって、前橋家庭裁判所が昭和三十一年六月に就籍決定した。生年月日は推定、氏名は通称名から取っており、本人の弁は「どこの馬の骨とも知れない」。十二歳のときから少年院を転々として、奈良特別少年院で十六歳のとき、暴動の首謀者として「集団加重逃走・建造物損壊・器物損壊・暴行・傷害」で起訴された。判決は懲役六月以上二年以下の不定期刑で、奈良特別少年刑務所で服役した。それ以来、社会生活は長くても一年半で、前科十犯で通算刑期は二十三年間に及ぶ。しかし、昭和六十一年二月に出所してからは、四年八ヵ月を無事に過ごしている。ずいぶんハラハラさせられたが、本人には窮屈な日々だったかも知れない。

わたしが棺に菊の花を捧げ、霊安室の前で籠島氏から順に焼香しました。

斎場の担当者の話では、すでに福祉事務所と連絡が取れており、規定の費用で市営火葬場で茶毘《だび》に付すとのこと。しかしながら、導師の読経などはないというので、通夜や葬儀については、ケースワーカーと相談して決めることにしました。

午後十時十五分ころ斎場を退出したら、追いかけてきた担当者に、「宿泊の用意をしている」と引き止められました。しかし、籠島氏がホテルを予約してくれていたので、その足で天神に向かいました。

ホテルの部屋から家に電話して事情を話したら、「殺されたのでなくてよかった」と家内が申しました。殺人を含めて前科十犯の田村氏が家に近づくのを恐れ、かかってくる電話にも冷淡な応対ぶりでしたが、やはり気にはなっていたようです。

遺体の引き取りについて意見を訊くつもりでいましたが、とうてい賛成するとも思えず、わたし自身もためらいがあって、切り出しませんでした。

十一月二日（金曜）

午前七時ころ、所用で遠出する籠島氏がホテルに寄り、車のキーを渡してくれました。一台確保したので、昨日の社員一人に運転させて行動するようにとのこと。改めて友情に感謝した次第です。

クリスチャンの籠島氏は、田村氏に優しくしてくれており、会うと多額の小遣いを渡すものだから、そのことでわたしと口論になりました。田村氏に現金を持たせるとロクなことが起こらず、わたしは必要な物を買って渡すようにしていたのです。

ホテルの玄関で別れ際に、籠島氏に釘を刺されました。

「おれは明日の午後に帰ってくるけん、大事なことを先走って勝手に決めるなよ。あんたは昔から、気が利いて間が抜けちょるタイ」

言われて心細くなりましたが、大事な商談をまとめに行く社長に、残って付き添ってくれとは言えません。

午前九時すぎ、南福祉事務所保護課の担当ケースワーカーに電話連絡がつき、籠島商事の三村辰美氏が運転する乗用車で、南区役所へ行きました。三村氏は大牟田市の出身で、父親は三井三池鉱業所に勤務していたとのこと。新労（第二組合）だったので、旧労（第一組合）組合員の子からイジメに遇った話など、道中に聞きました。天涯孤独の田村氏には、人と知り合えば、先ず出身地や親の職業などを話題にします。この種の話題が苦痛だったでしょう。

担当ケースワーカーのA氏は、四十前後の穏やかな人物でした。前夜に警察から連絡を受けたとのことで、わたしが名刺を差し出すと、「田村さんから『群像』をもらって読みました」と言われました。

A氏の説明によれば、田村氏は手続きに従って火葬場で荼毘に付し、遺骨はしばらく中央福祉事務所に預け、まとめて無縁仏として寺に納骨するそうです。

「行路病死人の扱いです」

「では、行き倒れですか？」

「そういうことになります」

ショッキングな言葉ですが、遺骨を引き取った後の手立ても思い浮かばず、「よろしくお願いします」と答えるほかありません。

福祉事務所としては、遺体の引取人がない場合は、家財道具の処分は大家に任せるそうです。財産の処分に行政が関与すれば、厄介な事態が生じるとか。田村氏は、二四インチの新型テレビを買い、冷蔵庫も新しくしたようなことを言っていたから、それなりに換金は可能でしょう。

田村氏の「収容者身分帳簿」には、「本人は異常なほどに潔癖で、居房を整理整頓している」とあります。〝反則太郎〟で数知れず懲罰を受けながら、一度だけ整理整頓で刑務所長から表彰されました。家具や衣類は、いつアパートの部屋に行っても片付いていたのです。

現金七万七千円などが入ったバッグは、すでにケースワーカーの手元にあり、現金は捜査費用および遺体処理費の一部に充当するといいます。

わたしは、遺体引取人になれないけれども、せめて葬儀は出してやりたい。その旨をA氏と上司に告げたところ、「福祉事務所として妨げる理由はない」との答えでした。

その足で南警察署へ行き、刑事課長のH警部に会って、「遺体の引取人にはなれないので、家財道具の処分も大家さんに任せます」と伝えました。すると親切に、「小説の資料に必要なものがあるんじゃないですか。何なら署員を立ち会わせますから、今のうちにアパートへ行っては？」と言われましたが、わたしは「もう終わったのです」と答えたのです。

斎場へ向かいながら、さっきの「もう終わった」に自己嫌悪を覚えました。田村氏が福岡市へ来て、わたしは二回アパートを訪ねています。やはり刑事課長が勧めてくれたように、最期を迎えた部屋へ行くべきかも知れませんが、怖くて近づけませんでした。

多くを考えないことにして、斎場に到着して担当者に会い、通夜と告別式の段取りをつけました。午後八時から通夜を営むことになり、僧侶を依頼する関係で故人の宗派を問われ、「特にない」と答えました。

このとき、医師が十一月二日付で作成し、検屍官の警部補が〝検屍済〟と署名した「死体検案書」のコピーを頂きました。

＊死亡年月日時分＝平成二年十月二十九日頃。（推定）
＊死亡の種類＝病死及び自然死。
＊死亡の原因＝直接死因は脳内出血、その原因は高血圧症。
＊発病から死亡までの期間＝短時間。
＊身体状況＝六畳の部屋で仰向けになって死亡、頭部左側に食物の吐瀉物が多量に見られる。死後硬直（Ⅲ）。背部、臀部、四股の下面に暗紫赤色の死斑がある。角膜少し溷濁、瞳孔右四㎜、左五㎜に拡大、直腸温十八度C、室温二十三度C。

死亡届の届出人は、七十二歳になるアパートの大家で、昨年夫に先立たれた未亡人とか。署名捺印を渋ったけれども、仕来りとあってやむなく承知したそうです。

家財道具は入居を斡旋した不動産仲介業者が処分すると聞かされました。敷金は迷惑料として大家に入り、電話加入権や家財売却分が仲介業者の取り分になるようで、わたしがアパート居室に入れば〝金目のものを狙った〟と勘繰られかねないことを示唆され、肝に銘じた次第です。

そういう訳で、形見分けは何方にも出来ません。ご了承下さい。

通夜まで時間があるので、ホテルで一休みしていると、田川郡添田町から神代英一氏が来てくれました。籠島氏と同様に昔の同人雑誌仲間で、役所で福祉を担当した時期があります。

午後七時過ぎ、単行本『身分帳』を担当した講談社のI氏から電話があり、到着したので飛鳥会館に直行するとのこと。福岡県では〝飛び梅国体〟が開催中で、天皇・皇后が来福しており、なかなか飛行機の座席が取れず、羽田で昼から空席待ちだったのです。

I氏は講談社及び編集者各位の香奠を持参してくれました。わたしの小説が遅々として捗らないので、業を煮やした田村氏が『群像』編集部に電話をかけ、「本当に書く気があるんでしょうか？」とW編集長に問い、「長篇は時間がかかる」と言われて、「宜しくお願いします」と伝えたエピソードなど思い出されました。

神代氏、I氏と三人で通夜を営むことになり、小部屋の祭壇に遺影がないのに気付きました。〝喪主〟たる者が、まったく迂闊です。警察が領置したバッグには、運転免許証やパスポートがあったから、引き伸ばしを手配すれば、遺影を飾ることができたのです。

そこで遺影の代わりに、I氏に持って来てもらった『身分帳』一冊を捧げました。

装幀は司修氏で、カバーに桜吹雪の模様がデザインされています。田村氏の肩から腕にかけた刺青は、赤城少年院のころ彫師見習いの収容者が入れたもので、筋彫りだけで彩色されていません。今年六月二十八日、『身分帳』の見本を福岡市のアパートに持参したとき、鮮やかな桜吹雪のカバーを見て、彼は相好を崩して喜んだものです。

午後七時五十分から、太宰府市「佛心寺」の平井明節住職の読経が始まりました。

そういえば昨夜、斎場の担当者に「宿泊の用意をしている」と引き止められたのは、この部屋のことでした。遺体を安置した部屋で、棺と枕を並べて寝る習慣が北九州にあることを、わたしは寡聞にして知らなかったのです。知っていたとしても、一人で泊まれたかどうか。まさに知らぬが仏……と、胸を撫で下ろしたことを告白します。

読経が終わって、皆で法話を聞きました。四十前後の住職が遺影の代わりの本を「自分も読んでみたい」と仰るので、一冊を献呈した次第です。

午後八時二十五分に通夜を終えて、三人で遅い夕食を摂りましたが、翌日は午前十時から告別式なので、深酒になるといけないから早目にホテルへ帰りました。

ベッドに入って、祭壇に遺影はもとより位牌がないのに気付いたのです。こういうことに詳しい東京の知人に電話して尋ねると、「遺骨を寺に預けて永代供養を頼めば戒名が付く」と言われました。ただし、供養料は地方によって相場が異なるが、若いサラリーマンのボーナス相当は覚悟しておくようにとのこと。

いずれにしても、戒名も付かないのでは可哀相で、明日は早目に斎場へ行き、担当者に相談することにしました。

ベッドでまどろんでいると電話のベルが鳴り、旅先からかけてきた籠島氏が大変な剣幕である。「お前、なんちゅうことをした？　五十歳を過ぎても、まだ人並みの常識がないごたるねぇ」。何を叱られているのか呑み込めないが、同じ科白を家内も常套句にしており、疲労困憊の身に耳障りだった。

「どう非常識か」「三村君から聞いたけど、部屋の荷物の処分をアパートの大家に任せたろうが？」「福祉事務所で、ケースワーカーからアドバイスを受けた。行路病死人と認定した場合、そうすることになっとるちゅう」「何のために、お前は東京から来た？　遺体の引受人にはなれないまでも、社会的な責任ちゅうものがある。そもそもアパート入居の保証人やないか」「…………」「アパートの大家は、七十二歳のお婆さんで、一人暮らしちゅうやろ。そげな年寄りに後始末を任せて、恥ずかしゅうないんか？」「仲介した不動産屋が責任を持って荷物を処分する」「それが無責任タイ。お前の責任で、部屋の畳を入替え壁を塗り替えて、元通りにして大家に返せ」「おれは福岡に長く居れん。大家さんには、明日の葬式が終わって挨拶する」「それじゃ遅すぎる。お前には今朝、おれが言うて聞かせたやろ。少しは世間に名の知れた者が、入居の保証人になっておきながら、迷惑をかけた大家の年寄りに後始末をさせ、涼しい顔をして東京へ帰ってみぃ。世間から何と言われるか。友人ということで、おれが福岡で恥をかく」「…………」「アパートの後始末を、お前一人にさせる気はない。おれが責任を持つ。今すぐ警察と福祉事務所へ電話して、無責任な前言を取り消しておけ」

籠島氏はだいぶ酒も入っているようで、ガチャリと電話を切った。こんな怒り方をするのは初めてだから、わたし自身〝非常識〟なのだろうと思った。しかし、福祉事務所や警察に電話するには、遅すぎる時刻である。そこで冷蔵庫のウイスキーをストレートで飲み、悄然として眠った。

十一月三日（土曜）

早起きしてI氏と二人で斎場に赴くと、青春出版社から故人に届けられた大きな花輪が、正面玄関に飾ってありました。

昭和六十一年二月二十日を、〝新生・田村明義の誕生日〟と称して、わたしは毎年薔薇の花を田村氏に届けていた。出所して、生まれ変わったという趣旨である。誕生祝いなら年齢に合わせて花一本だが、田村氏の一ヵ月は一年間に相当する。警察沙汰にならずに過ごしたことを祝福して、二周年には薔薇の花二十四本をアパートに持参した。そのとき青春出版社のカメラマンが同行した縁である。

平成三年二月二十日には薔薇六十本を持参して、福岡で盛大に祝うつもりでいた。六十本の薔薇の花は、田村氏にとって特段の意味がある。刑法の第五六条①で〔懲役ニ処セラレタル者　其執行ヲ終リ又ハ執行ノ免除アリタル日ヨリ五年内ニ更ニ罪ヲ犯シ有期懲役ニ処ス可キトキハ之ヲ再犯トス〕というのは、いったん刑罰を科せられた者が、懲りないで更に罪を犯したとき、初犯者より刑を加重するためだ。

田村氏が平成三年二月二十日までに、有期懲役に相当する犯罪を犯さなければ、これまでの〝前科〟は消える。よく田村氏は「五年たてば事を起こしても〝準初犯〟で刑が軽くなる」と言った。それに付け加えて、「五年間もおとなしくしていれば、事件を起こすのがバカらしくなるでしょう」と笑っていた。あと四ヵ月生きていたら、大きな解放感を味わえたに違いないのである。

午前十時からの告別式を前に、導師の平井明節住職に別室でお会いして、四十九日の法要に供養料を持参する約束をしたところ、永代供養を快く引き受けて下さいました。

ただちに位牌が出来上がり、戒名は「法厳正道居士」で、裏に「平成二年十月二十九日没　俗名田村明義　行年五十歳」と記されています。

こういう戒名を前科十犯の田村氏がもらったのは、I氏が作った本の帯に、「俺は真直ぐ生きた――社会はかくも冷たく、そして温かい。殺人罪で服役、満期で刑務所を出所した〝戸籍のない男〟の真実を描く魂の長篇小説！」とあったからのようです。

午前十時から告別式が始まりましたが、通夜の三人に加えて、ケースワーカーのA氏も参列され、西日本新聞社文化部の原田博治氏が、東京支社の竹原元凱氏から託された香奠を持参して下さいました。

わたしが田村氏と知り合ってまもなく、竹原氏に頼んで西日本新聞本社文化部の人を紹介してもらい、二人で福岡市へ行き、役所など回って田村氏の母親について「尋ね人」の記事を書いてもらいましたが、読者から何の反応もありませんでした。

やがて読経が終わり、昨夜から祭壇に置いてあったタバコのピース缶ほどの骨壺が、普通の大きさの壺に取り替えられました。中央福祉事務所に預けるのではなく、永代供養にするからです。

いよいよ野辺送りで、「飛鳥会館」に新しく入った白塗りキャディラックの霊柩車に、参列者一同で棺を乗せました。斎場の社長は、かつて外車の販売会社に勤めていた人といい、新車の使用第一号とあって、自ら福岡市営火葬場まで運転なさいます。わたしは〝喪主〟なので、「法厳正道居士」の位牌を持って、助手席に乗りました。

後続のベンツが、運転席のテレビモニターに映ります。社長の話では、霊柩車は黒塗りが常識ながら、能登半島あたりは例外的に赤塗りとのこと。しかし、白塗りは日本でこの新車だけで、金箔の装飾はかなりの重量であり、支える車体はキャディラックならではとか。

元ヤクザの田村氏は見栄っ張りで、過去に付き合った人の葬儀に、食費を削って花輪を贈ったりしていました。キャディラックの特別料金は四万九千円ですが、「行路病死人」は火葬場まで、無蓋の軽トラックで運ばれるとのこと。わたしも見栄を張りましたが、田村氏の野辺送りには恰好の霊柩車でしょう。

火葬場に到着して、平井住職が最後の読経をされ、わたしとI氏が棺に釘を打ちました。電熱により茶毘に付すとのことで、大きな番号札をもらって、棺と最後の別れをしたのです。

午後一時まで、ケースワーカーのA氏、講談社のI氏と三人で、火葬場内の食堂で待機しました。最初はビールを飲みましたが、なかなか酔えないので、わたしだけウイスキーに切り換えました。

四年余りの田村氏との付き合いで、問わず語りに母の話をしたことがある。わたしの母は七年前に肝臓ガンで死んだが、戦争未亡人として四人の子をかかえて辛酸をなめた。大柄な母が体中にヤミ米を巻きつけ、上からだぶだぶのコートを着て列車に乗り、経済警察に追われて必死に逃げたことを話すのを、彼は涙ぐんで聞いてくれた。田村氏の短歌や俳句には母親を詠んだものが多く、「母親は騙し易しと言う囚友に何の怒りぞ孤児の我」が印象に残っている。

田村氏の母親の記憶は、割烹着をつけて孤児院に面会に来て、手を振りながら大橋の方へ帰った後ろ姿だそうである。彼が死んだアパートが、福岡市南区大橋だったことを思うと、哀惜の情を禁じ得ない。今年四月に福岡へ移るとき、わたしに直接は言わなかったが、最後まで母親捜しを諦めていなかったのだ。

いささか唐突かも知れませんが、『身分帳』の書評から一部を引用させて頂きます。『週刊ポスト』に掲載されたもので、東洋大学の佐藤晴夫教授が評者です。佐藤氏は刑務所長、矯正研修所長を経験され、現在は矯正協会附属中央研究所長でもあり、インタビュー形式の書評です（構成は高橋団吉氏）。

――ストーリー的には？

「山川氏の周辺にいる女性たちの役割が面白いと思った。亀有で殺人事件を起こしたときいっしょにいた女性がいるでしょう。ホステス上がりでキャバレーのママをしていた久美子という年上の女性」

――山川が入所すると、他の男とくっついちゃう。

「その女性が、山川に再会して、『イッちゃん（山川一のこと）は私のことを〝お母さん〟と思いなさい』と言う場面がありますね。あれは、象徴的な言葉なんだ」

――というと……。

「この本にも出てくるけれど、刑務所では長期の受刑者になるほど俳句とか短歌が盛んになる。なぜ俳句かというと、外から先生が教えに来るからなんです。そういうものを見てみると、みんなおっ母さんなんです。少年院でもそうだけど、絶対オヤジのことなんか詠まない。面会から淋しく帰ってゆくおっ母さんの背中がかわいそう。いまごろどうしているんだろう……とか。もっと早くから詠んでりゃ、刑務所なんてこなくて済んだのにねぇ（笑い）」

――一種独特の日本的な母子関係がある。

「『岸壁の母』の瞼の母みたいなね。あんな歌、西洋にはないですよ。イブ・モンタンのシャンソンに、刑務所に入ってはじめてオッカサンの教訓がしみじみとわかった……というのがあるけどね」

（中略）

「……日本の母親マゾヒズムってすごいでしょ。さんざん自分の苦労話を子供に聞かせるわけ。泣いてしょうがないから月夜の晩に外であやしたとか、さかんに子供を責めて、だから親孝行しなさいって押し付ける。それが、一方で犯罪に対する歯止めになっているという面もある。ダメなところもあるけど」

――甘えの犯罪が増える。世間も心情的には理解しちゃう。その手の日本人のおっ母さん体質は、極道の世界にもそのままあてはまっちゃう。

「だいたい、極道の妻ってのは、みんな、あたしがいないとこの人ダメになる、って思い入れしちゃうわけ。はじめは恋人なんだけど、しまいには母親になっちゃう。山川さんが獄中で世話したヤクザを九州に訪ねる場面があるでしょ。あのヤクザのカミさんが、まさにその典型だ」

――いまの若い世代でも、やはり母親ですか。

「女の子でも、男の子でも、心の支えは、おっ母さんですよ」

午後一時、田村氏の棺の番号で呼び出しがあり、待機していた三人で遺骨を拾いました。骨の大部分が焼け崩れており、体が衰弱していた証拠と聞かされ、「アパートに籠もっていないで働きに出なさい」と言っていたわたしは、ショックを受けました。

骨壺を抱いて斎場のベンツに乗り、焼き立ての田村氏の匂いを嗅ぎながら、Ａ氏と短く問答しました。

「よく彼は、『早く就職しないと保護を打ち切るとケースワーカーに厳しく言われている』と訴えていたんですよ」

「私は担当者として、一度もそんなことを言った覚えはありません。東京の福祉事務所から書類が回ってきて、こちらの病院での診断書も常に見ています。あの体で働くのはムリとわかっていますよ。ケースワーカーだって、鬼ではありません」

「…………」

「対象者の心理は、なかなか複雑ですからね。田村さんも本心では、生活保護を受けたくなかったから、ケースワーカーを悪者にしていたのでしょう」

斎場に戻って、通夜や告別式とは違う部屋で、初七日を営むことになりました。

午後二時前、約束通りに籠島氏が現れました。「死体検案書」の写しを見せたら、死亡推定日が気になる様子でした。

「死亡推定の十月二十九日は、月曜日やねぇ。日曜日の夜中に、あんたと電話で長話しをしたのを覚えとるか？」

「そういえば、前日やったねぇ」

相槌を打つと、彼は溜め息をつきました。

「二人とも、『何で地味な仕事を嫌うんやろうか』と、田村君を非難したやろが」わたしは絶句するほかありません。

十月二十三日に籠島商事で田村氏に会ったことは、警察で述べた通りである。翌日から出勤するよう言って別れ、二十八日（日曜）の夜に籠島氏宅へ電話をしたところ、二十四日に職場へ行ったが、翌日には無断欠勤して籠島商事に来たと聞かされた。このとき籠島氏は、「あんたに言えば田村君を叱るから、電話するのを控えた」と説明した。

実は九月、わたしの家に田村氏から電話があり、「知り合いを頼って千葉の松戸に来て、仕事を手伝っている」という。どんな仕事か問い質すと、公営ギャンブルの〝ノミ行為〟の電話番で、「親分に『身分帳』を買ってもらったら、夜の街を案内するから著者を呼べと言っている」と弾んだ声だった。（この前後に田村氏は、講談社のI氏へ電話して、「書店に『身分帳』がないから、二十冊ほど松戸へ送れないか」と相談している）

わたしは田村氏に、「そんな世界に戻るのなら、あんたと縁を切る」と告げた。その一週間後、「アパートはそのままだから福岡へ帰っている」と、田村氏から電話があった。（I氏には、松戸から福岡へ帰ったことをわたしが知らせた）

そういうことがあって、福岡での就職を籠島氏に頼み込み、十月二十三〜二十五日の経緯になる。そして二十八日夜の電話では、籠島氏と言い合いになった。「あんたの所へ来ても、もう相手にしないでくれ。小遣いは絶対に渡さないように」「やっぱり田村君は、極道の世界に戻りたいのと違うか」「そうなれば、直ぐ刑務所へ舞い戻る」「あんたに喧しく言われて、ケースワーカーには監視されて、刑務所と同じように窮屈やろ？」「電話一本かけられない刑務所と、行動の自由がある娑婆は決定的に違う。あまり彼を甘やかさないでくれ」「はいはい、わかりました。おれも好き好んで、田村君と付き合うとる訳やない」

籠島氏が鼻白んで電話を終え、わたしは年内に福岡へ行き、思い切ってケースワーカーに会うつもりでいた。田村氏の話を真に受け、生活保護の打切りを予告されたと思い込んでいたのだ。

初七日の法要を前に、改めて籠島氏が述懐します。

「やれやれ……。おれ達が二十八日の夜に長話をしておる最中に、田村君は死んだのかも知れん」

するとA氏が言いました。

「十月二十五日の午後一時すぎ、田村さんは保護課の窓口に来ておりますよ」

すると天神の籠島商事に立ち寄って、「仕事は肉体的に耐えられない」と告げた足で、南区役所を訪ねたことになります。

「あいにく私は外出していたので、『また来る』と言って帰り、それきりでしたけどね」

「何か変わった様子は？」

「特に聞いていません。ああいう性分の人ですから、窓口の応対が悪いと言って喚き散らし、女子職員に刺青を見せて凄んだりしたこともありますがね。いつかは市民課で、サラ金業者に住民票を交付したのは怪しからんと、上半身裸で暴れたこともあります」

「二十五日におとなしゅう帰ったのは、暴れる元気もなかったんやろなぁ」

籠島氏が溜め息をついたところへ、「佛心寺」の平井住職が到着して、初七日の法要が始まりました。

平井住職から頂いた名刺には、「俳句の里　花鳥山佛心寺」とあります。時宗の俳僧・河野静雲が、昭和二十四年に創建した俳諧寺で、太宰府の都府楼に近い所にあるそうです。境内には高浜虚子の堂があり、「花鳥諷詠俳句道場」になっています。

告別式の法話で、河野静雲が福岡刑務所の篤志面接委員として、二十年余り俳句の指導をしたことを聞きました。昭和四十九年一月に八十七歳で死亡しましたが、福岡刑務所の前庭には、静雲の句碑があるそうです。

ふる里へ更衣して身もこころ

読経が終わって、短い法話がありました。

「亡き田村さんは、刑務所生活が長かったようですが、最後の務めを終えてから四年八ヵ月余り、更生の道を歩んでこられた。そうでしたね？」

「はい。出所後は一度も逮捕されたことはありません」

「それは何よりでした。人と人の出合いには、いろいろなドラマがあります。こうして縁ある方々に集まって頂き、田村さんも成仏なさるでしょう。佛心寺としてもご縁ですから、遺骨を預かって供養に務めます」

住職が遺骨を抱えて帰られ、わたし達は部屋にある冷蔵庫から、ビールを取り出して飲みました。しかし、さっき住職に、「出所後は一度も逮捕されていない」と言ったことが気になってきたのです。

十一月一日夜、南署で事情聴取されたとき強行犯係のT主任に、わたしが同じことを口にしたら、「そうでもないようです」と言われたからです。そのときT主任が言葉を濁したので、翌日に南署へ電話して尋ねたら、「どうしても知りたいのなら、最終犯歴を確認して、署の受付にメモを残しておきます」と言われました。

出所後に何があったのか、〝最終犯歴〟について思案していると、アパートの家財道具を処分する件で、籠島氏とA氏の間で遣り取りが始まった。

「私は佐木君に、入居保証人として責任を取れと注意したんです」「葬儀を出して責任を取っておられるじゃないですか」「いや、アパートの大家に申し訳ないし、不動産屋に売り飛ばさせるのも面白くない。田村君は『テレビを見に来て下さい』と自慢しておったから、そういう新品を福祉事務所にでも寄付すれば、恵まれない人の役に立ちます」「寄付された福祉事務所は、どうするんですか」「恵まれない人々に役立てて頂く」「何を基準に選ぶんですか。行政が特定の個人に品物を渡すことはできません」「いずれにしても佐木君の立場がある。彼に恥をかかせたくないんです」「どんな立場ですか。断っておきますが、田村さんの葬儀を出す優しい人と知って、私も個人的に参列させてもらったんです。何か特別な立場の人というのなら、私は帰らせて頂きますよ」

講談社のI氏はクスクス笑っており、わたしの保護者たる籠島氏は憮然たる表情だったが、この問題は決着がついた。

法要が済むと中洲で飲み直す約束ですが、南警察署とアパートの大家さん宅に寄らねばなりません。

南署へ行って受付に申し出ると、T主任は警備に出動しているとのこと。そういえば〝飛び梅国体〟のハイライトであり、皇室警備の応援に出たのでしょう。しかし、約束通りにメモは託してくれていたので、わたしは市内の書店で買った『身分帳』一冊を置いて、無事に初七日まで済ませたことを伝言しました。

表に出てT主任のメモを拡げると、達筆でペン書きされています。

〔最終犯歴〕
昭和六十一年十月三十一日
　窃盗
昭和六十二年五月二十六日
　起訴猶予

東京・目黒に住んで、わたしと知り合って二ヵ月半たった時期の〝犯歴〟です。「窃盗」は田村氏に不似合いな罪名で、「暴行」か「傷害」を予想していました。いずれにしても、このメモだけでは何のことか見当もつかないので、東京へ帰って確かめねばなりません。

しかし、四年前の〝犯歴〟であることが救いです。この「窃盗」から満四年間は、警察沙汰になっていないことになります。

アパートの筋向かいにある大家宅は、なかなか立派な構えです。籠島氏とA氏は表で待っているというので、意を決してI氏と二人で入ると、大家さんは気さくな老婦人でした。

「まぁまぁ、おたくも大変でしたねぇ。お茶でも飲んで行ってください」

応接間に通されて手土産など差し出し、田村氏にまつわる話を伺いました。

――入居したとき、「職業は公務員で東京から単身赴任した」と聞いたから、保証人が東京在住なのもやむを得ないと思った。決まった時間に出勤する様子もないので変だなと感じたら、「調査のような仕事をしている」と本人が説明した。鋭い目付きをしているし、警察関係を想像していた。

――あるとき東京からの土産をもらったら、「家内が訪ねて来たので昨夜はホテルに泊まった」と言う。「奥さんなら連れて来んしゃい」と勧めると、「恥ずかしくて女房に狭いアパートを見せられない」と答えるので、失礼な人だと思った。全体に話を大きくする人で、東京にいる長男も長女も一流大学に通っており、親しい友人は弁護士や社長や作家だと言っていた。

――家賃は決まってきちんと納め、大家としては面倒のない店子だった。しかし、一ヵ月前くらいから隣人とトラブルが多くなり、物音が煩いと怒鳴りつけた。アパートの裏手の家では、ちょっとした機械を使って内職をしているので、夜なべ仕事のとき文句をつけられた。大家としては、当人同士の問題だから、何か言ったことはない。

――私と話すときは調子がよく、庭の草むしりなど手伝ってくれた。大工仕事が好きだから、修理でも何でも言いつけてくれとのことだったが、特に頼んだことはない。今にして思えば、人懐っこい人物だった。

――半月ほど前に、警察の人が訪問して私に入居者のことを聞き、「田村の所に出入りしているのは、どういう連中か？」と尋ねた。正直に「知らない」と答えたら、「警察が来たことを本人には言わないでくれ」と言って帰った。すると今度は田村さんが来て、「もし警察が来て自分のことを聞いたら、そんな人間は居ないと答えてくれ」と頼んだ。

――ヤクザ風の人が出入りしていたことは、隣人が警察に話したことであり、怒鳴り合いの喧嘩をしたとか私は知らない。死体が発見されて、警察がアパートの入居者に一斉に聞き込んだとき、良くない話が集中的に出た。それで〝他殺〟の疑いが生じたのだと思う。

田村氏が死ぬ半月ほど前、アパートの大家に聞き込みがあったことを、どう解釈すればよいのでしょうか。ヤクザとの交際が復活したのなら、通夜か告別式に来てもよさそうなものです。強行犯係が捜査に乗り出した時点で、田村氏の手帳に記載されたそれらしい連中は、片っ端から洗ったとの話でした。

三日続けて通った南署で、田村氏に何らかの嫌疑がかけられていたことは聞かされておりません。いずれ四十九日の法要で福岡に来るのだから、その時点で確かめることにしました。

二十分余りお邪魔したあと、四人で大橋駅から西鉄電車に乗って、祝日でも営業している籠島氏の馴染みの鮨屋に行き、一同痛飲して酔い潰れた次第です。

このときの話題で記憶しているのは、『身分帳』のテレビ映像化である。雑誌に掲載して間もなく東映テレビ部と契約しており、誰よりも田村氏が喜んだ。京都でチンピラ時代に、太秦撮影所で照明係をしたのが自慢で、時代劇スターと相撲を取った話を繰り返した。誰が主役にふさわしいか尋ねたら、「そんなことは考えてもみない」と遠慮する。「考えてみたら?」と水を向けると、田村氏は大照れに照れて、苦みばしった二枚目の大スターを挙げた。その話を披露して、「可笑しいねぇ」と言った途端に涙が溢れ、どうにも止まらなくて便所へ駆け込み、それきり記憶が途絶えた。

十一月四日（日曜）

モーニングコールで目を覚まして、ホテルのロビーに下りたら講談社のI氏は校了間近のゲラを読んでいました。今回のことでずいぶん負担をかけましたが、これまでも仕事を超えて田村氏のことを考えてくれた人です。

二人で空港に駆けつけ、慌ただしい朝食を済ませて、九時発のANA246便に乗り込みました。

この日は乱気流で、ジャンボ機は大揺れしました。しかし、田村明義氏が飛翔した天空は澄み渡っており、心が安らぐ思いでした。

十二月二日（日曜）

太宰府市の「佛心寺」で、午後三時から四十九日の法要を営みました。告別式当日に初七日を繰り上げたように、生きている者の都合に合わせたのです。

わたしは当日の朝、『群像』編集部のMさん、青春出版社のカメラマンS氏と三人で、全日空機で福岡へ向かいました。入社二年目のMさんは、田村明義氏に直接会ったことはありませんが、「身分帳」を一挙掲載したときの担当者です。S氏は〝密着取材〟で、毎月わたしと同行することになっているから、薔薇二十四本のとき田村氏が後向きになった写真を誌面に掲載して、皆で並んだ記念写真を彼に贈っています。

このときの記念写真を、田村氏は「プロが撮ったのは違う」と、周りの人に見せていたそうです。

田村氏はカメラ好きで、わたしと取材旅行に出かけたとき、しきりに風景を撮影していた。物心ついた福岡市の孤児院（今は養護施設）、放浪した神戸や京都、収容中に就籍決定した赤城少年院などを一緒に回った。彼は旭川市へ行きたがって、「手錠を掛けられて押送されるのは旅行のうちに入らん」と表現した。わたしは雪の季節に取材に出向いたので、高血圧症の田村氏を連れて行けなかった。「そのうち夏に行こう」と宥めてきたが、とうとう空約束に終わってしまった。

わたしは十一月六日付で、旭川市の八重樫和裕弁護士に「御報告」をファクシミリで送信した。旭川弁護士会の会長である八重樫弁護士からは、十一月七日付で返信を頂いている。

前略。

本日、ＦＡＸを拝見致しました。突然の訃報で、大変驚きました。また、一方では残念でなりません。

著書『身分帳』により、苦労しながらも社会の水に馴染んで行く様子がうかがわれ、私としては、紆余曲折があろうとも、いずれ自分の居場所を日本のどこかに見つけ、彼らしい生活に落ち着くものと思っていました。

大変残念です。何か空しいものを感じます。
彼にとって『身分帳』という形で自己のアイデンティティを求めることができたのは、幸運だったと思います。そのころが、彼の人生での一つの昂揚期ではなかったでしょうか。故人も喜んでいると存じます。
私も生存中に、もう一度会いたかったのですが、今となってはかなわぬこととなってしまいました。ただただ、安らかに眠ることを祈るのみです。
ご苦労さまでした。　合掌
一九九〇・一一・七
旭川市　弁護士　八重樫和裕

昭和五十五年八月、服役中の旭川刑務所で看守に糞便を浴びせた「暴行・傷害・公務執行妨害」で、田村氏は拘禁八十日の懲罰を受けた。五十六年三月、旭川地検から右の罪名で起訴されて、国選弁護人として付いたのが、八重樫和裕弁護士である。四十八年四月に東京で起こした「殺人」で、懲役十年が確定した。四十九年十一月に宮城刑務所に収監されたとき三十三歳だった。

五十二年一月、宮城刑務所の洋裁工場で同囚と喧嘩した「傷害」で起訴され、懲役三月の追加刑が確定して、五十二年九月に旭川刑務所へ不良移監された。

五十三年十月、旭川刑務所で同囚二人に糞便を浴びせる「暴行」事件を起こして、拘禁六十日・罰金一万円の懲罰を受けた。五十四年三月に右の罪名で起訴され、懲役十月が確定している。

東京弁護士会の庄司宏弁護士は、「殺人」で懲役十年が確定したときから、田村氏の身許引受人である。たびたび所内で事件を起こすのは、とうてい尋常ではない。そこで知り合いの八重樫弁護士に、弁護を依頼したのである。

田村氏の身許引受人の庄司宏弁護士に、十一月六日付で「御報告」を郵送したところ、さっそく返信を頂いている。

死去に伴い、葬儀等一切の始末、丁重に終えていただき有難うございました。
もう少し彼らしく生きて、自分の人間像――これも何ともチグハグな感じでしたが――を見せてくれるかなと、かなり冷淡な気持ちで期待（?）していましたが。
これで『身分帳』も、何だか未完成交響楽みたいに、ぷつんと終わりでしょうか。
偲《しの》ぶ催でも計画されましたら、参加させて下さい。

十一月十一日

庄司宏

庄司弁護士の住まいが目黒区なので、旭川刑務所を出所後に、田村氏は目黒区内でアパート暮らしを始めた。その後引続き、庄司弁護士は身許引受人だから、わたしは田村氏の死亡を派出所の巡査に知らされ、真っ先に電話で報告したのである。

ところで、昭和五十六年三月に起訴された「暴行・傷害・公務執行妨害」で、旭川地裁は懲役一年六月を言い渡した（求刑は懲役一年八月）。

八重樫弁護士は、この公判中に精神鑑定を申請した。少年時代に医療刑務所に収容されたことがあり、事件当時も鎮静剤の投与を受けていたから、「長期拘禁中という点をも勘案すれば、心神喪失ないしは耗弱の主張も根拠のないものではなく、被告人を精神鑑定に付すべき状況は備わっている」と主張したが、旭川地裁は却下した。しかし、控訴審の札幌高裁（渡部保夫裁判長）は、精神鑑定を採用したのである。

札幌医科大の下出弘助手（神経精神科）は、「犯行当時は拘禁反応を呈しており、行動を統制する能力および行為の善悪を判断する能力は減衰していた」と鑑定した。

この鑑定命令と同時に、渡部裁判長が旭川刑務所に「収容者身分帳簿」を提出させていたのである。

昭和五十八年三月二十八日、渡部裁判長は「原判決を破棄し、被告人を懲役一年二月に処す」と宣告した。

精神鑑定については、「刑法上の心神耗弱の状態に陥っていたとまでは認めることができない」としながら、〝身分帳〟にもとづいて、「生育環境が人格形成を阻害し、社会性の乏しい自己中心的な未熟な人格に形成されてきた原因とも考えられ、このような性格特徴が本件犯行の要因となっており、人格のすべてを被告人の責に帰せしめることができない一面がある」と、刑期を軽くしたのである。

このときの渡部裁判長は、昭和六十年四月に依願退官して、北海道大学の法学部教授に任官している。

わたしが『身分帳』を献本したところ、渡部教授からモデルの被告人を記憶している旨の返事があった。先の「御報告」については、十一月十五日付で便りを頂いた。

拝復。

お手紙有難うございます。急逝のことを知り、驚きました。小生も一度お会いしてみたいと思っていたのに、誠に残念です。

苦難にみちた生涯を描かれ、『身分帳』を霊前に捧げられ、彼としてはさぞ嬉しかったろうと思います。

裁判当時、彼が長期間にわたり独居房にいれられ、鎮静剤を連用していたことを知り、相当心臓に響いているのではないか、果たして無事に出所できるであろうかと心配に思っていた次第です。

お通夜、告別式、さらに永代供養までお願いされた由、御親切に心から敬意を表します。

そのうち、九州に旅行し、佛心寺にお参りいたしましょう。

平成二年一一月一五日　渡部保夫

佛心寺へは、板付空港に出迎えてくれた籠島商事の三村辰美氏が運転する車で向かいました。

この日、福岡市は霙まじりの寒風が吹き、九州は初めてというMさんは、「こんなに寒いんですか？」と悲鳴を上げています。玄界灘に面しているせいか、むしろ雪は東京より降る回数が多いでしょう。しかし、積もった雪が凍りつくことはなく、東京のような雪掻き風景を見ることはありません。

わたしは太宰府市へ向かう車中、渡部教授の「鎮静剤の連用が相当心臓に響いているのではないか」との文面を思い出していた。

田村氏は東京にいた頃から、血圧降下剤と精神安定剤、それに睡眠剤の投与を受けていた。しかし、「頭がボーッとする」と言って、なるべく飲まないようにしており、時折わたしに睡眠剤を呉れた。

そんなとき、ニヤリと笑って言ったものだ。

「せっかく生きて旭川から出れたんだから、少しでも長生きせにゃ勿体ないです」

昭和五十八年三月の札幌高裁判決を不服として、田村氏は最高裁に上告している。一審当時から「何も記憶していない」と主張したから、行き掛かりで上告したのだ。実際には、懲役一年六月から一年二月に減刑されて、「やったぁ!」の心境だったという。少年刑務所をふくめて、およそ二十三年間を刑務所で過ごしたのは、「いつも裁判官が言い分を聞いてくれなかったから」と田村氏は言った。

昭和四十八年に東京で暴力団幹部を死なせた事件では、「傷害致死」で起訴されたのに、論告・求刑に際して検察官が訴因を「殺人」に変更した。そして求刑通りに、懲役十年を宣告されたのである。

この時期、東京地裁では〝荒れる法廷〟が続出しており、田村氏も連合赤軍事件の被告人たちと、獄中者組合を結成する準備をした。そういう被告人に、裁判官の心証が良かろうはずはない。

かてて加えて、ホステスをしていた妻からは、離婚の申し出を受けている。新しい男を連れて来られて、「勝手にしやがれ」と面会室を飛び出し、看守に当たり散らして鎮静房に放り込まれ、戒具の芯の針金で手首を切ったが、監視カメラに発見されて死にきれなかった。

こうして刑が確定して、宮城刑務所から旭川刑務所へ送られたのである。〝反則太郎〟と呼ばれるのは、田村氏にとって勲章だったらしい。懲罰に止まらず正式に起訴されて、新たに刑が追加された。

三回目の追加刑も、一審通りの一年六月と思っていたら、札幌高裁で四ヵ月も減刑されてしまった。「やったぁ！」と思って、急に生きる意欲が出たというのである。

「旭川で刑を追加されたとき、もう生きては出れないと覚悟したけど、ひょっとしたら……と思うようになったんですよ」

それからは懲罰が少なくなって、仮釈放の恩典には浴さないまでも出所にこぎつけた。わたしが預かっている「受刑十三年間の生活日誌」を改めて見ると、刑期満了が近づくにつれて赤鉛筆と青鉛筆で日付がカラフルになり、『商売開業』『レタリング初歩入門』『カット図案デザイン』『手紙の百科』などの官本を借り出している。

手先が器用なことは、〝身分帳〟の「職歴と指定作業」に詳細に記されている。旭川刑務所を出所する頃は、レタリングなどで職を得たいと思ったという。練習ノートを見せてくれたが、「この程度の器用さでは収入に結び付かない」と、わたしは率直に感想を伝えた。

すると田村氏は、驚くべきことを言った。

「これから運転免許を取りますから、専属運転手として使ってくれませんか」

ある程度の仕事をする小説家は、運転手付きの自家用車を乗り回していると、本気で思い込んでいたらしい。わたしが笑い飛ばして、「ウチには自転車があるだけ」と言うと、「でもガレージはありますね」と応えた。

最初に銀座で会い、次から彼のアパートに通って話を録音テープに取っていた。わが家で会ったことはないので、どうしてガレージを知っているのかを尋ねると、「最初に電話する前に家を下見した」とのこと。行動は場当たり的なようで、周到な面もあった。

昭和六十二年四月、苦心して前年秋に免許証を取った田村氏は、「これから求職運動をしたい」と連絡してきた。わたしは講演旅行の前だったので、「帰ってからアパートに寄る」と答えた。約束通り彼の部屋へ行くと、さり気なく雑誌記事のコピーを見せた。〝作家の講演料〟とあって、金額と条件が並べてある。

「ずいぶん儲かるんですねぇ」

ニヤニヤして感心するので、わたしは毒気を抜かれてしまった。講演を斡旋する業者があり、希望金額と旅費や宿泊条件を文書で問い合わせてくる。そのアンケートに素直に応じる人がいるから、業者は商工会議所などに一覧表を発送する。雑誌記事になったのは、編集部が入手した一覧表にもとづいているが、勿論わたしの名前はない。

「田村さん、どうやってコピーした?」

その質問には答えず、すかさず「借用証」を差し出した。貸主はわたしで、借主の田村明義は署名・捺印までしている。約束をした覚えはないが、「誓約」の項目を見ると、「就職が決定したら毎月二万五千円ずつ一年間で返済致します」と記している。

わたしは取材を始めるに当たって、「金銭抜きと思ってほしい」と田村氏に断った。ときどき獄中から、資料を提供する旨の手紙が来て、「自分のことを書けばベストセラー間違いなく、当方の取り分は儲けの三分の一で結構」とあったりする。

しかし、田村氏には「社会復帰に協力する」と約束している。ある程度のカネが手元になければ、求職活動もできないだろう。借金の申し込みは趣旨に叶っており、わたしに断る理由はなかった。

だが彼は、わたしが振り込むと同時に、全額を下ろして九州へ旅行している。「求職の運動をした」との弁明だが、刑務所仲間のヤクザに会ってきたのだ。わたしは田村氏に「今後は絶対に現金を渡さない」と言い、ほぼ実行してきた。

二年目の四月に九州へ引っ越したのは、住んでいたアパートの東側にマンションを建てる地主が、〝立退料〟を支払ったからである。アパートの大家は別な人物で、日照を損なうのはアパート全体なのだが、隣の地主は田村氏をカネで懐柔した。この経緯は『身分帳』に書いた通りで、地主としては先ず六十万円を提示し、百万円で手を打つ計算をしていたら、最初の六十万円に飛びついて、翔ぶように九州へ引っ越した。

この「六十万円」の件は、田村氏の面倒をみていたスーパーの主人から、だいぶ後になって聞いた。わたしに隠していたことを、そのとき不快に思ったが、よく考えれば言わないのが当然だろう。

福岡市で生活保護を受けながら、田村氏は職業安定所に通った。そして見つけたのが「会長秘書」の仕事で、およそ半年続いている。

この「会長」は、地上げ屋ということだが、わたしには正体不明である。専属運転手を兼ねた秘書として、月給十五万円をもらっており、わたしに給与明細表を郵送してきた。そして次に、「社長　田村明義」の名刺まで送ってきた。

社長になっても、月給十五万円は変わらない。電話でいくら説明を受けても要領を得ないのは、本人の仕事は相変わらず用心棒を兼ねた運転手で、どうやら「会長」はダミー会社を濫造していたようだ。

あるとき「会長」が韓国に長期出張中に、「社長」の田村氏が大型車を運転して東京へ遊びに来た。この車に乗って、わたし達は京都・神戸へ取材旅行に出かけたのだ。ホテルで夕食のとき、田村氏が得意顔でパスポートを見せた。ページをめくると、韓国のソウルへ入ったスタンプがあり、「慰安旅行ですよ」とのことだった。改めて「会長」について問うと、「近く逮捕状が出るらしいので韓国へ逃げたんです」と答えた。こういう〝長期出張〟もあるのかと呆れて、「あなたは大丈夫?」と尋ねると、「もう辞表を出しました」と涼しい顔をしていた。

わたしは新神戸駅で田村氏と別れ、新幹線で東京へ帰った。田村氏は車を運転して福岡へ帰り、しばらく大型車を乗り回して、まもなく「会長」の妻に返したとか。いずれにしても田村氏は、危ない目に遇わなかった。天性の勘が働いて、「社長」を辞めたのである。

この頃は体調も良く、出所後の絶頂期だったろう。怪しげな「会長」に巡り合い、「社長」の肩書をもらって海外旅行までしている。ソウル滞在中は、ずっと若い女性と過ごしたといい、肩を抱き合った写真を見せられた。わたしへの韓国土産は、無修整のポルノビデオテープだった。

その後も福岡で、何回も働いている。しかし、長くても一週間しか続いていない。

ある日、深夜に電話を寄越した。

「面接で侮辱されたので、朝になったら会社に乗り込んで、担当者をドスで刺し殺して、私も自爆します！」

ひどく興奮しているので、懸命に思い止まるように説得したら、田村氏は言ったものだ。

「いくら待っても、小説は完成しない。とにかく、アタマに来ておる！」

こういうのが〝殺し文句〟だろうか。わたしは慌てて、編集者に弁明するときのように、かなりサバを読んで作品の進行状況を伝えた。

「完成間近なんですよ。どうか信じてください」

ストーリーまで語って、大詰めに差しかかっているのだと告げたら、ようやく思い止まってくれた。

そういえば、ケースワーカーのA氏は、手元の『群像』を見ながら言った。

「この小説を完成させるために、いかに自分が骨を折ったか、田村さんは吹聴していましたよ」

しかし、その言葉に誇張はない。

佛心寺の法要の参列者は、籠島夫妻、籠島商事の社員三人、大手建設会社の部長、それに東京からの三人の計九人でした。

田村氏は、籠島家の夕食に招かれたことがあって、ボランティア活動に熱心な奥さんは、生い立ちを知って同情していたのです。葬儀には出れなかったので、四十九日の法要に合わせて時間を作ってくれました。

十一月一日、わたしが東京から駆けつけたとき手伝ってくれた籠島商事の社員二人、それに受付の女性も来てくれました。十月二十五日の昼、「紹介された仕事は肉体的に耐えられない」と、田村氏の伝言を受けた人です。わたしをふくむ籠島氏の周辺では、彼女が最後に生前の姿を見たのです。

建設会社の部長は、田村氏の就職を気に掛けておられ、中洲あたりの呑み屋で〝面接〟したとか。「折り目正しく良く気がつく」と、好印象を持たれています。

田村氏と知り合った頃、わたしが閉口したのは、食堂やレストランへ一緒に行くと、ボーイのように振る舞うことだった。お絞りは彼が拡げて、わたしに差し出す。預けていたコートを着るときは、恭しく羽織らせるのだ。

十八歳のとき初犯受刑を終えて出所して、京都市内の保護司に引き取られたが、暴力団の構成員になって撮影所にも出入りした。

二十二歳で満期出所して、ボーリング場の副支配人になったが、「恐喝・暴行・窃盗」で懲役一年四月を宣告された。満期出所して福岡市のキャバレーで芸能マネージャーになり、「暴行・恐喝」で懲役一年を服役することになる。満期出所して東京に出て、警備会社の警務司令になったが、スーパーの売上金八百九十万円を着服して豪遊し、「横領・窃盗」で懲役三年に処せられた。

三十一歳で満期出所し、年上のホステスと結婚して上京、キャバレー店長に取り立てられた。このときホステス引抜きなどで、対立する暴力団幹部と喧嘩になり、相手の日本刀を奪い取って死亡させたのだ。

彼がヤクザ仲間から、〝狂犬〟と呼ばれて恐れられていたのは、直情径行で命懸けだからだ。組長など幹部から重宝がられたのは、上の者の顔色を的確に読むからである。そのことについて本人は、「言葉で命令されて動けば上の者が教唆したことになり累が及ぶから、目の動きなどで読み取って動けば出世が早い」と説明した。

世間一般の子が小学校に入るか入らないかの頃、進駐軍のマスコットボーイとして、兵隊が口笛を吹くと飛んで行って靴磨きや走り使いをした。そのころから培った、動物的ともいえる〝勘〟かも知れない。

わたしが籠島氏に、「専属運転手のような仕事はないだろうか」と頼むと、「それはダメだ」と即座に断られた。雇い主への忠義立てに、勝手に〝鉄砲弾〟になる恐れがあるという。

その〝鉄砲弾〟で思い出すのは、昭和六十二年二月二十日のことだ。出所して一周年なので、目黒のアパートに薔薇十二本を持参し、ステーキ用の肉をフライパンで焼き、ワインで乾杯した。

田村氏は目を赤くして、「こんなことをして貰ったのは初めてです」と言ったが、それから先の会話が忘れられない。

「先生は新宿辺りで、酔って喧嘩することがあるそうですね。エッセイで読みましたよ」

「今はおとなしいもんです。この歳になって殴られ損だから……」

「そんなことはありません！　今後そういうことがあったら、夜中の何時でも構いませんから、私に電話してください。すっ飛んで行きます」

心底そう思ってくれたのだろうが、親切に甘えて電話するようなことがあれば、結果次第では〝殺人教唆〟に問われる。しかし、彼の気持ちは今でも有難いと思う。

出所二年目に福岡へ引っ越して、弾んだ声で電話をかけてきたことがある。

「子どもさんが二人でしたね。甘くて美味しい物を送りますよ」

ちょうど取材旅行に出るときだったので、「お菓子か何か送るそうだから食べるといい」と、家族に言い置いた。数日後に帰宅したら、家内はカンカンに怒って、「何て失礼な人なの！」と当たり散らす。何事ならんと聞いてみると、お菓子には違いないが、蓮の花の形をした法事用の砂糖菓子という。

拘禁生活の長い人は、甘い物に目がない。ほとんど酒を飲まない田村氏にとって、手に入れた砂糖菓子は貴重だったろう。それを自分の口には入れず、わが家に送ってくれたのである。そう説明してから、砂糖菓子を見せるよう告げると、直ぐゴミ袋に入れて捨てたという。今度は当方が怒り狂う番で、一ヵ月余り家内と口を利かなかった。

佛心寺で住職の読経を聞いていると、取り留めもなく故人との出来事が思い出されます。そういう効果が、お経にはあるようです。まさに走馬灯のように、田村氏の姿が次々に浮かぶのでした。

四十九日の法要を営んでいる場所が「虚子堂」で、入口に置かれた案内パンフレットには、「虚子堂佛心寺縁起」が書かれています。

――昭和二十四年、ホトトギス同人で時宗の僧・河野静雲は、敷地を柳川の同人より提供されて、この地に庵を結ぶ。河野静雲の師である高浜虚子は、太宰府をこよなく愛し、道場建立に尽力、多くの掛軸用の句を揮毫された。虚子により寺名を「花鳥山佛心寺」と名付けられ、また御堂を〝虚子堂〟とされた。松尾芭蕉、正岡子規、高浜虚子の流れを汲む西日本唯一の俳句の道場で、また、ホトトギス派の本山としてその名を留める。

境内の静雲の句碑には、死の数日前に手元の紙に書いた句を、拡大して刻んでいます。

スースーと　めぐみの味や　林檎汁
尚生きる　よろこびの胸に　林檎汁
寒に堪へ　老妻が　手習ひの林檎汁

虚子が絶賛した静雲の句は、僧門にありながら僧門を度外視した飄逸なものでした。

ルンペン氏わらひのぞける冬夜宴

この句を虚子は、「わらひのぞける」が見事と評しています。冬の寒い時分に酒盛りをしている光景を覗けば、欠乏の身には羨ましく映りそうなものだが、それは初心のルンペンであって、経験を積んだルンペン氏の心境を、静雲が汲み取った、と。

こういう句に、明義が詠んだものを並べては恐縮ですが、静雲には許して貰えるでしょう。

獄吏みな説教が好きで柳散る
恩赦出ぬかと天皇の歳かぞえ
何党が天下取ろうがムショ暮らし
堅実に生きてキャバレー遠いとこ

四十九日の住職の法話は、ご自身の経験談でした。大学は経済学部で、ずっと仏教とは縁遠い生活だったが、病で失った母が夢枕に立つようになり、いつしか僧籍に入られた由です。

平井明節住職からは、十一月十日付で封書を頂戴している。

拝啓。
昨夜から吹きつける北風に、冬の到来を感じさせられています。
先日は御疲れでございました。早速、暇々に『身分帳』を拝読させて戴いております。

人間の一生なんて、あやつり人形と同じだと思います。人間として生を受けながら、人間としての正道を歩いて行けない、何かの因縁を背負っていたものと思います。

今后、一層の供養をさせて戴きます。又、十二月には心からお待ち致しております。これからも福岡に来られることがあれば、どうぞ御参泊下さいませ。

十一月十日　平井明節　合掌

小降りの氷雨の中を表に出た住職に見送られ、わたし達は佛心寺を辞しました。

三台の車に分乗して博多へ向かい、午後五時から中洲の小料理屋で、故人を偲びながら河豚を食べた。

籠島商事の浦部正則氏は、トンガ王国で教師をしていたという。那珂川に面したビルの九階にある籠島商事には、様々な人が出入りするが、ノーネクタイで現れるのは田村氏ぐらいだったという。夏場に来たときは白いワイシャツを着ていたが、刺青が透けて見えたから印象に残っていたようだ。

そのことで、籠島氏が言った。

「いつか来たとき、『こないだのカネで刺青をここまで消した』ちゅうて、腕まくりして見せたけんね」

「どこまで消した？」

わたしが細々と質問して、真っ赤な嘘だとわかった。就職の妨げになるから、本人も刺青のことは気にしていた。消せるものなら消したかったろうが、籠島氏が見せられたのは、昔ながらの筋彫りである。

「あんたから小遣いをせしめるために、色々と口実を設けよったタイ」

わたしが笑ったら、籠島商事の受付係の黒谷洋子さんが、真剣な眼差しを向けた。

「私は可哀相な方だと思っていました。外出から帰って一階の玄関ホールで見かけたとき、乗ろうか乗るまいかとエレベーターの前で、ずっと迷っておられたんですよ」

一等地の名の通ったビルだから、玄関には物々しく警備員が立っている。田村氏にしても近づきたい場所ではなかったはずだが、南区の彼のアパートに寄る時間がないとき、わたしは平気で呼びつけていたのだ。

「聞いてみなければ、わからないものだなぁ」

わたしが呟いたら、籠島氏が例の調子になる。

「お前には、常識ちゅうものがなかけんね。よう小説家になれたと、今でも不思議に思うっちゃ。そもそも同人雑誌の頃は、おれの小説のほうが出来が良かった。『身分帳』を読めばわかるが、こいつは事実しか書けんのよ」

「そう人を褒めるな」

「ほれほれ、文学的常識もない証拠タイ」

こういう話題は、二人きりのときの酒の肴でしかない。その証拠に皆が鼻白んでしまったので、わたしは鰭酒をがぶ飲みして、急速に酔っぱらった。

十二月三日（月曜）

今度も三村辰美氏が運転する乗用車で、編集者のMさんやカメランのS氏と南福祉事務所へ行きました。ケースワーカーのA氏に電話すると、「事前に知らせてくれたら私も佛心寺へ行ったのに」とのことでしたが、わたしは迷惑をかけてはいけないと、気を遣ったつもりだったのです。

福祉事務所に着くと、A氏に上司を紹介されました。ある諒解事項があったようで、挨拶を済ませると、近くの喫茶店へ連れて行かれました。

「このカバンに見覚えがあるでしょう。上司のオーケーが出たので、田村さんの遺品として渡します」

A氏が抱えていたセカンドバッグは、南警察署の刑事課で見せられています。

初めて手にして、ざっと中身を確かめたところ、パスポート、運転免許証、手帳、財布、電卓、名刺入れ、写真、メモ用紙などが入っています。受け取るに当たって、書類の束の一ページ目に、受領のサインをしました。

「この書類は田村さんに関するものですが、部外秘につき見せることはできません。しかし、気になることで質問があれば、私がお答えします」

かなりの厚さの書類は東京から引き継がれたもので、ケースワーカーによる観察記録が中心のようでした。

「やはり知りたいのは、彼の健康状態などです」

するとA氏が、書類をめくって読み上げてくれたから、わたしは急いでメモしました。

――体調が悪いため口も重たく、話す内容も自嘲気味である。

――世主は関係者から温かい目で見守られている。このことは世主も十分感じ、頑張っている。

――世主は、とてもきれい好きである。

――体調が悪いこともあって、感情を押さえられなくなっている。要注意の状態。

――ようやく体調が良くなってきた。血圧もずっと安定している。話している間も機嫌が良く、体調の良いことがわかる。

――軽度の脳梗塞による、マヒが出ているものと思われた。

――脳内出血が割に広い範囲に見られる（CT検査による）。その後遺症で、精神活動の低下がみられる。

——世主の態度、行動を見ていると、精神構造は幼児期へと退行しているように見受けられる。この他に、妄想が出現し、大きく占めるようになっている。在宅生活の困難性がさらに増す。

——強く指導したら、世主は担当員の言葉に対し驚いた様子もなく、「恐いんです」と言う。脳梗塞を起こす前からは想像もできない言葉が、世主の口から出る。精神的にかなり減退していることがわかる。

中に〝世主〟とあるのは、世帯主の略だそうですが、「脳梗塞」といえば田中角栄の病名と同じです。

「私が読み上げたのは、東京のケースワーカーによる記録ですよ」

A氏に言われて愕然とした。いずれも平成元年の夏頃の記録という。

わたしは七月から八月にかけて、アメリカとアイルランドを旅行している。帰国して『身分帳』に集中し、平成二年二月に脱稿したのだ。この時期、頻繁にアパートを訪ねて、詰めの取材をしている。以前ほどの元気はなかったが、記憶力は衰えていなかった。

八月の初めに入院した話は聞いたが、本人は「ちょっとした検査入院みたいなものです」と表現した。私と一緒に出歩いており、長期受刑に至る殺人事件の現場には、大晦日に行った。近くのオデン屋の親爺に、「昔そこのアパートで殺人があったやろ」と、本人が〝インタビュー取材〟して、わたしをハラハラさせたものだ。

書類をめくりながら、A氏が補足説明をします。

「東京の担当員は優しい人だったんですね。『強く指導した』とあるのは、病院を無断で抜け出したからなんです。すると田村さんが、『恐いんです』と言った。病院に居るのが恐かったんでしょう」

田村氏の遺骨を抱いて斎場へ戻る車中で、A氏は「東京の福祉事務所から書類が回ってきて、こちらの病院での診断書も常に見ています。あの体で働くのはムリとわかっていますよ。ケースワーカーだって、鬼ではありません」と言いました。すると〝鬼〟は、わたし自身だったかも知れません。

「今年十月二十五日の昼過ぎ、田村さんが保護課の窓口に来たことを話しましたね」

A氏は書類を見て、クスリと笑いました。

「実は十一月一日から、市営住宅に入ることになっていたんですよ」

「入居を申し込んだ話は本人から聞きましたが、抽選に当たったとは知りませんでした」

「その何日か前に、入居予定のアパートの部屋へ、本人が掃除に行ったんですね。三階の部屋ですよ」

わたしが籠島商事で会ったのは、何度も述べたように十月二十三日ですから、その前後に市営アパートへ行ったことになります。

「ところが田村さんは、アパートに入居できなくなったんですね」

「なぜ？」

「三階の部屋で窓際を掃除していたら、何かカケラのような物が下に落ちたんですね。あいにく下の庭で入居者が日向ぼっこしていて、『気をつけろ』と注意した。それで三階と地上で、怒鳴り合いになった。その挙句に、『こげなアパートにゃ頼まれても入るもんか！』と、捨て科白を吐いたんですよ」

わたしと会ったときは、この一件の直後だったのでしょう。これから入居するのなら、新しもの好きの彼が話さないはずはありません。しかし、短気が災いして入居がフイになり、おまけに紹介された仕事は体に無理とわかって、部屋に籠もって鬱々たる思いでいるとき、脳内出血が起きたのです。

「十月二十五日に来たのは、入居予定の部屋をキャンセルして、新たに申し込むつもりだったんですよ。後で田村さんから電話で報告を受けました」

「あなたは書類を見て、思い出したんですか？」

「田村さんに限らず、この種のトラブルは、我々には日常茶飯事なんですよ」

「大変なお仕事ですねぇ」

そんな相槌でお茶を濁して、ケースワーカーのA氏と別れた次第です。

それから南警察署へ行き、連れの人達には待ってもらって、受付を通して刑事課の部屋へ上がりました。

刑事課長と強行犯係長に会って、お茶をご馳走になりながら四十九日の法要を済ませたことを報告して、「ご苦労さまです」と労われたところで、気にかかっていたことを尋ねたのです。

「このあいだアパートの大家さんに挨拶したとき、『死ぬ半月前に警察の聞き込みがあった』と聞かされました。故人に係わりのある者として、率直なところを聞かせていただきたいんですが」

課長と係長は、顔を見合せて怪訝な表情でしたが、やがて刑事課長が思い当たったようです。

「おそらく〝飛び梅国体〟を控えて、警備体制を強化したからでしょう」

「なるほど、納得しました」

一瞬にして気が軽くなり、わたしは要らざる冗談など言って過ごし、辞去したのです。

「福岡に見えたら、気軽に立ち寄ってください」

課長に見送られて大部屋を出て、口笛でも鳴らしたい思いで階段を下りました。車に乗り込んで今の話をすると、Mさんが合点のいかぬ表情です。

「田村さんと〝飛び梅国体〟と、どういう関係があるんですか？」

「東京でも皇室行事があると、警備警察が不審者を洗うでしょう。一応は警察も、田村さんをマークしますよ」

「前科があるというだけで？」

「まあまあ、警察の仕事には色々あるんです」

あの時期に田村氏は、何か事件に係わって嫌疑をかけられたのではないのです。それを確認できたのが、今回最大の収穫に思えます。

これで〝四十九日〟は終わりです。三村氏に車を中洲へ向けてもらい、籠島氏も加わって、皆で鮨屋で舌鼓を打ちました。

十二月十四日（金曜）

東京・大久保で、「田村明義さんを偲ぶ会」を開きました。講談社のI氏がワープロで案内状を作り、十一月三十日付で郵送したのです。

拝啓、初冬の候、朝晩めっきりお寒くなりましたが、皆様いかがお過ごしでしょうか。

さて、この度田村明義氏が急逝したことはすでにご連絡申し上げましたが、ご報告かたがた、田村氏を偲ぶ集まりを皆様と持たせていただきたく存じます。

たいへんお忙しい時期と思いますが、宜しくご参集いただければ幸いに存じます。

年末の繁忙期、こういう御案内は迷惑かも知れないが、わたしとしては年内に済ませたかった。この年、ようやく『身分帳』を完成させて、単行本の〝あとがき〟に「モデルの人物から多くのことを教えられた。法律に触れたことが〝マイナスの営み〟であっても、その人に固有の価値観は揺るがない。ステレオタイプでない価値観に出合うために、わたしは生きているのだ」と書いた。

それから半年足らずで、田村氏に死なれてしまったのである。実質的に〝喪中〟だから、年賀状は欠礼することにした。

「偲ぶ会」の当日は、生憎の雨でした。しかし、四十九日を営んだときの福岡ほど、寒くはありません。

わたしが早目に会場へ行ったら、前後して北大の渡部保夫教授が見えました。まさか出席して頂けるとは思わず、ひとまず案内状を郵送しておいたら、前日になってI氏へ連絡が入ったのです。

初対面の挨拶の後、渡部教授は仰いました。

「私の母が先月、九十三歳で死亡しましてね。いろんなことが重なりましたが、今日の会には是非とも出席したかったんです」

昭和三十年に裁判官に任官して、最高裁調査官を経て札幌高裁の裁判長になって二年目、田村被告の「暴行・傷害・公務執行妨害」を担当されたのです。裁判官が担当する事件は、受付順に自動的に割り振られます。

大学病院なら〝紹介状〟がなければ名医に診てもらえないようですから、やはり裁判は公平なのかも知れません。しかし、渡部裁判長に巡り合わなかったら、田村氏は生きて旭川刑務所を出られなかったでしょう。

「彼の遺品をお目にかけます」

バッグの中身を、この日初めて改めるのです。福祉事務所で受け取ったセカンドバッグには、ポケットが沢山ついており、色々な物が詰まっています。

テーブルの上に、「平成四年の誕生日まで有効」の運転免許証を初め、昭和六十二年十月発行の数次旅券、六十三年十月発行の「国際運転免許証」などを、次々に並べました。

パスポートを見ると、韓国から二回にわたって査証を発給され、六十二年十二月二日に出国して、十二月四日に帰国、次は翌年五月二十一日に出国して、五月二十三日に帰国しています。搭乗券も保存しており、いずれも福岡―ソウル路線です。

「半年の間に、二回も韓国へ行っていますが、六十三年十月に取得した国際運転免許証は、使うチャンスがなかったようですね」

「この時期、どういう生活を？」

「短期間ですが、実に多彩な経験をしたようです」

わたしは大急ぎに、「会長」の秘書兼運転手を務めて、「社長」にまでなったことを説明しましたが、次々に参加者が会場に到着したので、大雑把な内容でしかありません。尤も、詳しいことはわたしも知らないのです。

参加者は、渡部保夫教授、庄司宏弁護士、八重樫和裕弁護士、スーパー経営の松本雅夫氏、西日本新聞の竹原元凱氏、文化放送の大谷尚美さん、講談社文芸出版部長のAさん、『身分帳』担当のI氏、わたしで、計九人の「偲ぶ会」になりました。

「さっそく献盃と参りましょうか」

はしゃぎ声を上げげたら、八重樫弁護士に言われました。

「その前に、黙禱じゃないですか」

慌てて坐り直して、一分間の黙禱を捧げました。次は献盃かと思ったら、「佐木さんの挨拶は？」と複数の人に促されたので、黙禱程度の時間で挨拶をしたような次第です。

ようやく献盃になり、最年長の庄司弁護士が発声の音頭を取られました。

「思わぬ事態になりましたが、ご縁のある方々がこうして集まられ、故人も喜んでいることでしょう」

いまも庄司弁護士は、「救援連絡センター」の代表者です。なぜ元暴力団員の身許引受人になったのかを、取材の初めに質問したら、「誰を通じて頼まれたかは忘れたが、頼まれた時から縁が生じたんです」との答えでした。

パスポートの所持人記入欄の「事故の場合の連絡先」は庄司宏、「本人との関係」は弁護士と記入しています。

酒盛りが始まって、遺品を皆さんに見て頂いたら、数葉の写真に関心が集まりました。

二十歳前後の山高帽を斜めにかぶった写真、ホストクラブ当時らしい蝶ネクタイの写真、キャバレー店長時代と思われる写真、出所後のガードマンの服装をした写真等で、名刺大から履歴書用までです。

写真を見ながら、竹原記者が首をかしげた。

「ガードマンの制服を見ると、違う会社のようだねぇ」

その疑問は尤もだが、わたしの知っているだけでも、六社か七社に勤めている。日雇で働いたとき、制服姿でコイン式のスピード写真を利用しておけば、次から履歴書に「○○警備保障会社に勤務」と記入できるからだ。

刑務所の「収容者身分帳簿」は、本人の出所後も保存される（死亡が確認された時点で廃棄処分）。しかし、〝新生・田村明義〟としては、社会に向けた〝過去〟が必要だったようだ。出所後に別れた妻に会った理由が、「写真を取り戻すため」というのは本音で、写真が自分の存在証明だったのかもしれない。いつか見せてもらった履歴書に「立命館大学法学部卒業」とあり、「大丈夫ですか」と尋ねたら、「刑事訴訟法のことなら少々の人には負けません」と、事も無げに答えた。

わたしにとって最後の疑問は、福岡で知らされた〝最終犯歴〟です。このことを皆さんに、尋ねてみました。

「昭和六十一年十月三十一日に、窃盗？」

スーパー経営の松本氏は、まったく初耳だそうです。目黒でアパート生活を始めて八ヵ月、すでに田村氏と親しくなった時期です。

「そりゃ何かの間違いじゃないですか。〝窃盗〟なんて彼には似合わない罪名だもの」

わたしと同じ感想で、田村氏ほどの犯歴の人が逮捕されたのなら、町内会長の耳に入るといいます。

「自分のことを小説にしてもらうと威張るから、『あんたが悪いことをすれば本は出ないし、出版後に何かやらかしたら書いた人が赤っ恥をかくよ』と、いつも口を酸っぱくして注意していたんですよ」

身許引受人の庄司弁護士は、もっと厳しく言っていたようで、「年寄りは口やかましい」と田村氏はボヤいていました。その身許引受人も、起訴猶予の〝窃盗〟に心当たりはないそうです。

「警察にマークされていたのは事実で、都内で銀行強盗が発生したとき、刑事が訪ねて来たと話していた。それで、警察との関係で何かあったら、必ず私を呼ぶよう本人に言い聞かせていましたからね」

「もしかしたら……」

わたしが初めて会ったのは、六十一年八月のことです。「銀座四丁目の服部時計店」で待ち合わせたら、「和光」になっていましたが、時計台は同じだから迷わずに済みました。天麩羅屋で昼食のときアルバイトの話になって、田村氏は手先の器用さを強調して、「捨ててあった自転車を持ち帰り、ピカピカの新品同様にした」と話したものです。

目黒のアパートへ初めて行ったのは、六十一年末のことでした。そのとき自転車を見せてくれと言ったら、曖昧な返事で話を逸らしました。田村氏の〝窃盗〟は、放置自転車に関するものと思えます。

「乗り回していた自転車を、街頭で見咎められたんじゃないですかね。今は警察も自粛していますが、当時は窃盗事件の検挙率を上げるために、放置自転車に乗っていただけでも

〝窃盗〟で事件送致して、〝解決事件〟にしていましたよ」

「そうかも知れないな。他の者ならともかく、職務質問されただけでカッとなる男だから、警官だって意地になるだろう」

庄司弁護士が頷いたので、わたしの懸案は一件落着としました。

文化放送の大谷ディレクターは、田村氏を取材して「戸籍のない男」という三十分番組を作り、薔薇二十四本と三十六本のパーティに付き合っています。

「私が印象的なのは、田村さんの純真さでした。今時こういう人がいるのかと驚いたくらい……。こうしてお集まりの皆さんが、何かのとき相談相手になられたから、刑務所に戻らずに済んだのでしょう」

小説『身分帳』について、「周囲が善人ばかりなのが不自然」との批評もありました。しかし、一握りの〝善人〟と接触するだけで、主人公には十分だったと、わたしは信じています。少くとも「行路病死人」として死亡した田村氏を偲んで、これだけの人に集まっていただいたのです。

わたし自身は〝小悪党〟を自任しており、善人面を最も嫌悪しております。にもかかわらず「偲ぶ会」の席上で、わたしが〝善人〟ぶっているのに気付きました。こういうときは、早く酔うに限ります。

二次会場は、『群像』編集長の知り合いのスナックで、雨の中を皆で移動しました。故人はカラオケ好きで、青江三奈の演歌を得意としています。

「追悼のために、一人最低一曲は歌うこと！」

I氏が提案して率先してマイクを握り、W編集長も合流して、賑やかな歌合戦になりました。

わたしが「赤城の子守唄」を歌ったのは、赤城初等少年院にちなんでのことです。田村氏にちなむべき歌謡曲は、他にも数々ありますから、ひたすら飲み、且つ歌い続けました。

皆さんの選曲は、何だったのでしょう。酔って記憶が欠落していますが、カラオケは殆ど初めてという渡部教授の「会津磐梯山」は、かすかに覚えております。

解　説

秋山　駿（文芸評論家）

本当の作家は、生涯を貫いて追求すべき文学的主題を持っているものだ。佐木隆三の文学の主題は——犯罪である。これは勇気のいる選択だった。

犯罪と、文学を直結する。あるいは、犯罪という磁場において人間とは何かという謎を探究する、というこれは、日本の近代文学にとってはほとんど新しい試みなのだといっていい。

鷗外や漱石もそんなことはしなかった。白鳥や潤一郎も、犯罪に対しては作家の眼が不徹底であった。まるで日本の文学は、犯罪を文学の創造的な主題と化すことを、拒否しているかのようであった。

それは理由のあることだ。日本の文学は、ごく普通でごく平凡な日常というものの中にある、深さ、豊かさを新たに発見して、それを輝かすということばかりに心を奪われてきたからである。その普通平凡の日常こそが、人間生活の真の根柢であると考えたのだ。

ところが、犯罪は、その真の根柢と見えるものを、なんだ、それは道路交通の青信号のようなものではないか、単に社会が提出する仮初《かりそめ》の約束事に過ぎぬものではないか、と疑問化する発条《ばね》を秘めている。極端な場合には、その根柢を無化する。それでは都合がわるいので、なるべく文学の眼で犯罪を視ることをしないようにしたのだろう。

なぜなら、文学は、犯罪をも、一つの精神の行為として凝視するものだからである。

第二次大戦後海外から、ことにアメリカの作家から、もう小説は人間や社会のあらゆるドラマを書き尽《つ》くしてしまったようなものだから、残された新たな発掘の領域、未探査の領域は「性」にしかない、という声が起って、半分はなるほどと感じたが、半分は間違っていると思った。

二十世紀後半、文学が新たに探究すべき領域は「犯罪」であり、それこそが二十一世紀への道を切り拓くものだ、と私は思った。

犯罪の内部では、最近の物理学が、物質の基礎である原子の内部で展開する粒子の運動、として解説してくれるような光景——それと同じような、生の粒子の運動の光景が展開しているのではないか、と思う。

無個性な生の粒子の運動と、意識・感覚といった人間の形成、さらに、精神とか愛といった人間的な力のヴェクトル、一人の個性の発見と、何がどういう関係になっているのか、それを探究するのが文学の眼であり、その探究の場が犯罪という磁場であろう、と私は思う。

第二次大戦による大量の人間の破壊の後で、日本の戦後の現代文学作家も、何か一様に、人間認識の改変と文学の未来へのそんな感覚を受けたらしい。初めて、犯罪が、文学の創造的な主題として登場してきた。埴谷雄高、三島由紀夫、大岡昇平、大江健三郎、加賀乙彦……。

しかし、一時期盛んに開拓されたが、そのあと跡切《とぎ》れてしまう。

いまは、犯罪という主題に挑んで文学の未来を開拓しているのは、ほとんど佐木隆三一人である。孤軍奮闘といってよろしい（文学のことだ、ノンフィクションとは違う）。

もっとも、この『身分帳』は、犯罪そのものというよりは、犯罪者が刑期を満了して、真っさらな人間となって社会復帰するところを描いている。むろん、文学的な視点からすれば、社会復帰も、犯罪という大きな領域の中の一光景である。

主人公の山川一《はじめ》は、昭和六十一年二月十九日に、殺人の刑期を満了、翌二十日の早朝に旭川刑務所を出所、十三年ぶりに、社会復帰の第一歩を踏み出す。四十四歳である。

以下に展開するのは、この主人公が、まるで一歩一歩踏みしめるようにして、日常的な社会の中へ分け入って行く光景である。だから、主人公の歩行とともに、われわれが空気のように呼吸している「日常」というものの、意外にざらざらとじた断面が出現する。それと同時に、対照的に、彼の人生の前半というか、犯罪へと到る暗い過去の全容が浮かび上がる。

ちょっと若い読者のためにご注意申し上げるが、『身分帳』のこういう構図は、近代小説の活力ある原型を、生き生きと回復するものなのだ。

近代小説の原型は、一人の無名の主人公、つまり新しい人間、いわば真っさらな人間が、われわれが生きているこの現実、この社会、この日常世界の中へと、一歩ずつ強引に分け入って、踏み進んで行くところを描くものだ。だから、行動があり、事件が生じ、性格が発揮される。

その結果、第一に、人間とはどういう生き物なのか、どういう存在なのか、ということについての新しい視点を得る。

第二に、真っさらな新しい人間の眼で見るために、われわれがこの自分の皮膚のように馴染んでいると思っている「日常」にも、意外に鋭いぎざぎざの断面があって、傷付けることなしには容易に人を受け容れないのだ、という新しい視点を得る。

事実、この『身分帳』では、主人公が社会復帰しようとしても、「日常」というものには、何か透明の厚いバリヤー、鉄条網の棘《とげ》のようなものがあって、そこに分け入ろうとしても入れず藻搔《もが》く姿が描かれる。

ふと、われわれは疑問を抱く。犯罪を犯すに至る主人公の性格が歪んでいるから、日常や社会と一致しないのか。それとも、日常や社会の方が歪んでいるから、この自分は「浦島太郎です」という、単純に人間的であろうとする者と一致しないのか。

　真っさらな人間が「日常」と遭遇する、悲劇が描かれる。


　さらに、文学的視点からすると、ここには、もう一つの原型的な悲劇が隠されている。つまり、主人公が、日常世界への分け入りにくさに藻掻くとともに、しだいに、主人公の出生の秘密が顕《あらわ》れてくる。彼は、いったい自分が誰の子であるのか、実の両親を知らない。また、誕生の日付を知らない。自分がどういう名前であるかも正確には判然としない。戸籍がない。彼の意識が目覚めるのは施設の中、孤児院においてである。いわば、自分一人で生れてきたような人間だ。これが、真っさらな人間であるということの、もう一つの残酷な意味である――こういう人間の祖型は、ギリシア悲劇の登場人物に遡《さかのぼ》る。

　そこから、一粒の麦地に落ちてもし死なずば、といった物語が始まる。

　作者にそんな意図はなかったろうが、この『身分帳』は文学的には、そういう二つの原型的なドラマの骨格に沿っているのである。いや、回復しているのだといっていい。

　そして、こういう主人公を描くことは、もっとも必要な現代的課題でもあった。

　なぜなら二十世紀は、相次ぐ戦争によって、非常に大量の孤児達、身許不明の子供達を産み出しているからである。この主人公のような物語が、世界の到る処で創られているで

品の持つ文学的意味というものを指摘しておきたかった。

ずいぶん『身分帳』の実際の内容からは遠い話になってしまった。しかし私は、この作品の持つ文学的意味というものを指摘しておきたかった。

私は実は、「身分帳」というものを知らなかった。言葉さえ知らなかった。へえ、「官」の眼もなかなかやるな、と、つまらぬことに感心した。翻《ひるがえ》って思えば、われわれの一人一人もいつの間にかこんなふうに身分帳を作成されているのかもしれない、とゾッとした。そういう感覚が今日の社会の恐さであろう。

刑務所内の規則が分かる。こういうものは、もっとわれわれの日常会話の中で話され、それがどんな人間的水準のものであるか、よく吟味されねばならない。その吟味によって、われわれがどれほど優しい民族であるか、それとも残酷な民族であるか、その色合いが定まるだろう。

生活保護のシステム。これも私はよくは知らなかった。結婚相談のあたりには、喜劇味がある。しかし、全体的にはなんだか非情のシステムといった感触がある。

人間的なこと。

主人公は「筋目を通す」性格である。いわゆる真っさらな人間には、その他に生の方法がないのであろう。現実や世の中や生活での「あいまいさ」を学ぶ場面を欠くからであろう。筋目を通すことによって犯罪へと走り、また刑務所内で反抗し、筋目を通すことによって日常のあちこちで衝突し、日常世界の中に分け入りにくい。この光景は、人間と社会についてのいろんな問題を考えさせる。

日常のこと。

ここに描かれた日常の中に、主人公に意地悪な人間は見当らない。善意の人が多い。しかし、にもかかわらず、この日常は余所者《よそもの》を排除する分厚い容器のようであって、主人公はなかなか内部に入って行けない。それがわれわれの持っている日常の恐ろしさである。

作者のこと。

佐木さんは、文学的出発のかなり早い時期から、たとえば『偉大なる祖国アメリカ』とか、いわば犯罪へと走る生の理由不明の行為を、文学の主題として描いてきた。それはつまり、作者の内部に、自分でも解析しがたい生の湾曲のようなものがあって、それが、犯罪という磁場で明らかになる人間性の湾曲と、何か共鳴するからであろう。この作家が描く犯罪には、だから生きた血が通っている。

同時収録の『行路病死人』は、『身分帳』の主人公には、実在のモデルがあったこと、そしてこのモデルとの交流の記録である。

私はこれを読んで、ああ作者は偉かったな、と思った。これは並大抵のことではない。

作家としての覚悟、といったものが交流の背後にあろう。モデルが死ぬとお葬式まで営む。そういうところに私はひどく感心した。

次は余談だが、この『身分帳』を読んだおかげで、思わぬ親しみを感じた作品があったので、それを挙げてみる。

一つは、大城立裕の『日の果てから』(「新潮」一九九二・九)。ここに、沖縄戦下、避難する刑務所の一行が、最後まで「身分帳」を抱いて逃げる、そんな光景が描かれている。なかなか感動的な光景なのだ。

二つは、松下竜一の『怒りていう、逃亡には非ず』(「文芸」一九九三夏号)。傍題に「日本赤軍コマンド泉水博の流転」とあるが、この泉水こそ、『身分帳』の最初の方の記述にある、

「日本赤軍がダッカで日航機をハイジャックしたのは、五十二年九月二十八日だった。乗客と乗員百五十六人を人質に身代金六百万ドルを要求して、獄中の九人の釈放を求めた。その釈放リストに、旭川で受刑中の無期懲役囚が含まれていた」

という、その無期懲役囚であり、さらに『身分帳』の主人公山川は、その前にこんな経験を持っていた。

「ダッカ事件は、日本赤軍の五人が実行したという。山川が東京拘置所で、待遇改善の要求で一緒に行動した男も加わっていた。『連合赤軍に入れ』と誘われたが、『俺は右よ

りだから』と断った」

作品の遠い細部と細部が、なんだか目には見えない文学の糸で結ばれている、そんな光景が面白い。

復刊にあたって

西川美和（映画監督）

『身分帳』のことは知らなかった。

その題名も知らなければ、言葉の意味も知らない。佐木隆三さんの作品の中に、そういうものがあると知ったのは、新聞紙面に訃報が載った時だった。

「佐木さんというと『復讐するは我にあり』が有名ですし、代表作とされていますが、私としては伊藤整文学賞を受けた『身分帳』が彼の真骨頂だと思っています。犯罪者を見つめる目が温かい。犯罪を犯した人を人間として理解しようとするスタンスが彼の犯罪小説を文学たらしめたと思います」（二〇一五年十一月二日／読売新聞）と、生前佐木さんと親しかった作家の古川薫さんが寄稿されていた。

『復讐するは我にあり』といえば、その映画版（一九七九）も日本の代表的な犯罪映画である。今村昌平監督がメガホンを取り、実在の連続殺人犯・西口彰をモデルにした主人公を四十代の緒形拳が演じた。行き当たりばったりで罪のない人を殺し、女と交わり、笑い、また殺し、それでも追っ手に焦りを募らせながら旅を続ける描写には善も悪もなく、ひたすらに生々しく、不可解だ。私は学生時代に後追いで観た類《たぐ》いだが、何が解決されるでもなく、希望があるわけでもないのに、泣きたくなるほど人間を見たような気になるのはなぜだったのか。『復讐するは我にあり』みたいな映画を作りたいという夢を持って、私も映画の世界に入ってきたようなものだ。

原作がまた良いんだよ、と先輩に教わって、当時絶版だった小説を古書で読み、初めて佐木作品に触れた。調べた事実の他に虚飾はないように見えながら、冷徹でなく、人間の業も狂気も情も性も丹念に描き分ける佐木さんの筆力は魅力だった。ファンになって、犯罪者を描いたノンフィクション・ノベルや裁判傍聴記をいくつも読んだ。強い口調で社会を告発するというよりも、起きてしまったとてつもない事実を、素材ごとごろんと手渡されるような、棒立ちになるしかない感覚が癖になった。

古川薫さんの「真骨頂」の言葉に誘われて『身分帳』を調べると、初版は一九九〇年で、これも紙の書籍は絶版状態だった。ネットで取り寄せた文庫本の日焼けしたページをめくってみれば、地味なタイトルの印象は裏切られることもなく、過去に殺人を犯した男が刑務所から出てきたその後の日常が軸になっていた。つまり主題は「大きな物語のその後」。永山則夫や福田和子やオウムのように世間を騒がせた凶悪犯罪の成り立ちや狂気を紐解くでもなく、いわゆるミステリーの「フーダニット《誰がやったか》」や「ホワイダニット《なぜやったか》」の緊張もなく、代わりに描かれるのはひたすら瑣末《さまつ》で、面倒で、時に馬鹿げてさえ見える「生きていくための手続き」である。

　主人公は十三年間の獄中生活を経て旭川刑務所を出所し、人生の再スタートを切ろうと東京暮らしを始めるが、切符を買うにも電車に乗るにも、浜に戻った浦島太郎のごとくぎこちなく、窓口の係の口ぶりひとつにも、過去を咎められた気になって過敏に触れてしまう。普通の人にしてみれば「凡々たる日常」であるものが、裏社会と塀の中でしか生きてこなかった主人公には衝突と挫折の連続で全く凡々と進まないのだ。

　こんなにも退屈かつ切実な物語があるだろうか、と私は晩秋の夜布団にくるまりながらページをめくる手を止められなくなっていた。殺人、戦争、災厄、宇宙人襲来、それらの大惨事は物語の主題になりやすいが、現実には宇宙人を人類が撃退したそのあと、草の根も生えなくなった世界をどう生きていくかの方がよりきついし長い。しかしその日常を描こうとする人は少ない。そこにヒロイズムやカタルシスを見いだすのは難しいからだ。荒《すさ》みきった土地に散らばった瓦礫の破片を手で拾い集めるような先の見えない手続きの連続は、物語になりづらい。けれど世界中で多くの人はもはや気づき始めている。恋愛も、戦争も、ドラマに満ちていて興奮するけれど、大変なのはその後の落とし前なのだと。どう生きるべきか人が本当に迷うのは、大いなる物語や大義を失ったその後だ。目に見えづらい苦境に立たされた中で、分かり合えぬ他者を貶《おとし》めず、言葉を交わし、とるに足らぬことにでも希望を見つけながら互いの生命を保つ。たったそれだけのことができず、世界は音もなく、容易に壊れてしまう。

塀の中から出てきた人がどうやって人生を再開するかについても、私はこれまでまともに考えたことがなかったように思う。悪事を働いた人は刑務所に送られて、はい終わり。社会に暮らす私たちの視界からは遠ざかり、綺麗さっぱり厄介払いできたつもりになっているが、物事はパソコン上のデータ消去のように単純ではないようだ。多くはいつかまた私たちのいる場所に還ってくる。刑期を終えた人たちは表向きには「更生して、出直す」という名目になっているが、刑務所の門から出てきた後のことなど本当はよく知らないし、彼らがかつてのようなむら気を起こすことなく、スムーズに社会に馴染んでくれるように何か個人的にしていることはあるかと聞かれれば、私は「ノー」だ。

それだけに主人公の山川一の七転八倒の一つ一つが、冒険小説を読むように新鮮でもあった。生い立ちからして複雑な山川のパーソナリティは身近にいれば極めて扱いづらく厄介だろうが、佐木さんと山川本人とのやりとりから書き起こされたらしき会話の端々からは人を惹《ひ》きつけてやまない魅力も咲きこぼれている。けれどこの作品が面白いのは「社会的弱者である山川＝善」「体制側や世間＝悪」、という安易な左翼文学的構造にもハマり過ぎていないところだと思う。刊行された当時、文芸の世界からは「周囲の人が善人ばかりだ」との批判もあったそうだが、無垢で不遇な人間をさらに周囲がいじめるばかりの物語こそ読み手の感情移入のために整形された古臭い寓話である。現実は、物語を盛り上げるような苛烈さばかりではないし、振り上げた拳を不恰好に下ろさずにはいられなくなるようなほの温かさにも満ちているものだ。山川が体制側から受けた理不尽な仕打ちについても仔細に書かれてはいるが、刑務所の職員にも、役人にも、警察にも、裁判官にも、隣人たちにも、お定まりの冷遇をされる局面もあれば、意外な情をかけてもらえる瞬間もある。山川が読み手の願い通りにすんなり立ち直ってくれないのと同じ分だけ、世間の方も冷たいばかりではない。けれどそれこそが社会の複雑さであり、生きていくことの難しさと楽しさではないか。

それにしてもこんなに面白い本が絶版状態にあるとは。世の中はなんと損をしているんだろう。そしてなんと私は幸運なんだろう。いっそこのまま誰の目にも触れないうちに、私がこっそり映画化する！　——とその夜のうちに心に決めた。

映画化するにあたって、まず主人公の「山川一」とは何者なんだ、というところから調べようとしたのだが、起こした殺人事件は無名で他に資料がなく、また大前提としてこの人は天涯孤独なのである。「山川一」が小説のための仮名なのか、「田村明義」の方は実在した名だったのかすら、確かめようにも作者の佐木さんがもういない。

事始めに向かったのはやっぱり旭川刑務所だった。法務省に許可を得て、山川の出所の日の温度を感じるつもりで同じ二月の末に取材に出かけた。

「昭和六十一年二月二十日に出所した山川一さんの身分帳を見せてもらえますか？」

と尋ねて「はいどうぞ」と刑務所が出してくれるなら良いけれど、そうはいかない機密書類であることはすでに読者の方にもおわかりだろう。

長期刑に科せられた人や犯罪傾向が進んだ再入所者を収容する旭川刑務所は、平成二十二年からの大改修で全国で初めての全室単独室の刑務所として建て替えられており、廊下も居室もピカピカだった。壁掛けテレビと小さな収納と机とトイレとベッドのある、安手のワンルームマンションよりよほど清潔で気密性の高い個室にほんわかと暖房も効いており、小説冒頭にある痛いような寒さを建物内で感じることもなかった。

「ちょっとがっかりされたでしょう？　うちは綺麗すぎて、刑務所らしくはないですよね」

と所長さんは柔和な笑顔で言われ、「そうですね」とも答えられず、まごついた。

木工や裁縫の工場内にも、眼光鋭い凶暴そうな男たちは見当たらず、長年の室内作業と栄養管理で小さくしぼんだ青白い老人ばかりが飼いならされたように黙々と作業の手を動かしていた。それともそこにいる人は皆「老人」に見えただけだろうか。

「小説当時の旭川刑務所を知る職員はもういませんが、平成十八年の法改正まで全国の刑務所は明治時代に定められた監獄法のままで取り仕切られていましたから、受刑者も今より厳しく管理されていましたし、それこそ違反を犯したら劣悪な環境で懲罰を受けたり、革手錠をはめられたりで、それに反発して問題行動を起こす受刑者も多かったんです。昔は何度でも暴れて職員を襲うような人がいたよ、という話だけは私も聞いたことがありますよ」

その人こそが、山川ではなかったのか？

「でも、この主人公のようなタイプは珍しくはなかったんですよ。昔は刑務所の役割といえば犯罪者の『保安』、つまり逃げないように閉じ込めておくのが務めだったんです。だけどそれではやっぱり人間性が崩壊してしまい、社会に出た時に適応できなくて、結局別の罪を犯してまた戻ってくることを繰り返してしまう。人が再び犯罪に手を染めないためには、帰る場所と仕事が必要なんです。ですから今は服役中から社会福祉士と面談させたりして、出所後の就労支援や福祉につながるような取り組みもするようになりました」

「官」を目の敵にして抗《あらが》い続けた山川が聞けば驚くような変化だろう。もしこの暖かで清潔な部屋の中で山川の獄中人生があったのだとしたら、彼のその後はもっと順調だったろうか。

福岡市郊外にある、山川が育ったらしき児童養護施設にも出向いてみた。

私も山川と同様、一本の電話もかけずにぶらりと立ち寄ったのだが、外から怪しげに覗き込もうとしていた私を呼び止めた職員の方は、事情を話すと小説に出てくる古参の職員さながらに快く建物の中に招き入れ、おぼつかない説明に熱心に耳を傾けてくださったのも、まるで小説の二重写しのようだった。

「山川さんでしょう？　『身分帳』のモデルの方ですよね。うちの施設に佐木さんと二人でお越しになったというエピソードが語り継がれていますよ」――などという好都合な反応は期待してもいなかったが、経営の形態はさらに変わり、職員の方は『萬行寺』がかつての母体であったことも、小説の存在も初耳らしかった。

現在の児童養護施設には親と死別したりした「孤児」の数は少なく、多くは親の生活事情や虐待、育児放棄などで居を別にせざるを得なくなった子供が大半だという。山川の時代の子供たちが孤児になった理由には、戦中・戦後の過酷極まる背景があったが、今そこで暮らす子供たちも、今の時代にしかない過酷さを背負わされている気もする。親と暮らすことのできない子供の気持ちに、時代の差があるだろうか。情けないが私はちゃんと彼らの眼を見ることもできず、小説に書かれていた通りの広いグラウンドで声を上げながらサッカーをする姿を、ただぼんやりと眺めるしかなかった。

福岡には今も博多芸妓をまとめる「博多券番」があり、八十代の最古参の芸妓さんにも会って話を聞かせてもらったが、山川の母の手がかりは得られなかった。終戦後は八百人以上いた芸妓も県内の炭鉱業の廃《すた》れた後は激減し、過去に在籍していた人の記録も残ってはいないという。そもそも母の仕事が本当に「芸者」だったのか。時代の混乱を考えれば、幼い我が子に説明のしづらい類いの苦労をしていた女性もたくさんいたはずである。一人で産んだ子をほかに頼む当てもなかった山川の母もまた、楽な人生ではなかったのだろう。

東京に戻ってからは、当時の講談社の担当編集者や、山川一本人を出演させてラジオ番組を作った元文化放送のOさん、身元引受人の庄司宏弁護士の奥さんにも話を聞いた。こっちは映画化するぞと躍起になっているが、突然水を向けられた方は三十年以上も前のことで、山川とじかに会ったことのある人もポカンとしている。「今更そんなものをよくやろうという気になりましたね」と笑う人もおられたが、文化放送のOさんはラジオ番組『戸籍のない男』の音源を掘り出してくれて本人の肉声を聴くことができたし、単行本の担当者Iさんも出所後の周年記念日の写真を貸してくれた。『行路病死人』に書かれていた通りの〈薔薇〉が、整理整頓されたアパートの座卓の上で色とりどりに咲いていた。

庄司弁護士の奥さんは都内の病院に入院中だったが、私との面会を快諾してくれた。喉もとの腫瘍を手術された後だったらしく、声が出づらく苦しげに見えて恐縮したが、語りの中身は身元引受人の妻らしく鷹揚で、「大変な人だったけど、あれより他にもっとひどいのがうちにいたこともあったからね。夫がバカなのよ」と笑った。庄司弁護士その人も、『身分帳』刊行の翌年には鬼籍に入られていた。

「一つ覚えてるのは、福岡に帰るってことになった時に、おむすびをお弁当にして持たせてやったんですよ。海苔をラップに包んで別にしといて、電車に乗ってから、出しておむすびに巻きなさい、美味《おい》しいからね、と言って持たせたの。そしたら後から丁寧な手紙が来ましてね、電車の中で食べて、涙が止まらなかったって。そんな細かい食べ方の、優しさが身に沁みて。何気なく私がしたことの、そういうところに気がつく人なのよね。海苔のパリパリが忘れられない、って」

奥さんは、「読み直せばもっと思い出すこともあると思うから」と私が手渡した文庫本を借りられたまま、一月半後に息を引き取られたと知らせを受けた。きっかけを摑みかけては、手の指の間からいろんなものがすり抜けても行った。

山川が、母を探そうとしていた時の気持ちもこんな様子だっただろうか。探した果てに母が死んでいたとしてても、「墓石を自分の手で撫でたい」という古めかしい表現に初読のときは苦笑したものだが、四年かけて山川のかけらを探し続けた今では、私にもその気持ちが分かる気もする。けれどなかなか社会に順応しきれない山川が、生活の立て直しをさておき母親探しにこだわったように、私も、この小さくも巨大な小説とがっぷり組み合ってそれを乗り越える自信が持てず、望みが薄いとわかっていても山川探しさえ続けていればいつか良い脚本が書けるような気がしていたのかもしれない。しかし実際には、探せば探すほどこの作品そのものが、誰からも忘れられてしまった孤児のように感じるばかりであった。他の誰も山川を探していない。佐木さんをこの作品に突き動かしてきた動機も、山川の人生も、やっぱり誰からも一顧だにされずに消えていくだけのものだったのかと思うに連れ、そりゃ違うんじゃないか、違うだろ、という煮えるような思いもまた私の中で追って湧き上がってくるのだ。

この小説には、一人の元犯罪者の社会復帰の物語とは別に、私たちがもうすぐ完全に証人を失うはずの日本の戦後史のアウトサイドが綴《つづ》られている。戦災や引き揚げで、親と離れて社会から隔絶された子供たちがどのような場所で育ち、急速に復興していく社会の裏側でどうしぶとく生きぬいたのか。駅で育った子供や、ときに彼らを取り込んで盛り場から膨れ上がったヤクザの世界など、今やもの言わぬ人たちの希少な記録でもあると思う。モラルとは距離を置いた特殊な共同体の中で、幼い頃から盗みを働き、薬物を教えられ、性を荒らされ、劣悪と言えばそれまでだけれど、そういう言葉で誹《そし》るのもためらうほどの、止むに止まれぬ「生」の迫力がある。私たちは今こうまでして生にかじりつくだろうか。時間と制作予算に限りある映画の中で、残念ながら私はそれらの時代性を再現して伝えることができない。だからこそこの小説をもう一度手に取ってもらうきっかけを作りたいと、意地になった。もう、前を向いて脚本を書くよりほかない。

今の時代と昭和の終わりと、山川にとってどちらの時代が生きやすいかはわからない。法や行政のサポートが充実した部分もあるだろうし、一方で老人も若者も、ひとたびコミュニティを失った人はどこまでも孤立を深めて行く。多様性をうたわれながらも、どこの階層でも似た者同士が似たような世界で集まって、異質なものに対するアレルギーと敵意は増しているようにも感じる。何《いず》れにしても山川がシャツを破って啖呵《たんか》を切ったところで、通用するものなどもはや何一つないだろう。私は大きく原作とは時代設定を変えて映画を作ることを決めた。どう描いたって、この分厚い小説が語ったものは語りきれないし、小説とは異なるものを描かない限り、映画の存在意義などない。

図書館で小説の設定通りの昭和四十九年四月末の東京新聞に〈同僚とけんか刺殺〉という見出しの小さな事件記事を発見した。亀有で逮捕されたバーの店長の名は〈三上正夫〉とあった。前橋の家裁で戸籍を作られた十五歳の時、警察の調書に書くのが面倒でない文字を並べて適当につけたという名前。「山川一」は佐木さんが小説のためにつけた仮名だったのだ。山川一と三上正夫。同じように字画の少ない漢字ばかりの並びを見て、生き別れていた二卵性双生児を引き合わせたような嬉しさに駆られた。佐木さんも亡くなり、山川の縁者も見つからず、誰に断る必要もないことをすこし寂しく思いながら、私は映画の主人公の名前に、この名をもらうことにした。実名で描くのはまずいのかもしれないが、彼のためにまずいと思う他者が存在するのかさえわからない。文句がある人がいれば私のところにぜひ申し出て欲しいのだ。「私は三上を知ってる」と。

これまでも何度もテレビドラマ化や映画化の話はあったという。『行路病死人』の中に、東映でドラマ化が決まった折のやりとりを佐木さんと仲間同士で思い出した場面が綴られている。

〈誰が主役にふさわしいか尋ねたら、「そんなことは考えてもみない」と遠慮する。「考えてみたら?」と水を向けると、田村氏は大照れに照れて、苦みばしった二枚目の大スターを挙げた。その話を披露して、「可笑しいねぇ」と言った途端に涙が溢れ、どうにも止まらなくて便所へ駆け込み、それきり記憶が途絶えた。〉

「二枚目の大スター」とは誰だったのか。ドラマ化は実現しなかった様子だが、初映画化を取り仕切る私としてはやっぱり気になるところで、平成二年、「群像」に一挙掲載された折に担当編集者だった講談社のMさんに尋ねてみたら、

「『高倉健かなあ……』って大照れで答えたそうですよ。自分じゃ苦みばしった、無口な男っていう自己像があったんでしょうね。あんなにすぐ、カーッと頭に血が上って、わけわかんなくなっちゃうのに」と、幼馴染みの癖を語るように笑いながら教えてくれた。私もおかしくて、声を上げて笑った。

当時入社二年目だったMさんも何度も佐木さんの原稿に赤を入れて、誰より読み込んだ人の一人だろうが、直接本人に会う機会はなく、単行本が書店に並んだわずか四ヶ月後に山川は亡くなってしまった。

映画は役所広司さんが「三上正夫」を演じてくれることになった。健さんももういないが、私は随一の俳優をキャスティングしたと胸を張っている。よかったねえ、素晴らしいことだよ、役所さんが演《や》ってくれるんだよ。と、私はまるで離れて暮らす家族に報告するような気持ちで、山川を思った。

本書は一九九三年六月に小社より刊行された文庫の新装版です。

|著者|佐木隆三　1937年、旧朝鮮・咸鏡北道生まれ。福岡県立八幡中央高校卒業後、八幡製鐵株式会社八幡製鐵所入社。'63年『ジャンケンポン協定』で新日本文学賞を受賞。'64年に退社し文筆生活に入り、'76年『復讐するは我にあり』で直木賞、'91年『身分帳』で伊藤整文学賞を受賞。北九州市立文学館館長、北九州市立大学特任教授。2015年、逝去。著書はほかに、『殺人百科』『海燕ジョーの奇跡』『宮崎勤裁判』『越山　田中角栄』『伊藤博文と安重根』『死刑囚　永山則夫』『小説　大逆事件』など多数。

身分帳《みぶんちよう》

佐木隆三《さきりゆうぞう》

2020年7月15日第1刷発行
2021年3月26日第5刷発行

発行者──鈴木章一

発行所──株式会社　講談社

東京都文京区音羽2-12-21　〒112-8001

電話　出版（03）5395-3510
　　　販売（03）5395-5817
　　　業務（03）5395-3615

Printed in Japan

講談社文庫

定価はカバーに
表示してあります

デザイン─菊地信義
本文データ制作─講談社デジタル製作
印刷───豊国印刷株式会社
製本───株式会社国宝社

ISBN978-4-06-520159-6

講談社文庫刊行の辞

二十一世紀の到来を目睫に望みながら、われわれはいま、人類史上かつて例を見ない巨大な転換期をむかえようとしている。

世界も、日本も、激動の予兆に対する期待とおののきを内に蔵して、未知の時代に歩み入ろうとしている。このときにあたり、創業の人野間清治の「ナショナル・エデュケイター」への志を現代に甦らせようと意図して、われわれはここに古今の文芸作品はいうまでもなく、ひろく人文・社会・自然の諸科学から東西の名著を網羅する、新しい綜合文庫の発刊を決意した。

激動の転換期はまた断絶の時代である。われわれは戦後二十五年間の出版文化のありかたへの深い反省をこめて、この断絶の時代にあえて人間的な持続を求めようとする。いたずらに浮薄な商業主義のあだ花を追い求めることなく、長期にわたって良書に生命をあたえようとつとめるところにしか、今後の出版文化の真の繁栄はあり得ないと信じるからである。

同時にわれわれはこの綜合文庫の刊行を通じて、人文・社会・自然の諸科学が、結局人間の学にほかならないことを立証しようと願っている。かつて知識とは、「汝自身を知る」ことにつきていた。現代社会の瑣末な情報の氾濫のなかから、力強い知識の源泉を掘り起し、技術文明のただなかに、生きた人間の姿を復活させること。それこそわれわれの切なる希求である。

われわれは権威に盲従せず、俗流に媚びることなく、渾然一体となって日本の「草の根」をかたちづくる若く新しい世代の人々に、心をこめてこの新しい綜合文庫をおくり届けたい。それは知識の泉であるとともに感受性のふるさとであり、もっとも有機的に組織され、社会に開かれた万人のための大学をめざしている。大方の支援と協力を衷心より切望してやまない。

一九七一年七月

野間省一